grafit

Chemnitzer Str. 31, D-44139 Dortmund
Internet: http://www.grafit.de
E-Mail: info@grafit.de

Umschlaggestaltung: Peter Bucker
Umschlagfoto: Bernd Arnold/VISUM
Druck und Bindearbeiten: CPI – Clausen & Bosse, Leck
ISBN 978-3-89425-344-8
2. 3. 4. 5. / 2010 2009 2008

Petra Würth und Jürgen Kehrer

Todeszauber – Wilsberg trifft Pia Petry

Kriminalroman

grafit

Die Autoren

Petra Würth wurde 1956 in Saarbrücken geboren, studierte in München Betriebswirtschaft und war zwölf Jahre lang in der Werbung tätig. Eher zufällig begann sie 1997 während einer Zugfahrt mit ihrem ersten Kriminalroman *Unter Strom* und schuf mit Pia Petry eine Hamburger Privatdetektivin, die sich inzwischen als Serienfigur etabliert hat. Pia Petrys zweiter Fall *Frau aus Glas* wurde 2002 für den FrauenKrimi-Preis nominiert.

Der nächste Pia-Petry-Roman erscheint 2008 im Wilhelm Heyne Verlag.

Weitere Informationen unter: www.petra-wuerth.de

Jürgen Kehrer wurde 1956 in Essen geboren. Nach einem Studium und Erfahrungen im Journalismus lebt und arbeitet er als freiberuflicher Schriftsteller in Münster. Im Grafit Verlag sind zwanzig Kriminalromane von ihm lieferbar, in achtzehn Fällen ermittelt der münstersche Privatdetektiv Georg Wilsberg. Außerdem publizierte Jürgen Kehrer Sachbücher über realen Mord und Totschlag sowie vier historische Kriminalromane (Waxmann Verlag).

Sechs der inzwischen über zwanzig vom ZDF gesendeten Wilsberg-Filme basieren auf Romanen von Jürgen Kehrer. Verkörpert wird der Fernseh-Wilsberg von Leonard Lansink.

Weitere Informationen unter: www.juergen-kehrer.de

Die Hauptfiguren

Die Hamburger Privatdetektivin **Pia Petry**, eine chaotische Großstadtpflanze mit vorlauter Klappe und ausgeprägter Schwäche für Statussymbole, ist trotz ihres rotzigen und selbstbewussten Auftretens leicht zu beeindrucken und problemlos zu verunsichern. Auch mit Anfang vierzig ist sie noch auf der Suche nach dem Märchenprinzen, der ihr das Leben zu Füßen legen soll. Ein Traum, dessen Erfüllung auf sich warten lässt.

Sie trifft auf den münsterschen Privatdetektiv **Georg Wilsberg**, einen melancholischen Einzelgänger, der es sich in der Provinz mit einer mäßig erfolgreichen Detektei bequem gemacht hat. Frei von Ehrgeiz und Anspruchsdenken genießt er sein Leben, frönt einer gewissen Genügsamkeit und umschifft alles, was sein Leben komplizieren könnte. Wie zum Beispiel komplizierte Frauen.

Blutmond – Wilsberg trifft Pia Petry, der erste gemeinsame Fall von Pia Petry und Georg Wilsberg, wurde 2006 für den Friedrich-Glauser-Preis, den höchstdotierten deutschen Krimipreis, nominiert.

Viele große Zauberer hintergehen ihre Zuschauer.

David Seth Kotkin alias David Copperfield

1

Wilsberg geht ins Varieté

Lieber wäre ich ganz weit weg gewesen. Am Strand einer All-inclusive-Insel in der Südsee mit bunten Cocktails und lächelnden Einheimischen. Oder wenigstens unter den robusten Händen einer sächselnden Masseurin in der Wellnessabteilung eines Fünf-Sterne-Hotels irgendwo zwischen Kassel und Eisenach. Nur bloß nicht hier, in Münster. Wo alles nach Stillstand und Gewohnheit roch. Meine von langen Jahren des Alleinlebens vergilbte Wohnung ebenso wie die ausgetretenen Pfade, die ich jeden Tag im Kreuzviertel beschritt. Die telefonischen Glückwünsche, die mich erreichten, hatten den schalen Beigeschmack des Bedauerns. Fünfzig. Ich war heute fünfzig geworden. Was sollte da noch kommen? Vor meinem geistigen Auge sah ich mich schon in einer der schicken Seniorenresidenzen sitzen, die jetzt überall hochgezogen wurden. *Noch einen Kamillentee, Herr Wilsberg? Kommen Sie heute zu unserem Derrick-Nostalgie-Abend? Vielleicht können Sie ja ein paar Geschichten aus Ihrem Privatdetektivleben erzählen?*

Grauenhaft. Ich nahm mir vor, etwas zu ändern. Mich, meine Wohnung, meine Gewohnheiten. So ging das nicht weiter. Aber das erzählte ich weder Franka noch Stürzenbecher, die mir gratulierten. Auch nicht meiner Exfrau, die ihren alten Groll hinunterschluckte und drei Minuten lang ohne jede Spitze auskam. Pia Petry hätte ich es vielleicht erzählt. Doch die rief nicht an. Konnte sie auch nicht, denn ich hatte ihr nie mein Geburtsdatum verraten. So brauchte ich wenigstens nicht auf ihren Anruf zu warten.

Jetzt musste ich nur noch den Abend überstehen. Sarah, meine Tochter, hatte mir den gemeinsamen Besuch eines

Varietés geschenkt. Keine Ahnung, wie sie darauf gekommen war, dass mir so etwas gefallen würde. Aus ihrer vierzehnjährigen Sicht war ein Varieté vermutlich die angemessene Unterhaltung für einen älteren Herrn. Jedenfalls lag ich punktgenau im Altersdurchschnitt der distinguierten grauhaarigen Herren und Damen in Abendgarderobe, die die Mehrheit des Publikums stellten.

Sarah lächelte unsicher. »Wie findest du es?«

»Toll«, sagte ich. »Es ist klasse.«

Ich war fest entschlossen, mich zu amüsieren. Schon um Sarahs willen, die für die nicht gerade billigen Eintrittskarten ihr Taschengeld gespart hatte. Denn Sarah war definitiv das Beste, was mir in meinem bisherigen Leben passiert war.

Wir standen im Foyer des erst vor einem halben Jahr eröffneten Theaters, das Münsters Hafenviertel um eine weitere Attraktion bereicherte. Durch die großen Glasfenster konnte man auf die andere Seite des Hafenbeckens, den sogenannten Kreativkai, schauen. Wegen der überraschend milden Herbsttemperaturen flanierten dort jede Menge Kneipengänger. Selbst einige rote Sonnenschirme trotzten dem kalendarischen Oktober. Nur im Beach-Club war der weiße Sand wieder dem grauen Beton gewichen.

Sarah trank Cola, ich Bier. Bis zur Pause hatten wir ein ukrainisches Paar auf dem Einrad, einen spanischen Jongleur und eine sehr gelenkige Schwedin am Trapez gesehen. Außerdem einen Magier, der sich Stefano Monetti nannte, jedoch bis in die blonden Haarwurzeln und die akzentfreie Aussprache sehr deutsch wirkte. Monetti hatte ein paar Kartentricks vorgeführt und dann seine Assistentin Anna in eine Kiste gelegt, die er mit einer Säge fachgerecht in zwei Hälften teilte und auseinanderschob. Auf der einen Seite strampelten Annas braune Beine, auf der anderen ragte ihr schwarz gelockter Kopf aus dem Verschlag. Doch obwohl Monetti mit theatralischer Geste die blutverschmierte Säge präsentiert hatte, war das Publikum nur mäßig überrascht, als Annas wunderschöner Körper am Ende wieder zusammenfand und sie unverletzt auf die Bühne kletterte.

»Wer gefiel dir am meisten?«, fragte Sarah.

Sie selbst favorisierte den spanischen Jongleur. Wegen seiner Fingerfertigkeit, behauptete sie. Ich tippte darauf, dass die zum Zopf gebundenen, langen Haare und der glutäugige Blick den Ausschlag gegeben hatten, verkniff mir jedoch einen Kommentar.

»Die Assistentin des Magiers«, sagte ich.

»Wieso das?« Sarah zog ihre gezupften Augenbrauen in die Höhe. »Die hat doch gar nicht viel gemacht.«

»Nein, aber sie sieht gut aus.«

»Papa!« Die Augenbrauen sackten nach unten, dafür schielten die Augen zur Decke. »Du bist jetzt fünfzig. Hört das denn nie auf?«

»Nein«, sagte ich. »Das hört nie auf. Außerdem ist man mit fünfzig noch nicht scheintot.«

Der Gong ertönte. Wir gingen in den Saal zurück und setzten uns an unseren Tisch in der ersten Reihe.

Das männliche Moderatorenpaar, das sich in Clownskostümen durch das Programm kalauerte, kündigte ein ostasiatisches Körperwunder an. Drei zierliche Chinesinnen verbogen sich und ihre Partnerinnen derart, dass einige Zuschauerinnen im Saal schmerzhaft aufstöhnten. Und dann traten erneut Monetti und Anna auf die Bühne.

Sarah stieß mich in die Seite. »Die ist viel zu jung für dich!«

Anna sah wirklich fantastisch aus. Statt der hautengen Gymnastikkleidung, die sie in der Kiste getragen hatte, war sie jetzt in ein elegantes pinkfarbenes Kleid gewandet, das ihre dunkle Haut noch besser zur Geltung brachte. Monetti, den ich auf Mitte dreißig schätzte, gab seinerseits eine moderne Version des Zauberers ohne Frack und Fliege. Mit seinem schlichten schwarzen Anzug und dem grauen Rollkragenpullover hätte er auch angestellter Ernährungsberater einer Krankenkasse sein können.

Monetti legte Anna auf die Lehnen mehrerer Stühle und zog dann einen nach dem anderen weg, bis sie nahezu frei in der Luft schwebte. Lediglich ihre linke Ferse ruhte auf dem letzten verbliebenen Stuhl. Das Publikum applaudierte begeistert.

Während der Magier seine Assistentin wieder auf die Füße stellte und die beiden sich artig verbeugten, räumten Helfer die Requisiten weg und postierten eine große Glasscheibe auf der Bühne. Spannungsmusik dröhnte aus den Lautsprechern.

»Und jetzt, meine Damen und Herren«, verkündete Monetti mit leichtem Tremolo in der Stimme, »werden Sie Zeugen des gefährlichsten Experiments, das es in der Magie gibt. Mit dieser Pistole hier ...«, eine schnelle Bewegung und er hielt eine Pistole ins Scheinwerferlicht, »... wird meine Assistentin Anna auf mich schießen.« Monetti schaute kurz zu Anna und wandte sich dann wieder an das Publikum. »Aber keine Angst, mir wird nichts geschehen. Ich werde die Kugel mit den Zähnen auffangen. Das klappt ...«, Kunstpause, »... fast immer.«

Einige zögerliche Lacher im Saal.

»Doch glauben Sie nicht, dies sei nur ein Trick.« Monetti machte eine ausladende Geste. »Diese Glasscheibe ist der Beweis. Wenn Anna auf mich schießt, stehe ich dahinter. Die Kugel wird also zunächst das Glas durchschlagen und anschließend mich treffen. Sollte die Scheibe unversehrt bleiben, bekommen Sie Ihr Eintrittsgeld zurück.«

Erneute Lacher.

»Damit nicht genug ...«, der Zauberer präsentierte zwischen Daumen und Zeigefinger der linken Hand eine Kugel, »... ich bin bereit, das Projektil von Ihnen überprüfen zu lassen. Anna!«

Anna nahm ihm die Kugel ab und schaute sich suchend

um. Nach einem Moment des Zögerns fing sie meinen Blick auf und kam auf mich zu.

»Natürlich«, murmelte Sarah.

Ich ergriff die ausgestreckte Hand der Assistentin und kletterte auf die Bühne. »Einen Applaus für unseren mutigen Helfer!«, forderte Monetti.

Unter dem Beifall der Zuschauer und begleitet von Annas Lächeln wog ich das Geschoss in der Hand.

»Und?«, fragte Monetti, wobei er mir ein Mikrofon vor den Mund hielt.

»Sieht echt aus«, sagte ich pflichtbewusst.

»Es sieht nicht nur echt aus, es ist auch echt«, gab der Magier zurück. »Ritzen Sie bitte eine Markierung hinein. Damit Sie hinterher bestätigen können, dass ich das richtige Projektil aufgefangen habe.«

Anna reichte mir ein Messer und ich ritzte eine kleine Kerbe in die Umhüllung. Dann schob Anna die Kugel so in den Lauf der Pistole, dass nicht nur ich, sondern auch alle anderen den Vorgang verfolgen konnten.

Monetti klopfte mir auf die Schulter. »Vielen Dank! Sie dürfen sich wieder setzen.«

Ohne Annas Hilfe kehrte ich auf meinen Platz zurück.

»Die ist doch nicht wirklich echt, oder?«, flüsterte Sarah.

»Doch. Aber ich wette, das ist nicht die Kugel, die abgefeuert wird.«

Inzwischen stand Monetti etwa zwei Meter hinter der Glasscheibe und lockerte grimassierend seine Mundmuskulatur. Anna ging zum rechten Bühnenrand.

Trommelwirbel setzte ein.

»Bist du bereit?«, fragte der Magier seine Assistentin mit gespielter oder echter Anspannung.

»Ich bin bereit«, kam die prompte Antwort. Die dunkle Stimme hatte einen deutlichen Akzent.

Anna hob langsam die Pistole.

Der Trommelwirbel stoppte abrupt.

Sie schoss.

Die Glasscheibe splitterte.

Der Magier wankte, streckte Hilfe suchend seine rechte Hand aus, fiel nach hinten und blieb reglos auf dem Bühnenboden liegen.

Hinten im Saal klatschte jemand. Wahrscheinlich ein kurzsichtiger Besucher, dem entgangen war, was allen anderen den Atem stocken ließ: der Ausdruck des Entsetzens auf Monettis Gesicht und ein roter Fleck auf seiner Stirn. Falls das zur Show gehörte, hatte Monetti einen verdammt makabren Humor. Ich schaute zu der Assistentin hinüber. Sie ließ die Pistole fallen, ihre Hände zitterten. Da war ich mir sicher, dass etwas schiefgegangen war.

Sarah tastete nach meinem Arm. »Was soll das?«

»Ich weiß nicht«, sagte ich mit flacher Stimme.

»Der steht doch gleich wieder auf, oder?«

»Vorhang!«, rief jemand hinter der Bühne.

Langsam und ein wenig in den Schienen knirschend bewegten sich die beiden Vorhanghälften von den Seiten bis zur Bühnenmitte. Der Körper des Magiers verschwand hinter dem schweren dunkelroten Stoff. Plötzlich begannen alle zu reden, das Gemurmel wurde untermalt von sanft plätschernder Klaviermusik, die aus den Lautsprecherboxen drang.

Sarah sah mich auffordernd an. Irgendetwas musste ich tun.

»Ich schau mal nach«, sagte ich zu Sarah und streichelte ihre Hand. »Bin gleich wieder da.«

Ich stieg auf die Bühne und schob mich durch den Vorhangspalt in der Mitte. Die beiden jungen Männer, die die Glasscheibe getragen hatten, beugten sich über Monetti. Anna kniete neben ihm und redete, seinen Arm umklammernd, in ihrer Muttersprache auf ihn ein. Meine Spanischkenntnisse reichten gerade aus, um das Wort *muerto* zu verstehen. Und tot war Monetti tatsächlich. Der starre Blick und die wächserne Gesichtsfarbe ließen keinen anderen Schluss zu.

»Verschwinden Sie!«, hörte ich eine aufgeregte Frauenstimme. »Sie haben hier nichts verloren.«

Ich schaute hoch. Eine Frau in olivfarbenen Cargohosen und braunem Pullover baute sich vor mir auf. Ihr energischer Ton und das übergestülpte Headset mit Ohrknopf und schmalem Mikro wiesen sie als jemanden aus, der hinter der Bühne Anweisungen gab.

»Hören Sie!« Ich hob beruhigend die Hände. »Wir sind alle schockiert. Es bringt nichts, uns gegenseitig anzuschreien. Das Wichtigste ist jetzt, die Polizei und einen Krankenwagen zu verständigen.«

»Sie sollen verschwinden, habe ich gesagt!«

»Halt deinen Mund!« Anna war aufgesprungen und sah aus, als wollte sie sich auf die Frau im Rollkragenpullover stürzen.

Ich packte Annas Schultern und zog sie ein Stück zurück. »Beruhigen Sie sich!«

Zuerst funkelte sie mich an, dann wurde ihr Blick glanzlos und ein heftiges Zittern durchlief ihren Körper. Ich legte meinen Arm um ihre Hüfte und hielt sie fest.

»Holen Sie einen Stuhl und eine Decke!«, sagte ich zu einem der Bühnenhelfer. »Die Frau hat einen Schock.«

Bis er das Gewünschte gebracht hatte, lehnte Annas Kopf an meiner Schulter. Dabei flüsterte sie Sätze, die an niemanden oder die ganze Welt gerichtet waren. Am wenigsten vermutlich an mich.

Ich schob die Assistentin auf den Stuhl und legte ihr die Wolldecke über die Schultern. »Meine Tochter befindet sich unten im Zuschauerraum. Deshalb muss ich Sie jetzt allein lassen. Aber ich würde gern mit Ihnen reden. Morgen oder übermorgen. Wenn Sie sich dazu in der Lage fühlen. Hier!«

Ich drückte ihr meine Visitenkarte in die Hand. »Rufen Sie mich an!«

Sie nickte mechanisch, doch ihre Augen verrieten nicht, ob sie meine Worte verstanden hatte.

Ich nahm den Helfer ein Stück zur Seite. »Sorgen Sie dafür, dass die Frau ärztlich versorgt wird. So ein Schock kann lebensgefährlich sein.«

Inzwischen hatte die Bühnenmanagerin die beiden Clowns vor den Vorhang geschickt. Sie redeten von einem Unfall. Monetti sei verletzt und auf dem Weg ins Krankenhaus, allerdings gehe es ihm bereits wieder besser. Was man so lügt, um die Leute zu beruhigen und das Geschäft nicht zu vermiesen.

Sarah wartete am Bühnenrand. »Es ist also nicht so schlimm?«, fragte sie, noch bevor ich zu ihr hinuntergeklettert war.

Ich überlegte einen Moment, ob ich mit den Clowns gemeinsame Sache machen sollte. Doch spätestens am nächsten Tag würde Sarah ohnehin die Wahrheit erfahren. »Der Magier ist tot«, sagte ich. »Komm! Lass uns nach Hause fahren.«

Während wir uns durch die Reihen zum Ausgang bewegten, baten die Moderatoren um Verständnis, dass die übrigen Künstler sich nicht in der Lage sähen, die Vorstellung fortzusetzen. Die Geschäftsführung würde sich jedoch außerordentlich großzügig zeigen und alle Anwesenden zu einem weiteren, kostenlosen Besuch einladen, man müsse nur die heutige Eintrittskarte vorzeigen.

Schweigend verließen wir das Varieté. Sarah ließ den Kopf hängen und ich suchte nach dem richtigen Satz, um sie ein bisschen aufzumuntern. Schließlich sagte ich: »Das tut mir leid, dass der Abend so enden musste. Aber bis dahin war es ein wirklich schöner Geburtstag.«

»Was redest du für einen Blödsinn?«, gab Sarah patzig zurück. In ihren Augen schimmerten Tränen. »Es war der schlimmste Abend, den ich je erlebt habe. Und wieso tut's *dir* leid?« Ihre Stimme bekam einen hysterischen Ton. »*Ich* bin auf die bescheuerte Idee gekommen, dir eine Eintrittskarte für das Varieté zu schenken. Hätte ich mir ja denken können, dass das eine Katastrophe wird.«

»Unsinn.« Ich legte meine Hand auf ihre Schulter. »Du kannst nichts dafür, dass der Mann gestorben ist. Und mir tut's leid, weil ich damit wahrscheinlich besser umgehen kann als du.«

»Du meinst, weil ich noch nie gesehen habe, wie jemand stirbt? Weil ich die Bilder in meinem ganzen Leben nicht vergessen werde und ich heute garantiert nicht einschlafen kann? Und, falls doch, einen Albtraum nach dem anderen haben werde?«

»So etwas in der Art habe ich gedacht«, gab ich zu.

»Und weißt du was? Damit kannst du sogar recht haben. Ich schätze, ich werde heute Nacht die Lampe neben dem Bett nicht ausmachen. Und die Türen zu deinem und meinem Zimmer sollten offen bleiben, ist das klar?«

Im Auto und später in meinem Wohnzimmer diskutierten wir darüber, wieso der Kugeltrick nicht geklappt und ob es sich um einen Unfall oder vielleicht sogar um Absicht gehandelt hatte. Viel zu spät, jedoch einigermaßen gefasst, ging Sarah ins Bett, stand nur noch zwei Mal wieder auf und fiel dann in einen unruhigen Schlaf.

Ich genehmigte mir einen dreifachen Whisky und schaute auf die Uhr. Fünf nach zwölf. Mein Geburtstag war endlich vorbei.

2

Pia Petry geht zum Tanzen

Als ich am Sternschanzenpark aus dem Bus steige, fallen erste Regentropfen vom Himmel. Hamburger Schmuddelwetter. Das hat mir gerade noch gefehlt. Im Laufschritt überquere ich die Schanzenstraße, passiere die Bahnunterführung und schiele zur geschlossenen Wolkendecke hinauf. Mit ein bisschen Glück schaffe ich es vielleicht bis zum Salsa-Club, ohne völlig durchnässt zu werden.

Ich schaffe es nicht. An der Abzweigung zur Susannenstraße kommen die ersten Windböen auf. Und kurz darauf fällt das Wasser wie aus Kübeln gegossen vom Himmel. Als ich im *Cucaracha* einlaufe, bin ich von Kopf bis Fuß tropfnass.

Mein Tanzpartner, Miguel Lopez, der hinter dem Tresen steht und Bananen auf einem großen Holzbrett zu gigantischen Pyramiden aufschichtet, mustert mich aus schmalen Augen. »Hola, Pia«, sagt er. »Was hast du gemacht? Dancing in the rain?«

»Nein«, sage ich. »Es war eher running in the rain.«

Leise fluchend schäle ich mich aus meinem feuchten Mantel und ziehe meine Schuhe aus, die so nass sind, dass sie an meinen Füßen kleben.

Ich sehe mich um. »Ist Isabel schon da?«

Miguel schüttelt den Kopf.

»Ist ja nicht gerade typisch für sie, dass sie zu spät kommt.«

»But for you«, antwortet er und sieht demonstrativ auf seine Uhr.

»Zehn Minuten«, erwidere ich. »Was sind schon zehn Minuten. Du als Kubaner solltest eine etwas großzügigere Einstellung zur Zeit haben.«

»Alles Vorurteile«, sagt er grinsend und kommt hinter dem Tresen hervor. »Need a towel?«

Ich nicke, angele mir eine von den Früchten, die eigentlich als Verpflegung für die Schüler der nachfolgenden Tanzkurse gedacht sind, und beobachte Miguel, der in einem Seitenraum des Clubs verschwindet. Die Tanztrainer im *Cucaracha* sprechen normalerweise Spanisch und Englisch. Gott sei Dank gehört Miguel zu den wenigen, die auch ein bisschen Deutsch können. Was die Verständigung beim Unterricht ungemein erleichtert.

Während ich die Banane esse, muss ich wieder an unser erstes Zusammentreffen denken. Das war vor zwei Jahren. Bei einem Salsa-Crashkurs für Anfänger. Da stand Miguel plötzlich vor mir, in viel zu weiten, auf den Hüften sitzenden Hosen, einem kurzärmeligen, engen T-Shirt und einer Wollmütze auf dem schwarzen Haar. Ich fand ihn zu klein. Und zu schmal. Ständig hatte ich Angst, ich könne ihn zerbrechen, sollte ich ihn zu fest anfassen. Mit der Zeit habe ich aber gemerkt, dass er härter und zäher ist, als er aussieht. Und dass er nicht umsonst im Ruf steht, der beste Tänzer im Club zu sein. In allen Kursen prügeln sich die Mädchen um ihn. Was auch der Grund ist, warum ich ihn mir als Tanzpartner für meinen Privatkurs ausgesucht habe.

Als er zurückkommt, trägt er über der Schulter ein Handtuch, das er mir mit einer lässigen Bewegung zuwirft.

»Was machen wir heute?«, frage ich und rubble mir die Haare trocken.

»Linksdrehungen.« Miguel sieht wieder auf die Uhr.

»Sollen wir Isabel anrufen?«, frage ich. »Vielleicht hat sie vergessen, die Stunde in ihrem Kalender einzutragen.«

Nachdenklich betrachtet er mich. Dann zückt er sein Handy, tippt eine Nummer ein, wartet und klappt es wieder zu.

»Die Mailbox«, sagt er und kaut auf seiner Unterlippe.

»Na ja. Die Linksdrehungen können wir eigentlich doch auch allein üben, oder?«, schlage ich vor.

»I know where she lives«, erwidert er. »In der Juliusstraße. Direkt neben dem Haus, in dem ich wohne.«

»Meinst du, ihr ist etwas passiert?«

Miguel schüttelt den Kopf. »But it's strange. She never comes late.« Er greift nach seiner Jacke, die über einem der Barhocker liegt. »Let's go!«

Angewidert sehe ich auf meine nassen Schuhe. Die Vorstellung, da wieder hineinschlüpfen zu müssen, ist mir zuwider.

»Muss das sein?«, frage ich und bekomme keine Antwort. Miguel hat den Club schon verlassen.

Mit feuchten Haaren, nassem Mantel und eiskalten Füßen laufe ich durch das Schanzenviertel. Miguel hinterher, der ein viel zu hohes Tempo vorlegt. Dabei weiß ich jetzt schon, wie die Geschichte enden wird. Wahrscheinlich liegt die gute Isabel mit ihrem aktuellen Lover im Bett und ist wahnsinnig erfreut, uns zu sehen. Oder es ist überhaupt niemand zu Hause. Und wir klingeln uns die Finger wund.

Miguel hastet bei Rot über die Ampel und verschwindet in der Juliusstraße. Als ich dort ankomme, sehe ich ihn vor einem dunkelgrün gestrichenen Jugendstilhaus. Er winkt mir kurz zu und geht hinein. Na wenigstens hat er so lange gewartet, bis ich in Sichtweite war. Im dritten Stock hole ich ihn wieder ein. Er steht vor einer sperrangelweit geöffneten Wohnungstür.

»The door was open«, sagt er und ist sichtlich verunsichert.

Ich schnappe nach Luft. Meine Kondition ist zurzeit nicht die beste.

»Warum rennst du eigentlich so?«, frage ich und halte mich am Treppengeländer fest.

»I've got a strange feeling …«

»Männer und Gefühle.« Ich verdrehe die Augen und nähere mich der Tür. »Isabel!«, rufe ich. »Bist du zu Hause?«

Keine Antwort. Ich betrete den schmalen Flur und räume fast die Garderobe ab, die rechts von mir an der Wand befestigt und mit so vielen Mänteln und Jacken vollgehängt ist, dass ich kaum daran vorbeikomme. Zur Linken geht es in eine winzige Küche, mit weißen Einbauschränken und einem von zwei Stühlen flankierten Tisch. Das Bad ist lang und schmal, gelb gefliest und sehr sauber. Die Räume liegen in einem trüben Dämmerlicht, was daher rührt, dass die Rollläden zur Hälfte heruntergelassen sind. Eine Gewohnheit, die Isabel wahrscheinlich von zu Hause übernommen hat, wo die Sonne ein bisschen häufiger und ein bisschen intensiver scheint als in Hamburg.

Als ich das Wohnzimmer betrete, ist das Erste, was ich sehe, ein offener Koffer. In dem Unterwäsche, Pullis, Jacken und Schuhe in wildem Durcheinander liegen.

»Wollte sie verreisen?«, frage ich Miguel erstaunt.

Doch der starrt mich nur mit großen Augen an, so als habe er meine Frage gar nicht gehört.

Ich blicke mich weiter um, mustere die dunklen, altmodischen Holzmöbel, registriere den bunten Ikea-Teppich auf den braun lasierten Holzdielen, die blauen Glasvasen, die auf dem Esstisch zu einem Stillleben arrangiert sind, die Briefumschläge, die daneben liegen. Über der braunen Couch hängt ein mit Heftzwecken befestigtes Poster: weißer Sand, türkisfarbenes Meer, eine Palme, die von links ins Bild ragt. Darüber steht: *Bienvenido a Varadero.* Ein Hauch von Kuba im kalten Deutschland.

Miguel ist immer noch hinter mir. Ich wende mich kurz zu ihm um und habe das Gefühl, sein Gesichtsausdruck wird von Minute zu Minute panischer.

»Sie ist bestimmt nur kurz runter, um den Müll wegzubringen«, versuche ich, ihn zu beruhigen.

Dann stoße ich die Tür zum Schlafzimmer auf. Und alle Hoffnung ist dahin. Isabel liegt auf dem Bett. In Jeans und

T-Shirt. Ein völlig normaler Anblick, wären da nicht ihre weit aufgerissenen Augen und der starre, zur Decke gerichtete Blick. Sie ist tot. Und sie ist eines gewaltsamen Todes gestorben. Die dunkelroten Strangulationsmale an ihrem Hals und die geplatzten Äderchen im Weiß ihrer Augäpfel sind deutliche Indizien. Trotzdem greife ich nach ihrem Handgelenk. In der Hoffnung, noch einen Hauch von Puls zu ertasten. Doch da ist nichts.

»Miguel, wir müssen die Polizei ...«, sage ich und drehe mich zu ihm um. Aber hinter mir steht kein Miguel. Dafür höre ich laut polternde Schritte im Treppenhaus.

Ich fasse es nicht! Er haut ab. Erst schleppt er mich, von unheilschwangeren Gefühlen getrieben, hierher und jetzt macht er sich aus dem Staub. Lässt mich in dieser beschissenen Situation einfach allein. Mit einem Mal fühle ich mich nur noch müde und deprimiert. Warum immer ich, denke ich. Warum muss immer ich über irgendwelche Leichen stolpern. Ich wollte nichts weiter als Salsa tanzen. Ich hatte mich darauf gefreut, mich vorbereitet, heute Morgen sogar vor dem Spiegel geübt. Und jetzt tanze ich nicht Salsa, sondern stehe neben der Leiche der Frau, die mir die Linksdrehungen hätte beibringen sollen.

Resigniert sehe ich auf sie herab. Auf ihren durchtrainierten schmalen Köper, auf ihr langes, schwarzes Haar, um das ich sie immer beneidet habe, auf ihre gebräunte Haut, die jetzt nicht mehr braun, sondern fast weiß wirkt. Ich habe sie gemocht, aber nicht besonders gut gekannt. Es gab keine privaten Gespräche, keinen Gedankenaustausch, keine schwesterlichen Gefühle. Und doch berührt mich ihr Tod, dieser Ausdruck von Erstaunen, den ich in ihren Gesichtszügen wahrzunehmen glaube.

In der ganzen Wohnung gibt es nicht einen Hinweis auf einen Einbruch oder einen Kampf. Sogar ihr Schmuck, eine schmale goldene Halskette und eine goldene Kreole mit einem leuchtend roten Rubin, liegt unberührt auf dem Nachttisch. Sie muss ihren Mörder gekannt, ihm vertraut und ihn hereingelassen haben. Sie hat nicht damit gerechnet, dass er tun würde, was er getan hat.

Ich reiße mich von ihrem Anblick los und überlege, was ich tun soll. Die Polizei anrufen, ist mein erster Gedanke. Mein zweiter, erst einmal nichts zu überstürzen. Ich werde mich ohnehin einer Menge unangenehmer Fragen stellen müssen. Da kann ich mich vorher auch noch ein bisschen umsehen. Schließlich bin ich Privatdetektivin.

Da ich beim Durchsuchen ihrer Sachen keine Fingerabdrücke hinterlassen möchte, fische ich ein Tempo aus meiner Manteltasche und öffne mit dem Tuch in der Hand Isabels Kleiderschrank. Neben einer Reihe leerer Bügel finde ich mehrere aufwendig gearbeitete Abendkleider, die alle sehr schmal geschnitten, hoch geschlitzt und entweder hinten oder vorn tief dekolletiert sind. Das ist keine normale Abendgarderobe, wie man sie zur Opernpremiere oder auf Kreuzfahrtschiffen zum Captain's Dinner trägt, das ist Showkleidung. Für Showgirls, die keine Hemmungen haben, ihren Körper zu zeigen. Ich frage mich, wann Isabel die getragen hat. Bei Salsa-Vorführungen? Salsa ist zwar sehr sexy und die weiblichen Profis tanzen in provozierend knappen Kleidchen, aber diese mit Pailletten, Strasssteinen und exotischen Federn geschmückten Kreationen wollen mir nicht so recht zu Salsa passen.

Ich schließe den Kleiderschrank und kehre ins Wohnzimmer zurück, öffne die Türen eines alten Sideboards, ziehe Schubladen auf, studiere die in schmalen Billyregalen aufgereihten Buchrücken. Neben spanischsprachigen Romanen entdecke ich auch einige Bücher in Deutsch. Einen Reiseführer über Kuba, ein Buch über kubanische Voodoo-Religionen und drei Bücher zum Thema Zauberei. Alles nicht sonderlich ergiebig. Auch die Briefe auf dem Tisch bringen mich nicht weiter. Zwei Bankauszüge, die zeigen, dass Isabel ein Konto bei der *Haspa* hatte. Mit einem Guthaben über fünfhundert Euro. Eine Rechnung von *Vattenfall* und ein handschriftlich verfasstes Schreiben auf Spanisch. Absender Carmen Ortega, Cuba. Wohl jemand aus Isabels Familie.

Ich lege die Briefumschläge zurück und gehe ins Schlafzimmer, sehe mich ein letztes Mal um. Habe ich etwas vergessen?

Das Bett! Ich spähe darunter. Nicht eine Staubfluse, dafür entdecke ich einen silbernen Bilderrahmen. Das Glas ist zerbrochen und hat auf dem Foto einen Kratzer hinterlassen. Vorsichtig entferne ich die Glassplitter und ziehe das Foto heraus. Isabel in den Armen eines älteren Mannes. Im Hintergrund tiefblaues Meer bei strahlend schönem Wetter. Ich komme wieder hoch, öffne die Schublade des Nachtschränkchens und lasse den kaputten Rahmen und die Glassplitter darin verschwinden.

»Was machen Sie da?«

Erschrocken fahre ich herum und stehe vor einem Mann, der mich mit grimmiger Miene mustert.

»Erst mal möchte ich wissen, wer Sie sind«, sage ich und stecke die Aufnahme unauffällig in meine Gesäßtasche.

»Hauptkommissar Lademann«, schnarrt der Mann und hält mir einen scheckkartengroßen Ausweis unter die Nase. Knapp eins achtzig groß, mit schütterem Blondhaar und eng stehenden kleinen Wieselaugen ist er der Typ, der im Tapetenmuster verschwindet. Unansehnlich bis zur Unkenntlichkeit. Das weiß er auch. Und macht es mit Dominanz und Aggressivität wett.

»Pia Petry«, antworte ich im gleichen Ton. »Privatdetektivin.«

Er reißt die Augen auf. »Privatdetektivin«, wiederholt er und spricht das Wort aus, als müsse er sich gleich übergeben. Dann huscht sein Blick zu Isabel. »Was ist mit der Frau?«

»Tot«, sage ich.

Ohne mich aus den Augen zu lassen, eilt er zu ihr und greift nach ihrem Handgelenk.

»SIE IST TOT«, wiederhole ich.

»Davon überzeuge ich mich lieber selbst«, kommt es bissig zurück. Doch schon nach wenigen Sekunden lässt er Isabels Arm auf das Bett zurückfallen. Offensichtlich hat auch er keinen Puls tasten können. »Haben Sie die Frau ermordet?«

»Klar«, sage ich. »Jeden Tag eine gute Tat.«

Lademann seufzt. »Glauben Sie, das ist der richtige Zeitpunkt für Scherze?«

»Ich habe sie nicht umgebracht«, sage ich genervt. »Oder was glauben Sie, warum ich sonst noch hier herumstehe?«

»Was haben Sie da gerade gemacht?«

»Meine tägliche Gymnastik. Ich bin heute leider noch nicht dazu gekommen.«

»Wenn Sie Beweismaterial beiseitegeschafft oder Spuren vernichtet haben, dann können Sie was erleben.«

Drohend macht er ein paar Schritte auf mich zu. Da betreten ein Streifenpolizist und ein grauhaariger Mann mit Arzttasche den Raum. Der Mediziner eilt zu Isabels Leiche, während sich der junge Beamte an der Tür postiert.

Lademann fährt mit der Hand durch sein verbliebenes Resthaar. »Dann erzählen Sie mal. Wer ist die Tote und was haben Sie hier zu suchen?«

»Sie ist meine Tanzlehrerin. Isabel Ortega. Wir waren im *Cucaracha* zu einer Privatstunde verabredet. Und da sie nicht aufgetaucht ist, bin ich hierhergekommen ...«

»Sie wussten, wo sie wohnt?«

»Ja«, behaupte ich. »Sie hat es mir mal erzählt.«

Keine Ahnung, warum ich Miguel nicht erwähne. Aber irgendein diffuses Bauchgefühl signalisiert mir, vorsichtig zu sein. Auch wenn ich davon ausgehen muss, dass er es war, der die Polizei alarmiert und mich in diese beschissene Situation gebracht hat.

»Wer hat Sie informiert?«, frage ich.

»Wir haben einen anonymen Anruf bekommen.«

»Von einem jungen Mann?«, rutscht es mir nun doch heraus. Am liebsten würde ich mir auf die Zunge beißen.

»Wie kommen Sie darauf?«, fragt Lademann sofort.

»Nun, nach Raub sieht die Sache ja nicht gerade aus.« Ich deute mit dem Kopf zu Isabels Schmuck. »Eher nach einem Mord aus Leidenschaft. Und da ist es doch naheliegend, dass der Anrufer ein Mann war.«

»Vorausgesetzt, der Anrufer ist der Täter …«

»Sieht so aus, als wäre sie stranguliert worden«, unterbricht uns der Arzt, der seine Utensilien wieder zusammenpackt. »Die Leiche muss in die Rechtsmedizin.«

»Können Sie noch mehr sagen?«, fragt Lademann.

Der Arzt schüttelt den Kopf. »Da müssen Sie schon die Obduktion abwarten«, antwortet er, lässt die Verschlüsse seiner Tasche zuschnappen und geht eilig hinaus.

»Was ist eigentlich mit der Spurensicherung? Gucken Sie mal, wo die bleiben!«, wendet sich Lademann an den jungen Streifenpolizisten, der daraufhin seinen Wachposten an der Tür verlässt.

»Nun zu Ihnen.« Lademann fixiert mich mit kaltem Blick. »Wie lange sind Sie schon in der Wohnung? Und warum haben Sie uns nicht angerufen?«

»Ich war gerade mal fünf Minuten hier, bevor Sie kamen. Und anrufen konnte ich nicht, weil ich mein Handy zu Hause vergessen habe.«

»Tatsächlich?« Lademann zieht zweifelnd die Augenbrauen hoch.

Ich nicke heftig und höre, dass aus meiner Jackentasche *Let's get loud* von *Jennifer Lopez* dringt. Die Klingelmelodie meines Mobiltelefons.

3

Wilsberg erfährt Geheimnisse der Zauberei

»Sie hat heute die Mathearbeit nicht mitgeschrieben, weil sie vor lauter Kopfschmerzen und Übelkeit keinen klaren Gedanken fassen konnte. Ich habe sie erst mal ins Bett gesteckt. Aber wenn sie morgen immer noch völlig daneben ist, werde ich mit ihr zu einem Kinderpsychologen gehen müssen.«

Der vorwurfsvolle Ton meiner Exfrau ließ keinen Zweifel daran, wem sie die Schuld am Gesundheitszustand unserer Tochter gab.

»Sarah wird das schon verkraften«, sagte ich. »Sie ist schließlich kein Kind mehr.«

»Sie tut immer so erwachsen, aber in Wirklichkeit ist sie ein kleines Mädchen, Georg. Du verbringst alle zwei Wochen anderthalb Tage mit ihr. Glaubst du, du verstehst, was in ihr vorgeht?«

»Nein, das habe ich ja nicht mal bei dir verstanden.«

»Spar dir deine blöden Sprüche!«, fuhr mich Imke an. »Ich darf jetzt wieder ausbaden, was du angerichtet hast.«

»Es tut mir ja auch leid, dass sie das miterlebt hat«, sagte ich. »Aber wie, bitte schön, hätte ich es verhindern sollen?«

»Warum musstest du sie überhaupt in dieses idiotische Varieté schleppen?«

»Sarah hat mir die Eintrittskarte zum Geburtstag geschenkt. Ich habe mir diesen Abend weder gewünscht noch jemals erwähnt, dass ich ein Fan von Zaubertricks und Artisten mit Gummikörpern bin.« Mein Vorsatz, nicht die Beherrschung zu verlieren, geriet ins Wanken. »Im Übrigen ist ein Varieté kein gefährlicher Ort. In hunderttausend Vorstellungen kommt es vielleicht einmal zu einem Unfall. Es war einfach Pech, verdammtes Pech.«

»Nur komisch, dass du das Pech anziehst wie ein Scheißhaufen die Fliegen. Wann hast du in deinem Leben das letzte Mal Glück gehabt, Georg Wilsberg?«

Ich starrte den Hörer an. Imke hatte die Gabe, mit traumwandlerischer Sicherheit die Stelle zu treffen, an der es am meisten schmerzte. Ich atmete tief durch. »Kann ich mit ihr sprechen?«

»Mit Sarah? Nein. Sie schläft und ich werde sie nicht aufwecken. Versuch's heute Abend noch mal.«

Ein Klicken und die Leitung war tot.

Von draußen drang ohrenbetäubender Lärm in mein Büro. Ich ging zum Fenster. Einer meiner Nachbarn schlenderte mit umgehängtem Laubbläser und putzigen roten Ohrschützern durch seinen Garten. Die wenigen Blätter, die er dabei aufwirbelte, hätte er mit einer Harke zehnmal schneller entfernt. Seit der Erfindung des Laubbläsers hege ich den Verdacht, dass Gartenarbeit für manche Männer zum reinen Vorwand geworden ist, den Mitmenschen ungestraft auf die Nerven gehen zu können. Wer auch immer dieses Gerät konstruiert hatte – es musste sich um einen ausgesprochenen Menschenfeind handeln.

Ich schloss das Fenster, gleichzeitig klingelte das Telefon. Mit zwei Schritten war ich am Schreibtisch.

»Wilsberg!«

»Schlechte Laune oder was?«, fragte Hauptkommissar Stürzenbecher.

»Was willst du?«

»Setz dich ins Auto und komm zum Rechtsmedizinischen Institut.«

»Wohin?«

»Zum Rechtsmedizinischen Institut an der Von-Esmarch-Straße«, wiederholte er überdeutlich, als hätte ich ein akustisches Problem.

»Das habe ich verstanden. Aber was soll ich da?«

»Erklär ich dir, wenn du hier bist. Ich erwarte dich in einer Viertelstunde.«

Aufgelegt. Anscheinend hatte nicht nur Imke ihre Freundlichkeit mit den gestrigen Geburtstagsglückwünschen aufgebraucht.

Eine aufreibende Parkplatzsuche und zwanzig Minuten später stand ich vor dem unscheinbaren Neubau im Klinikviertel. Das Rechtsmedizinische Institut war für alle unklaren Todesfälle in der näheren und weiteren Umgebung Münsters zuständig. Wobei die unklaren Todesfälle, wie die Rechtsmediziner in einer empirischen Untersuchung festgestellt hatten, mit der Entfernung von Münster stetig abnahmen. Das mochte daran liegen, dass im Landkreis Borken oder in Ostwestfalen weniger gemordet wurde. Möglich war aber auch, dass die dortigen Kriminalbeamten keine Lust auf Dienstreisen nach Münster hatten und den Ärzten im Zweifelsfall nahelegten, eine natürliche Todesursache zu attestieren.

Ich klingelte und der Pförtner ließ mich in den verschlossenen Vorraum. Nachdem ich meinen Namen und mein Anliegen genannt hatte, hängte er sich ans Telefon.

Es dauerte nicht lange, bis Stürzenbechers massige Gestalt hinter der inneren Glastür auftauchte.

Als ich ihm die Hand schüttelte, glaubte ich, einen leichten Geruch von Verwesung und Desinfektionsmittel wahrzunehmen. Aber das konnte auch die Ahnung dessen sein, was mich erwartete.

»Komm mit runter!«, sagte der Leiter des KK 11. Sein Kommissariat im münsterschen Polizeipräsidium wurde tätig, wenn es um Gewaltverbrechen ging. Hauptsächlich deshalb waren wir uns in den letzten Jahren häufig über den Weg gelaufen. Und trotz aller Probleme, die das mit sich brachte, hatte sich zwischen uns eine Art Freundschaft entwickelt.

»Wer ist eigentlich tot?«, fragte ich, als wir die Treppe hinabstiegen.

»Stefan Hubertus.«

»Wer?«

»Bist du heute schwerhörig?«

»Nein. Aber ich kenne keinen Stefan Hubertus. Nie von ihm gehört.«

»Auf der Bühne nannte er sich Stefano Monetti.«

»Der Magier?«

»Korrekt.« Stürzenbecher schob mich durch eine Schwingtür. »Als wir gestern Nacht seine Assistentin im Krankenhaus aufsuchten, hielt sie deine Visitenkarte in der Hand. So etwas macht mich stutzig. Das verstehst du doch.«

»Das bedeutet gar nichts.« Automatisch fiel ich in eine Verteidigungshaltung. »Ich war gestern im Varieté, mit meiner Tochter. Anna, also die Assistentin, hat mich auf die Bühne geholt, damit ich die Pistolenkugel in Augenschein nehme. Mehr war da nicht.«

»Und bei der Gelegenheit hast du ihr deine Visitenkarte zugesteckt?«

»Nein, das war hinterher, als Monetti oder Hubertus schon umgekippt war. Da habe ich nachgesehen, was mit ihm passiert ist, weil meine Tochter völlig verstört war. Anna tat mir leid, sie stand unter Schock. Ich dachte, es hilft ihr, wenn sie mit jemandem reden kann.«

»Klar«, grunzte Stürzenbecher, »du wolltest nur mit ihr reden.«

»Das ist die Wahrheit.«

»Außerdem sieht sie sensationell gut aus, findest du nicht?«

»Ja«, gab ich zu.

Der Hauptkommissar öffnete eine weitere Tür und wir kamen in den weiß gekachelten, von einer starken Klimaanlage gekühlten Raum, in dem Patienten nicht mehr gepflegt, sondern in Schubfächern aufbewahrt werden und die behandelnden Ärzte mit Instrumenten hantieren, die denen von Schlachtern nicht unähnlich sind.

Stefan Hubertus alias Stefano Monetti lag auf einem Metalltisch in der Mitte. Zumindest das meiste von ihm. Der Rest befand sich in Metallschüsseln auf einer fahrbaren Ablage und hatte ihm vermutlich mal als Herz, Leber oder Niere gedient. Einer der beiden Rechtsmediziner, die sich über den Leichnam beugten, griff gerade mit der behandschuhten Hand in den geöffneten Oberkörper. Ich wandte mich ab und betrachtete die Kacheln an der Wand. Zum Glück hatte ich heute Morgen nur eine Schüssel Müsli gefrühstückt.

»Ist was?«, fragte Stürzenbecher spöttisch.

»Nein, alles in Ordnung«, log ich.

»Herr Professor!«, rief der Hauptkommissar. »Könnten Sie einen Moment zu uns kommen!«

Ich holte Luft und stellte mich der Aufgabe. Der größere der beiden Mediziner streifte die blutbeschmierten Handschuhe ab und zog den Mundschutz nach unten, als er zu uns trat. Seine freundlichen Augen musterten mich fragend, während er die Hand ausstreckte.

»Celenius. Kennen wir uns nicht?«

»Wilsberg.« Ich ergriff seine Hand. »Die alten Damen in St. Mauritz, die wegen medizinischer Versuche sterben mussten. Ich habe Sie damals um Unterstützung gebeten.«

»Richtig.« Ein Lächeln breitete sich auf seinem Gesicht aus. »Ein interessanter Fall. Ein wirklich sehr interessanter Fall. Dagegen ist unser Magier reine Routine.« Er schaute zu Stürzenbecher. »Darf ich?«

»Reden Sie ruhig!«, sagte der Hauptkommissar.

»Frontaler Kopfschuss drei Zentimeter oberhalb der Augen. Die Kugel hat lebenswichtige Bereiche seines Gehirns zerstört.« Celenius' hanseatischer Akzent wurde stärker. »Der Mann war praktisch tot, als er auf dem Boden aufschlug. Merkwürdig ist nur, dass das Projektil nicht wieder ausgetreten ist. Ich nehme an, dass die Wucht des Schusses durch etwas Gläsernes abgeschwächt wurde. Wir haben winzige Glassplitter in der Wunde gefunden.«

»Er stand hinter einer Glasscheibe«, bestätigte ich.

»Und vermutlich war das Ganze etwas anders gedacht«, sagte Celenius. »Sonst kann man einen solchen Trick immer nur einmal vorführen.«

»Hubertus hat den Kugeltrick schon Dutzende Male praktiziert«, schaltete sich Stürzenbecher ein. »Normalerweise verschwindet die Metallkugel, die vor den Augen des Publikums in den Lauf eingeführt wird, in einem Geheimfach innerhalb der Pistole. Abgefeuert wird ein hauptsächlich aus Wachs bestehendes Geschoss, das schon vorher im Lauf steckt. Die Wachskugel hat genug Kraft, um die Glasscheibe zu durchschlagen, kann den dahinter stehenden Mann jedoch nicht mehr verletzen.«

»Und was ist schiefgegangen?«, fragte Celenius.

»Das wissen wir noch nicht. Jedenfalls blieb die Metallmunition im Lauf und wurde zusammen mit dem Wachs abgefeuert.«

»Dumm«, nickte der Professor. »Passiert so was häufiger?«

»Selten, aber es kommt vor.«

»Da würde ich doch lieber dabeibleiben, Kaninchen aus einem Hut zu zaubern.«

»Ja«, sagte Stürzenbecher. »Aber wo Herr Wilsberg schon mal da ist, würde ich ihn gern einen Blick auf das Projektil werfen lassen, das sich in Hubertus' Kopf befand. Er hatte nämlich bei der Vorstellung die Aufgabe, das Beweisstück zu prüfen.«

Celenius schaute mich auffordernd an. »Dann kommen Sie mal mit!«

»Danke.« Ich schluckte. »Wenn Sie nichts dagegen haben, würde ich lieber hier stehen bleiben.«

»Ach so, natürlich.« Der Professor machte ein paar Schritte zur Ablage und fischte etwas Metallenes aus einer Schale.

Das leicht deformierte Ding, das nun in meine Hand kullerte, besaß keine Kerbe auf seinem Mantel. »Das ist nicht die Kugel, die ich auf der Bühne gesehen habe«, stellte ich fest.

»Darf auch nicht«, sagte Stürzenbecher. »Der Trick sieht vor, dass Hubertus das Geschoss mit den Zähnen auffängt. Scheinbar jedenfalls. Also muss die Metallkugel vor den Augen des Publikums mit einer anderen vertauscht werden. Hubertus steckt sich die markierte Kugel in den Mund und schiebt sie, sobald der Schuss fällt, rasch zwischen die Zähne. Deine Aufgabe wäre es gewesen, die Markierung wiederzuerkennen und die Echtheit zu bestätigen.«

»Dann müsste er mein Projektil ja noch im Mund gehabt haben«, sagte ich.

»Richtig«, sagte Stürzenbecher.

Wir drehten uns zum Metalltisch um.

»Herr Reich-Ranitz«, rief Celenius.

»Ja?« Der zweite Mediziner schaute auf.

»Haben Sie den Rachenraum des Toten nicht untersucht?«

»Natürlich. Da war …«

»Dann machen Sie es bitte noch mal! Und zwar gründlich!«

»Aber …«

»Tun Sie es einfach!«

Reich-Ranitz murmelte etwas Unverständliches und leuchtete dann mit einer kleinen Taschenlampe in den geöffneten Mund des Magiers. Schließlich nahm er eine Pinzette zu Hilfe.

»Wie ich bereits sagte … Nein, warten Sie! Na so was! Unter der Zunge.«

»Assistenten«, knurrte Celenius.

Reich-Ranitz zog die Pinzette aus dem Mund des Toten

und schwenkte sie in unsere Richtung. »Ein Metallprojektil. Unversehrt.« Er betrachtete seinen Fund genauer. »Bis auf eine kleine Einkerbung im Mantel.«

»Ich glaube, ich brauche frische Luft«, sagte ich.

Der Hauptkommissar musterte mich kritisch und griff nach meinem Arm. »Ich begleite dich.«

Vor dem Institut steckte ich mir einen Zigarillo an. Der Rauch schmeckte scheußlich, aber wenigstens verdrängte er den Leichengestank.

»Die Qualmerei wird dich noch umbringen«, sagte Stürzenbecher.

»Was denkst du?«, fragte ich. »War es ein Unfall?«

»Die Assistentin war letzte Nacht ziemlich durch den Wind. Ich habe nicht viel aus ihr herausbekommen. Sie redete dauernd davon, dass jemand vergessen habe, die Garderobentür abzuschließen. Theoretisch wäre es natürlich möglich, dass an der Pistole manipuliert wurde.«

»Und warum nicht praktisch?«

»Weil man dafür ein Insider sein muss. Solche Spezialpistolen werden nicht in hoher Stückzahl hergestellt. Um sicherzugehen, habe ich die Experten vom Landeskriminalamt gebeten, die Waffe zu untersuchen.«

Anna selbst wusste vermutlich, wie die Pistole funktionierte. Dachte ich, sagte es aber nicht.

»Sie heißt Anna Ortega und stammt aus Kuba«, redete der Hauptkommissar unaufgefordert weiter. »Seit fünf Jahren ist sie mit Hubertus zusammen.«

»Die beiden waren ein Paar?«

»Auf der Bühne und im Bett.« Er grinste anzüglich. »Die schönen Frauen sind immer vergeben. Hast du das noch nicht gemerkt?«

»Davon habe ich gehört. Aber warum sollte mich das interessieren?«

»Mach mir nichts vor, Wilsberg. Ich weiß genau, was du denkst.«

»Und das wäre?«

»Dass sie ihren Typen womöglich selbst erledigt hat. Und ich bin lange genug im Geschäft, um das Gleiche anzunehmen. Allerdings gibt es exakt drei Punkte, die für sie sprechen.«

Ich schaute ihn erwartungsvoll an.

»Erstens: Falls sie eine Mörderin ist, ist sie auch eine verdammt gute Schauspielerin. Zweitens: Mit Hubertus beerdigt sie ihre eigene Lebensgrundlage. Und drittens ...«

»... gibt es keine Lebensversicherung zu ihren Gunsten«, vermutete ich.

»Doch, es gibt eine. Bloß mit einem netten kleinen Passus, der ihr nicht unbekannt sein dürfte: Die Versicherung hat sich geweigert, den Kugeltrick zu versichern. Wegen zu großem Risiko. Anna Ortega hätte ihren Stefano auf alle möglichen Weisen vom Leben zum Tod befördern dürfen, nur eben nicht mit der Pistole auf der Bühne.«

Stürzenbecher registrierte meine Erleichterung mit einem kleinen Lachen. »Scheint dich zu freuen?«

»Ich hatte noch nie was für schöne Mörderinnen übrig.«

»Ehrlich gesagt, verhafte auch ich lieber stinkende, brutale Scheißkerle.« Er wurde ernst. »Dummerweise spricht ein Punkt gegen sie.«

Hinterhältiger Sack, dachte ich.

»Anna Ortego ist heute Morgen aus dem Krankenhaus verschwunden, ohne Wissen und Erlaubnis der Ärzte. In ihrem Hotel ist sie jedoch nicht mehr aufgetaucht. Wenn du sie siehst, sag ihr bitte, dass sie sich bei uns melden soll. Sonst muss ich sie zur Fahndung ausschreiben.«

»Ich habe keine Ahnung, wo sie sich aufhält.«

»Habe ich auch nicht behauptet.« Stürzenbecher klopfte mir auf die Schulter. »Aber es könnte ja passieren, dass sich eure Wege kreuzen.«

4

Pia Petry stellt zu viele Fragen

Lademann hat mich abgeführt. In Handschellen. Aus reiner Schikane. Mein lautstarker Protest interessierte ihn kein bisschen. Er behandelte mich wie eine Schwerverbrecherin. Stieß mich vor sich her, drückte meinen Kopf beim Einsteigen in den Streifenwagen viel zu tief nach unten, ließ mich im Polizeipräsidium am Bruno-Georges-Platz erkennungsdienstlich behandeln.

Ich bin davon überzeugt, dass er ein Sadist ist. Einer, der nachts in den einschlägigen Hamburger SM-Clubs sein Unwesen treibt.

Nach dem *Fotoshooting* wurde ich mit schwarzen Fingerkuppen und jeder Menge schlechter Laune in sein Büro gebracht. Einen gesichtslosen Raum mit einem schräg vor dem Fenster stehenden Schreibtisch, einem kleinen Tisch und drei unbequemen Stühlen direkt neben der Tür. Keine Pflanzen, keine Fotos, keine Poster an der Wand. Als ich Lademann um einen Kaffee bat und er tatsächlich aufstand und das Zimmer verließ, hätte mich das misstrauisch machen sollen. Es dauerte über eine halbe Stunde, bis er wieder auftauchte. Einen Kaffee hatte er nicht dabei. In dem Stil verlief das gesamte Verhör. Er ließ mich meine Geschichte ungefähr zwanzigmal erzählen, stellte mir immer wieder die gleichen Fragen und hakte sofort nach, wenn ich auch nur einen Millimeter von einer früheren Version abwich. Aber ich tat ihm nicht den Gefallen, mich in Widersprüche zu verwickeln.

Angesichts der Tatsache, dass ich keine Vorstrafen, dafür aber einen festen Wohnsitz und einen Job habe, blieb ihm nichts anderes übrig, als mich um acht Uhr abends gehen zu lassen. Unter Absingen hässlicher Lieder. Wie der Drohung, mich eine Nacht in die Ausnüchterungszelle zu stecken, sollte ich ihm je wieder in die Quere kommen.

Auf der Suche nach einem Parkplatz, fahre ich völlig genervt durch die Husumer Straße. Zwischen den am Straßenrand aufgereihten Autos tut sich weit und breit keine Lücke auf. Eigentlich genieße ich es, in Eppendorf zu wohnen. Doch ich genieße es nicht, bis zu vierzig Minuten lang einen Parkplatz suchen zu müssen. Heute werde ich immerhin schon nach fünfzehn Minuten im Abendrothsweg fündig.

Als ich auf den Eingang des ehrwürdigen Jugendstilgebäudes zuhalte, in dem ich vor sieben Jahren eine Wohnung bezogen habe, treffe ich auf meinen Nachbarn Siegfried Rebbelmeier. Er steht vor der Eingangstür und raucht. Wie ein Pennäler, der Angst hat, erwischt zu werden, sieht er sich immer wieder ängstlich um.

»Was machen Sie denn hier?«, frage ich.

»Rauchen.«

»Seit wann gehen Sie dafür auf die Straße?«

Rebbelmeier zieht sich die Strickjacke enger um die Schultern und saugt an seinem Glimmstängel wie ein Junkie an einem Joint. »Frau Linke mag es nicht, wenn ich rauche«, sagt er. »Deswegen versuche ich, es mir abzugewöhnen.«

»Indem Sie vor die Tür gehen?«

Er nickt und sieht verlegen auf seinen Bierbauch herab. »Sie mag den Gestank in meiner Wohnung nicht.«

Kopfschüttelnd mustere ich ihn. Mit seinem spärlichen Haupthaar, seiner tonnenförmigen Figur und den Speckrollen unter dem Kinn sieht er nicht gerade wie ein Adonis aus. Dennoch wandelt er auf Freiersfüßen. Sein Faible für Frau Linke, die vor einem Jahr hier eingezogen ist, hat den Nachteil, dass er sich in dem Wunsch, ihr zu gefallen, jede Woche etwas Neues ausdenkt. Es hat aber auch einen Vorteil. Es lenkt ihn ab. Von mir und meiner Detektei. Denn wenn es nach Rebbelmeier ginge, wäre er längst als Senior-Partner in meiner Firma eingestiegen.

»Wissen Sie«, sage ich, »wenn Sie hier rauchen, stinkt der ganze Eingangsbereich. Ich glaube nicht, dass das Frau Linke oder irgendeinem anderen Mitbewohner gefällt. Mal davon abgesehen, dass es auch keinen guten Eindruck …«

»Aber was soll ich denn machen?«, jammert er.

Ich deute auf die gegenüberliegende Straßenseite. »Rauchen Sie da drüben. Da fällt es nicht so auf.«

Zweifelnd runzelt er die Stirn. »Meinen Sie wirklich?«

Ich nicke. Und tatsächlich trollt er sich auf die andere Straßenseite. Jetzt haben die lieben Nachbarn den Ärger.

Zum Abendessen bereite ich mir eine Portion Mirácoli zu. Danach gönne ich mir ein Schaumbad, liege im heißen Wasser und denke über mein neues Feindbild nach: Lademann. So ein Arsch. HANDSCHELLEN! Über die Handschellen komme ich nicht hinweg. Wie mich die Leute in der Susannenstraße angestarrt haben, als er mich mit gefesselten Händen zum Streifenwagen führte. Was die wohl geglaubt haben, weshalb ich festgenommen worden bin. Diebstahl, Einbruch, Mord?

Das kriegt der Typ zurück, denke ich. Wenn der sich einbildet, mich eingeschüchtert und abgeschreckt zu haben, dann hat er sich geschnitten. Ich hatte nicht vor, wegen Isabels Ermordung tätig zu werden. Ich hatte nicht vor, mal wieder unentgeltlich an einem Fall zu arbeiten und meine ohnehin defizitäre Detektei weiter in die roten Zahlen zu treiben. Aber Lademann lässt mich meine Vorsätze vergessen. Seine arrogante, schikanöse Art hat mich so richtig angefixt. Jetzt will ich Isabels Mörder finden. Und zwar bevor er ihn findet.

Voller Tatendrang mache ich mich gegen zweiundzwanzig Uhr auf den Weg. Innerlich darauf gefasst, das *Cucaracha* könne geschlossen sein. Das ist nicht der Fall. Doch kommt mir die Stimmung gedrückt vor. Niemand tanzt und auch die Musik scheint leiser als sonst zu sein.

Ich sehe mich nach Miguel um. Ihn zu finden ist nicht schwierig. Er steht am Tresen und hält sich an einem Glas *Sol* fest.

»Hola!«, sage ich.

Mit leerem Blick starrt er in sein Bier, das garantiert nicht sein erstes ist.

»Warum bist du abgehauen?«

Ohne eine Erwiderung dreht er mir den Rücken zu.

»Why did you run away?«, wiederhole ich meine Frage, diesmal etwas lauter, packe ihn an der Schulter und ziehe ihn zu mir. Seine Augendeckel flattern. Er sagt etwas. Aber ich verstehe ihn nicht.

»Könntest du lauter reden?«, rufe ich gegen die Musik an.

»I have no Aufenthaltsgenehmigung and no Arbeitserlaubnis«, sagt er mit schleppender Stimme und eindeutigen Artikulationsproblemen.

»Hast du die Bullen informiert?«

Er reißt die Augen auf. »Die Bullen? Ich? Why should I? I'm not crazy.«

Seine Entrüstung wirkt echt. Ich gehe ganz nah an ihn heran, sodass ich ihm ins Ohr flüstern kann. »Ich habe der Polizei nichts von dir erzählt. Ich habe so getan, als wäre ich allein gewesen, als hätte mich Isabel normalerweise allein unterrichtet.«

Sein Gesicht bleibt ausdruckslos.

»Du könntest Danke sagen.«

»Thank you.«

»Du bist betrunken«, stelle ich fest.

»Maybe.«

»Wart ihr ein Liebespaar?«

»Wer?«, fragt er verständnislos.

»Isabel und du?«

Er schüttelt so heftig den Kopf, dass er fast das Gleichgewicht verliert. »No chance«, sagt er. »At least not for one of us.«

Der Bemerkung folgt eine Kopfbewegung, die den ganzen Raum mit einzubeziehen scheint und die ich dahingehend interpretiere, dass Isabel sich zumindest in sexueller Hinsicht nicht für ihre Landsleute interessiert hat.

»Wen hat sie denn rangelassen?«

»Germans. Old, ugly, whatever. They only had to be rich.«

Ich ziehe das zerkratzte Foto, das ich unter Isabels Bett gefunden habe, aus meiner Gesäßtasche und halte es ihm hin.

»So alt und so hässlich wie der Typ hier?«

Miguel starrt das Bild an und wieder habe ich Angst, er kippt um. »Where did you get that?«, fragt er und klingt auf einmal viel nüchterner.

»Ist doch egal. Kennst du den Typen?«

»Ja.« Er starrt immer noch das Foto an. »I've seen them together. He picked her up from the club.«

»Weißt du, wie er heißt?«

»Mir ist schlecht.« Miguel dreht sich um und stürzt Richtung Toilette. Ich hinterher. »Mein Foto«, rufe ich und reiße ihm die Aufnahme aus der Hand, die er länger festhält als nötig. Als ich sie endlich wiederhabe, ist eine Ecke eingerissen.

Zurück am Tresen stecke ich das lädierte Bild wieder weg, klettere auf einen der Barhocker und bestelle mir einen Mojito. Der Club füllt sich langsam. Auf der Tanzfläche führen vier Paare mit viel Elan vor, was sie in den Salsakursen gelernt haben. Eine Reihe von Latinas sitzt an kleinen Tischen am Rand der Tanzfläche und ich erkenne einige der Trainer, die am Tresen stehen, Bier trinken und sich eifrig miteinander unterhalten.

Mir fällt ein, wie ich das erste Mal hierherkam. An einem sonnigen Samstagvormittag. Als ich mich, kaum dass ich die Schwelle überschritten hatte, über die dunkelhäutigen Typen wunderte, die sich in den Ecken und an der Bar des eher schummrig beleuchteten Clubs herumdrückten. Vorsichtshalber gesellte ich mich zu den anderen Tanzschülern, vornehmlich Frauen, und behielt meinen Mantel und meine Handtasche im Auge. Was schwierig wurde, als der Unterricht begann. Isabel trat auf die Bühne, erklärte den Grundschritt und übte ihn mit uns ein. Als wir ihn einigermaßen beherrschten, verkündete sie: »Jetzt mit Partner.«

Da sich unter den Schülern nur wenige Männer befanden, fragte ich mich, wo die sogenannten Partner herkommen sollten. Fielen die vom Himmel? Nein, sie wuchsen aus dem Boden. Denn plötzlich stand Miguel vor mir. Einer der dunkelhäutigen Jungs, die mir zuvor so suspekt erschienen waren. Und mir dämmerte, dass ich mir um meine Handtasche keine Sorgen machen musste.

»Kann ich Sie mal kurz sprechen?«

Erstaunt drehe ich mich um, unsicher, ob ich gemeint bin. Ich bin gemeint. Horst steht vor mir. Ein Mann in den späten Fünfzigern, mit schütterem grauem Haar, einer immer irgendwie schief auf seiner Nase sitzenden Metallbrille, einem Vollbart und einem Bauch, der weit über den Gürtel hinausragt. Der Geschäftsführer des *Cucaracha*. Ein Althippie, der jahrelang auf Kuba gelebt hat und in grauer Vorzeit wohl auch einmal mit einer Kubanerin verheiratet war.

Ich greife mir meinen Mojito, rutsche vom Barhocker und folge ihm in den hinteren Teil des Clubs, zu einer unauffälligen, braun lackierten Tür, an der ein kleines silbernes Schild mit der Aufschrift *staff only* angebracht ist. Dahinter befindet sich sein Büro. Ein winziger Raum, dessen Wände mit offenen Metallregalen zugestellt sind, in denen sich Aktenordner, Broschüren, CDs und vieles mehr stapeln. Er lässt sich hinter seinem Schreibtisch nieder und deutet auf einen Stuhl. Ich setze mich und nippe an meinem Mojito.

»Sie haben Isabel gefunden?«, sagt er und fummelt ein Päckchen Gitanes aus seiner Brusttasche.

»Woher wissen Sie das?«

»Sagen wir mal, ich weiß vieles.«

»Dann muss ich Ihnen ja nichts mehr erzählen.«

»Ich sagte *vieles*, nicht *alles*«, antwortet er gereizt, steckt sich eine Zigarette in den Mundwinkel und greift nach einem silbernen Zippo-Feuerzeug, das vor ihm auf seinem Schreibtisch liegt. »Miguel hat mir erzählt, Sie hätten ihn aus der Geschichte rausgelassen.«

Ich nicke.

»Bleibt das so?«

»Ich denke schon.«

»Gut.« Er zündet sich seine Gitane an und nimmt einen tiefen Zug. »Miguel ist ein lieber Junge. Einer meiner besten Tänzer, ich würde ihn ungern verlieren«, sagt er und spuckt ein paar Tabakkrümmel auf den Boden. Dann sieht er mich direkt an. »Wie ist sie gestorben?«

»Hat Miguel das nicht erzählt?«

»Der ist ein Wirrkopf. Er hat behauptet, er wüsste es nicht.«

»Sie wurde erdrosselt«, sage ich, da ich keinen Grund sehe, es ihm zu verheimlichen. Morgen steht es sowieso in der Zeitung.

Horst fährt sich mit der Hand über den Bart und einen Moment glaube ich, Tränen in seinen Augen aufblitzen zu sehen. Er registriert meinen erstaunten Blick.

»Isabel ging es in Kuba sehr schlecht. Irgendeine Hilfsorganisation hat es ihr ermöglicht, nach Deutschland zu kommen. Sie war überglücklich, hier zu sein, im Land ihrer Träume. Wo Milch und Honig fließen. Wo ein besseres Leben auf sie wartete. Wie sie dachte.« Er schiebt die Brille hoch und wischt sich mit dem Handrücken über die Augen. »Sie war bildhübsch, ehrgeizig und fleißig, hat hart gearbeitet ...«

»War sie nur hier beschäftigt?«, frage ich. »Oder hatte sie noch andere Jobs?«

»Keine Ahnung.« Horst drückt die Zigarette in einem Aschenbecher aus, zieht ein Stofftaschentuch aus seiner Hosentasche und putzt sich geräuschvoll die Nase.

»Auf jeden Fall hat sie das nicht verdient. Von irgendeinem Irren ermordet zu werden.«

»Hatte Isabel Feinde?«

Er schüttelt den Kopf.

»Gibt es irgendjemanden, der sie nicht leiden konnte?«

Nach einem kurzen Zögern antwortet er: »Juanita und Isabel waren sich nicht grün. Aber das ist kein Grund, sie umzu...«

»Was heißt ›nicht grün‹?«

»Juanita ist hier im Haus die Chefchoreografin. Und das, obwohl sie in Hamburg geboren und groß geworden ist. Normalerweise kriegen solche Jobs bei mir nur Kubaner, die mit Salsa aufwachsen sind, diesen Tanz quasi im Blut haben. Bei Juanita habe ich eine Ausnahme gemacht. Sie ist einfach sensationell gut. «

»Und was war das Problem zwischen den beiden?«

»Es gab – wie soll ich sagen – Spannungen.«

»Juanita hatte Angst, Isabel könnte ihr den Rang ablaufen?«, rate ich und stelle meinen Mojito, den ich die ganze Zeit in der Hand gehalten habe, auf dem Schreibtisch ab.

Er nickt. »Eine normale Konkurrenzsituation. Wie sie in jedem anderen Unternehmen auch auftritt.«

»Konkurrenz belebt das Geschäft«, stelle ich mit spöttischer Stimme fest und sehe ihm direkt ins Gesicht.

Er erwidert meinen Blick aus Augen, die auf einmal so hart und glatt wie Kieselsteine sind. Und mir dämmert, dass er zwar gemütlich aussieht, aber ziemlich ungemütlich werden kann. Wahrscheinlich hat er diesen Zickenkrieg provoziert, um den Frauen ein bisschen Feuer unter dem Hintern zu machen.

»Wollte Isabel eigentlich verreisen? Hatte sie um Urlaub gebeten?«, frage ich.

Horst schüttelt den Kopf. »Die hat nie Urlaub gemacht. Schließlich musste sie ihre Familie in Kuba finanziell unterstützen. Da konnte sie sich so etwas gar nicht leisten.«

»Hatte sie einen Freund?«

»Nicht dass ich wüsste.« Er steht auf.

Auch ich erhebe mich, hole das Foto hervor und schiebe es über den Schreibtisch. »Kennen Sie den Mann?«

Er schaut nur kurz auf das Bild. »Nein«, sagt er. »Nie gesehen.«

»Sicher?«

»Sie stellen verdammt viele Fragen.«

»Das gehört zu meinem Job.«

»Sie sind also tatsächlich Privatdetektivin?«, erkundigt er sich und geht zur Tür.

»Woher wissen Sie das denn schon wieder?«

»Dann können Sie ja den Fall lösen. Falls es der Polizei nicht gelingt«, geht er über meine Frage hinweg.

»Dafür müsste mich erst einmal jemand bezahlen«, antworte ich auffordernd.

Er winkt ab. »Ich bin ein armer Mann.«

»Das sehe ich«, sage ich und fixiere demonstrativ die Rolex an seinem linken Handgelenk.

Beim Verlassen des Clubs stoße ich schmerzhaft mit der Schulter gegen die Glastür. Was der Türsteher mit einem anzüglichen Grinsen kommentiert. Ja, ja, denke ich, ich weiß schon. Drei Mojitos sind definitiv einer zu viel. Immerhin passiere ich die Schwelle, ohne mit meinen Absätzen daran hängen zu bleiben. Also kann es so schlimm nicht sein. Draußen bleibe ich stehen und atme einmal tief durch. Der Sauerstoff tut gut. Trotzdem habe ich ein bisschen das Gefühl, auf hoher See zu sein. Irgendwie schwankt der Boden.

Während ich mit tiefen Atemzügen versuche, die Alkoholnebel in meinem Gehirn zu vertreiben, fällt mir auf der anderen Straßenseite ein junger Mann auf, der an der Hauswand lehnt und raucht. Miguel. Komisch, denke ich, den habe ich doch gerade noch im Club gesehen. Mit meiner Wahrnehmung stimmt etwas nicht.

Statt zu meinem Wagen zu gehen, marschiere ich zum Taxistand. Heute Nacht lasse ich mich lieber nach Hause fahren.

5

Wilsberg kocht Kaffee

Auf der Treppe des gediegenen Altbaus im Kreuzviertel, den ich zusammen mit fünf anderen Mietparteien bewohnte, begegnete mir Cordula Deistermann. Die Studienrätin war dic Einzige im Haus, mit der ich gelegentlich mehr als die Tageszeiten austauschte. Nach ihrem Einzug hatten wir sogar einige gemeinsame Ausflüge zu den Kneipen an der Kreuzkirche unternommen. Aber das lag nun schon ein paar Jahre zurück.

»Hallo, Cordula!«, sagte ich.

Sie blieb stehen und betrachtete mich mit dem mürrischen Gesichtsausdruck, den sie sich in mehr als zwanzigjähriger Berufspraxis antrainiert hatte. »Das hätte ich nicht von dir gedacht, Georg.«

Blitzschnell ging ich gedanklich alle möglichen Verfehlungen durch, von mangelhafter Mülltrennung bis zu einer nicht eingehaltenen Verabredung. Mir fiel nichts ein.

»Was meinst du?«

»Ich rede davon, was Männer Frauen antun.«

Mein schlechtes Gewissen verstärkte sich. Cordula war eine Expertin für politische Korrektheit in allen Lebenslagen. Doch am unerbittlichsten urteilte sie über männliches Verhalten. »Im Allgemeinen oder geht es um ein spezielles Exemplar?«

Sie stemmte ihre Hände in die runden Hüften. »Das Mädchen sieht völlig fertig aus. Dachtest du, du könntest sie abschleppen, einmal mit ihr pennen und ihr dann einen Tritt in den Hintern geben? Je älter ihr Männer …«

»Moment mal!«, unterbrach ich sie. »Ich habe niemanden abgeschleppt.«

»Ach nein? Wieso hat sie dann bei mir geklingelt und mich gebeten, ins Haus kommen und vor deiner Tür warten zu dürfen? Was hat eine Frau, der das Wasser in den Augen steht, denn so dringend mit dir zu besprechen?«

Sagte es und schritt zur Haustür, hinaus in die warme Oktobersonne.

Zwei Stufen auf einmal nehmend, hetzte ich zu meiner Wohnung hoch. Anna Ortega saß auf der Fußmatte, mit dem Rücken gegen das Türholz gelehnt. Sie trug das pinkfarbene Kleid, das ich von der Varietévorstellung kannte, mitsamt den Blutflecken, die ihr Partner hinterlassen hatte. Offenbar war sie vom Krankenhaus aus direkt hierhergekommen.

Anna lächelte, als sie mich sah. »Hola!«

Ich half ihr auf die Beine. »Sie hätten mich anrufen sollen.«

»Kein Problem. Ich habe nicht lange gewartet.«

Ich öffnete die Tür und führte sie in die Küche. »Möchten Sie einen Kaffee?«

»Gerne.«

Während ich die Espressokanne präparierte, saß sie kerzengerade am Tisch, die Hände flach auf die Tischplatte gelegt. Jedes Mal wenn ich zu ihr schaute, lächelte sie mich aus Augen an, die in schwarzen Mascaraseen schwammen.

»Wie geht es Ihnen?«, fragte ich.

»Ich bin traurig. Ich vermisse ihn.«

»Ja.« Ich stellte Tassen auf den Tisch. »Milch oder Zucker?«

»Schwarz. Bitte.«

»Warum sind Sie aus dem Krankenhaus abgehauen?«

»Abge…, was?«

»Geflohen. Heimlich gegangen.«

»Da waren Polizisten letzte Nacht. Sie haben mir viele Fragen gestellt.«

»Das ist normal. Bei einem gewaltsamen Tod ermittelt die Polizei.«

»Sie denken bestimmt, ich bin eine asesina … eine Mörderin.«

»Nein. Ich habe mit dem Chef der Polizisten gesprochen. Er hält es für möglich, dass Stefans Tod ein Unfall ist.«

»Aber es war Mord.«

Der Espresso blubberte und ich schenkte uns beiden ein. Dann setzte ich mich ihr gegenüber. »Warum sind Sie sich so sicher?«

»Stefano hat die pistola immer kontrolliert. Da war er fanático. Es kann gar nicht sein, dass sie nicht funktionierte. Niemals.«

»Und wer soll das getan haben?«

Sie zog die Schultern hoch. »Ich weiß nicht. Ich weiß nur, dass die Tür in der Pause nicht verschlossen war. Stefano achtete immer darauf, dass die Tür verschlossen war. Und ich auch.« Anna hob die Espressotasse und nahm einen winzigen Schluck. »Auf Ihrer Karte steht, Sie sind Detektiv.«

»Privatdetektiv. Ich bin kein Polizist. Man kann mich engagieren, wenn man wissen will, mit wem sich der Ehemann oder die Ehefrau heimlich trifft. Oder ob jemand die Versicherung betrügt.« Dass ich auch immer wieder mit Mordfällen zu tun gehabt hatte, ließ ich lieber unerwähnt.

»Ich bin privat«, sagte Anna und lächelte.

»Frau Ortega …«

»Anna.«

»Anna, glauben Sie mir, bei der Polizei in Münster arbeiten sehr gute Leute. Falls es ein Mord war, werden sie es herausfinden.«

»Nein, das werden sie nicht. Sie sagen selbst, dass der comisario glaubt, es war ein Unfall.«

»Mich zu engagieren, kostet Geld.«

»Ich habe Geld.«

»Sie wissen, dass Stefanos Lebensversicherung nichts wert ist?«

Ihre Augen blitzten wütend. »Wer hat Ihnen das gesagt? Wen geht das etwas an?«

»Der Kommissar hat es mir gesagt. Und so hart das finanziell für Sie ist, immerhin entlastet es Sie von dem Verdacht, eine Mörderin zu sein.«

»Und wenn schon. Ich kann Sie bezahlen, Herr Wilsberg.«

»Georg.«

»Wir haben ein bisschen gespart. Es ist Geld da.«

Ich lehnte mich zurück. Es widerstrebte mir, den Auftrag einer Frau anzunehmen, die noch halb unter Schock stand und ihre Situation gar nicht überblicken konnte. Andererseits würde sie mich für herzlos halten, wenn ich ihr eine Abfuhr erteilte. Und das wollte ich auch nicht.

»Mal angenommen, ich würde Ja sagen: Wo könnte ich ansetzen? Hatte Stefano Feinde? Hat ihn jemand bedroht?«

»Nein. Stefano hatte keine Feinde.«

Toll. Ein Mordopfer ohne Feinde. Getötet von einem Spezialisten für Kugeltrickpistolen. Wie passte das zusammen? »Hat sich in seinem Leben in letzter Zeit etwas verändert? Gab es ein Ereignis, das ihn aus der Bahn geworfen hat?«

»Nein.«

»Anna, Sie sagen mir, dass er ermordet wurde. Aber es gibt anscheinend nicht den geringsten Grund dafür.«

Sie überlegte. »Stefano war ein bisschen ... wie sagt man? ... deprimido.«

»Deprimiert?«

»Ja.«

»Seit wann?«

»Seit seinem letzten Engagement in Hamburg.«

Hamburg! Die Stadt war für mich untrennbar mit Pia Petry verbunden. Noch ein Grund, den Auftrag abzulehnen.

»War er allein in Hamburg?«

»Ja, er fuhr immer allein.« Sie strich mit der Hand über die Tischplatte. »Er gab Privatunterricht. Für reiche Leute.«

»Welche Leute?«

»Das durfte er nicht sagen. Er hat unterschrieben, nichts zu sagen.«

»Dann wissen Sie auch nicht, wo dieser Unterricht stattgefunden hat?«

»Nein. Alles geheim. Top-secret.«

Ihr spanisches Englisch klang umwerfend komisch.

»Anna, ich muss Ihnen eine Frage stellen.«

»Fragen Sie, Georg!«

»Könnte es sein, dass Stefano in Hamburg nicht gezaubert, sondern sich mit einer anderen Frau getroffen hat?«

»Mit einer Frau?« Sie schlug mit der Hand auf den Tisch. »Sind Sie loco? Er war nicht so einer ... so ein ... Er hat mich geliebt. Ich war sein ángel. Er hat geschworen, mich zu lieben. Nie, nie würde er mit einer anderen Frau ...«

»Anna, ich versuche nur, ein Motiv für den von Ihnen vermuteten Mord zu finden. Zauberunterricht für reiche Leute zu geben klingt für mich nicht nach einem guten Motiv. Ein Verhältnis mit einer verheirateten Frau, die einen eifersüchtigen Ehemann hat, macht erheblich mehr Sinn.«

Sie schüttelte ihre Locken. »Es gab keine andere. Eine Frau spürt das. Eine Frau riecht das. Ich hätte gerochen, wenn er was mit einer anderen gehabt hätte. Außerdem hat er jedes Mal eine Menge Geld aus Hamburg mitgebracht. Denken Sie, eine Frau bezahlt ihn dafür, dass er mit ihr Liebe macht?«

»Auch das kommt vor. Bei älteren, reichen Frauen.«

»Stefano ein Gigolo? Das ist estúpido. Vergessen Sie die andere Frau, Georg.«

»Okay.« Ich stand auf und ging zum Herd, um eine zweite Kanne Espresso aufzusetzen. »Vergessen wir die andere Frau. War Stefano immer deprimiert, wenn er aus Hamburg zurückkam?«

»Nein, nur dieses eine Mal.«

»Hat er einen Grund genannt?«

»Er sagte, er wolle nie wieder nach Hamburg fahren. Hamburg sei für ihn gestorben.«

»Und Sie haben nicht nachgefragt?«

»Doch. Aber er wollte nicht darüber reden. Ich glaube, das letzte Mal ist etwas nicht nach Plan gelaufen. Und man hat ihm Ärger gemacht.«

Immerhin, der Hauch einer Spur.

»Gibt es jemanden, der etwas über diesen Privatunterricht wissen könnte? Einen Kollegen vielleicht? Einen Freund?«

Sie dachte nach. »Möglich ist es.«

»Und wer?«

»Ein alter Magier. Er hat Stefano das Zaubern gelehrt. Sein nom de guerre ...«

»... Künstlername ...«

»... ist Jason Sinclair. Er tritt kaum noch auf. Aber er besitzt einen Zauberladen in Hamburg. Stefano bestellt bei ihm seine Requisiten.«

Ich setzte mich wieder an den Tisch. Wenn ich in Hamburg wäre, könnte ich Pia anrufen und um Hilfe bitten. Ein Gespräch unter Kollegen. Völlig unverbindlich. Ohne Hintergedanken. Na ja, beinahe ohne Hintergedanken. Alles Weitere würde sich zeigen.

Anna lächelte: »Sie nehmen meinen Auftrag also an?«

»Unter einer Bedingung: Sie gehen jetzt zur Polizei und machen eine Aussage. Sonst wird der Kommissar Sie suchen lassen.«

»Por Dios!«, stöhnte sie. »Nur, wenn Sie mitkommen.«

»Ich bin kein Anwalt, Anna, ich bin Privatdetektiv.«

»Aber ich habe Sie gerade engagiert.«

Ich seufzte.

6

Pia Petry ist auf dem Kriegspfad

Ich weiß auch nicht, warum ich jeden Morgen mit dem Wagen nach Pöseldorf fahre und nicht die öffentlichen Verkehrsmittel nutze. Wahrscheinlich macht mir das Autofahren einfach zu viel Spaß. Auch heute cruise ich mehrfach durch den Böhmersweg, den Pöseldorfer Weg, die Milchstraße und den Mittelweg, bis ich in der Böttgerstraße eine Parklücke finde, die so klein ist, dass ich sowohl das vordere als auch das hintere Auto touchiere, bevor ich eingeparkt habe.

Meine Büroräume befinden sich direkt um die Ecke in einem wunderschönen Jugendstilgebäude in der Magdalenenstraße. Was meiner Eitelkeit schmeichelt, meinen Geldbeutel jedoch massiv strapaziert. Eine Tatsache, auf die mich mein Assistent, Martin Cornfeld, dreimal am Tag aufmerksam macht. Er ist Student der Betriebswirtschaft und für unsere Finanzen zuständig. Was zu ständigen Querelen führt, da Geld auf mich eine geradezu abstoßende Wirkung hat: Ich behalte es einfach nicht bei mir.

Als ich das Büro betrete, klingelt das Telefon. Kurz darauf höre schon ich die Stimme meines Assistenten: »Detektei P-Quadrat, Cornfeld, guten Tag.«

Leise schließe ich die Tür zu seinem Zimmer, gehe in die Küche und hole mir einen Kaffee. Dann setze ich mich an meinen Schreibtisch und sehe die Post durch. Rechnungen, Rechnungen, Rechnungen. Frustriert schiebe ich den Stapel zur Seite. Es hätte ja ausnahmsweise auch einmal etwas Schönes, etwas Überraschendes darunter sein können. Ein Liebesbrief zum Beispiel. Eine Benachrichtigung über einen Lottogewinn, ein spannender Auftrag im sechsstelligen Honorarbereich. Doch lange kann ich mich nicht auf den Bürokram konzentrieren. Meine Gedanken schweifen zum gestrigen Abend zurück. Zu Isabel Ortega. Und meinem Vorhaben, ihren Mörder zu finden.

Ich werde auf jeden Fall heute Abend noch einmal in den Salsa-Club gehen und mit Juanita reden. Feindinnen wissen immer eine Menge übereinander. Ein weiterer Ansatzpunkt könnte Isabels aufwendige Garderobe sein. Die hat sie sich nicht zu ihrem Privatvergnügen gekauft. Da bin ich mir ziemlich sicher.

Cornfeld kommt herein und fuchtelt mit einem Zettel vor meiner Nase herum. Wie er so vor mir steht, mit seinen halblangen, rötlichen Haaren und seiner futuristisch anmutenden Designerbrille, wird mir wieder einmal bewusst, wie verdammt attraktiv er ist. Und wie gut ich daran getan habe, seinen sporadisch aufflackernden Annäherungsversuchen zu widerstehen. Auch wenn mir das nicht immer leicht gefallen ist. Schließlich ist er zehn Jahre jünger als ich und ein Womanizer, wie er im Buche steht. Nichts für eine Frau, die mit Anfang vierzig auf der Suche nach dem Märchenprinzen ist, dem potenziellen Ernährer und Erzeuger ihrer zukünftigen Kinderschar.

»Wir haben einen neuen Auftrag«, ist das Erste, was er sagt.

»Prima! Dann sind es ja schon zwei.«

Cornfeld sieht mich irritiert an. »Zwei?«

Ich nicke. »Haben Sie heute schon Zeitung gelesen?«

»Ja.«

»Auch den Artikel über die Ermordung der Salsa-Lehrerin?«

Mein Assistent setzt sich hin und sieht mich mit großen Augen an. »Lassen Sie mich raten. Sie haben sie gefunden?«

»Yepp!«

Er schüttelt den Kopf. »Das gibt es doch nicht.«

Während ich ihm die Geschichte erzähle, rührt er sich

nicht von der Stelle, hört aufmerksam zu und stellt dann genau die Frage, die ich nicht hören will.

»Wer bezahlt uns?«

»Niemand.«

»Dann machen wir das auch nicht.«

»Ein gewisser Hauptkommissar Lademann leitet die Ermittlungen«, unterbreche ich ihn. »Der hat mich in Handschellen abgeführt und im Polizeipräsidium erkennungsdienstlich behandeln lassen. Außerdem hat er mir mit der Arrestzelle gedroht und mir sehr deutlich zu verstehen gegeben, dass er Privatdetektive für ausgemachte Idioten hält.«

Cornfeld verdreht die Augen. »Wollen Sie mir damit sagen, dass Sie auf dem Kriegspfad sind und nichts und niemand Sie davon abhalten wird, diesem Lademann eins auszuwischen?«

»Das haben Sie schön formuliert«, antworte ich und strahle ihn an.

Cornfeld nagt auf seiner Unterlippe. »Wir sind mit zwanzigtausend in den Miesen. Aber wir haben einen neuen Auftrag. Und zwar einen, der bezahlt wird. Ich kümmere mich darum und Sie recherchieren ein bisschen wegen der Salsa-Tänzerin.«

Das ist mein Cornfeld, so wie ich ihn liebe.

»Was ist das eigentlich für ein Auftrag, den Sie da an Land gezogen haben?«, frage ich und krame das Foto von Isabel und dem unbekannten Mann aus meiner Tasche.

»Der Kunde ist ein russischer Oligarch, Igor Gerassimov, dessen Einhundertzwanzig-Meter-Jacht gerade bei *Blohm und Voss* überholt wird. Ich soll mich um seine Frau Ivana kümmern. Ihr die Stadt zeigen, sie herumfahren, ihr die Tüten beim Shoppen tragen et cetera. Das Tolle daran ist, dass ich das Auto, einen schwarzen Cayenne, auch privat nutzen darf.«

»Nicht schlecht«, sage ich. »Aber hat dieser Gerassimov keine Bodyguards, die sich um seine Ehefrau kümmern?«

»Schon. Aber die sprechen kein Deutsch und kennen sich in Hamburg nicht aus.«

»Und wie wollen Sie sich mit dieser Ivana unterhalten?«

»Auf Englisch. Mein Russisch ist ein bisschen eingerostet.«

»Hauptsache, Ihr Französisch kommt nicht zum Einsatz«, sage ich. »Ich glaube, russische Milliardäre mögen es gar nicht, wenn sich jemand an ihre Frauen heranmacht.«

»Dazu wird es wohl kaum kommen. Ivana Gerassimov ist zwar bildschön, aber auch ziemlich arrogant. Außerdem ist die ganze Zeit ein Typ dabei, der sowohl sie als auch mich ständig im Auge behält.«

»Das beruhigt mich. Dann muss ich mir ja keine Sorgen um Ihre Gesundheit machen.« Ich reiche ihm die Aufnahme. »Das habe ich unter Isabels Bett gefunden.«

Cornfeld starrt mit gerunzelter Stirn auf das Bild. »Der Typ kommt mir irgendwie bekannt vor.«

»Prima. Dann machen Sie sich mal eine Kopie von der Aufnahme und finden Sie heraus, wer er ist. Und ich gehe heute Abend noch mal …«, ich stutze, »… in ein Varieté.«

»In ein Varieté?«, fragt Cornfeld.

»Ja. Ich habe Ihnen doch von Isabels aufwendiger Showgarderobe erzählt. Und gerade ist mir eingefallen, dass ich mehrere Bücher zum Thema Zauberei in ihrem Bücherregal gesehen habe. Vielleicht ist sie als Zauberassistentin …«

»Dann kommt eigentlich nur das Hanse-Theater infrage«, unterbricht er mich. »Das ist das größte und bekannteste Varieté in Hamburg.«

»Wo ist das?«

»Auf dem Kiez. Ich mache Ihnen einen Termin mit dem Geschäftsführer«, sagt er und geht zur Tür.

»Kommen Sie mit?«, frage ich.

Er verzieht das Gesicht. »Würde ich gerne. Aber leider habe ich schon etwas anderes vor. Irgendjemand muss hier ja das Geld verdienen.«

7

Wilsberg fährt nach Hamburg

Am Hamburger Hauptbahnhof stieg ich aus dem Intercity. In den Zeiten, in denen ich Pia Petry besucht hatte, war ich noch eine Station weiter, bis zum Bahnhof Dammtor gefahren. Während der Zugfahrt hatte ich überlegt, ob ich sie vor oder erst nach dem Besuch bei Jason Sinclair anrufen sollte. Ein Funkloch hatte mir beim ersten Versuch die Entscheidung abgenommen.

Sinclairs Zauberladen befand sich im Stadtteil Sankt Georg, auf der Ostseite des Hauptbahnhofs. In derselben Straße, der Langen Reihe, hatte ich im Internet ein kleines, nicht allzu teures Hotel entdeckt und ein Zimmer gebucht. Das Hotel hieß wie seine Besitzerin: Daniela Hansen. Frau Hansen hatte sich per E-Mail bei mir gemeldet und mich gebeten, meine genaue Ankunftszeit anzugeben, da die Rezeption nicht ständig besetzt sei.

Mit umgehängter Reisetasche schlenderte ich die Lange Reihe entlang, vorbei an kleinen Cafés und Restaurants, die ebenso bunt und exotisch waren wie die Läden, in denen indischer Nippes oder vergriffene Bücher verkauft wurden. Der Eingang zum Hotel Hansen lag zwischen einem Dessous-Geschäft und einem Zeitschriftenladen. Ich klingelte und las, während ich wartete, die Überschriften der Lokalzeitungen, die im Ständer steckten: Am Vortag war eine Latina ermordet worden und ein Geistesgestörter hatte sich in einer Kindertagesstätte verschanzt. Großstadt eben.

Der Türöffner brummte. Begleitet von klassischer Musik schritt ich die Treppe zum ersten Stock hinauf, wo mich Daniela Hansen in einem Wohnzimmer erwartete, das gleichzeitig als Empfang diente. Trotz daumendicker Brillengläser, die ihre Augen grotesk vergrößerten, blickte sie wie eine Blinde durch mich hindurch. Erst als ich meinen Namen sagte, wich die Unsicherheit einem geschäftsmäßigen Gesichtsausdruck.

»Wir haben Sie früher erwartet.«

»Aber ich habe Ihnen geschrieben, wann ich komme.«

»Zum Glück war ich ja da.« Sie tastete auf einer Ablage nach einem Schlüsselbund. »Ihr Zimmer ist gleich auf der anderen Flurseite. Achten Sie darauf, dass die Haustür verschlossen ist, wenn Sie weggehen!«

Ich versprach, daran zu denken, und nahm den Schlüsselbund aus einer Hand entgegen, die wie manches andere an Daniela Hansen darauf hindeutete, dass sie nicht ihr ganzes Leben lang eine Frau gewesen war.

Mein Zimmer war ähnlich wie der Empfang im Stil der Fünfzigerjahre eingerichtet, mit breitem Bett, Nierentisch, Sofa und Glastürenkleiderschrank. Für anheimelnde Atmosphäre sorgten hellbraune, grobe Holzdielen. Ich stellte die Reisetasche ab, ließ mich auf das Bett fallen und schloss die Augen. Durch die hohen Doppelfenster drang der Straßenlärm in den Raum.

Anna Ortega hatte mir nicht viel mehr über Jason Sinclair erzählen können, nicht einmal seinen bürgerlichen Namen kannte sie. Überhaupt hatte sie kaum noch geredet, nachdem die mehrstündige Vernehmung im münsterschen Polizeipräsidium vorüber gewesen war. Da mich Stürzenbecher gleich nach der Begrüßung wieder hinausgeschickt hatte, bekam ich von ihrer Aussage nichts mit. Während ich auf einer unbequemen Bank vor seinem Büro wartete, vertrieb ich mir die Zeit mit der Frage, in welches Restaurant ich Anna anschließend ausführen sollte. Eine Idee, die sie mit einem müden Lächeln beiseite gewischt hatte. »Ich kann nicht mehr, Georg. Ich bin fertig. Ich muss allein sein.«

Natürlich zeigte ich Verständnis, lächelte freundlich, als

ich mich vor ihrem Hotel von ihr verabschiedete, und fuhr anschließend frustriert nach Hause.

Doch der Abend hatte noch ein positives Ende genommen. Sarah war wach gewesen und in der Lage zu telefonieren. Hinter der geschlossenen Tür ihres Kinderzimmers gestand sie, dass nicht der Tod Monettis, sondern mangelnde Vorbereitung den Kopfschmerz- und Übelkeitsanfall vor der Mathearbeit ausgelöst hatte. Davon dürfe Mama aber nichts erfahren. Mama glaube mir sowieso kein Wort, versicherte ich, schon gar nicht, wenn ich versehentlich die Wahrheit sagte.

Und jetzt war ich also in Hamburg, auf der Suche nach einem Mörder, den es vermutlich gar nicht gab, weil es sich bei dem Mord um einen Unfall gehandelt hatte. Im Auftrag einer Frau, der bald aufgehen würde, dass sich mit ihrem Geld Sinnvolleres anstellen ließe, als einen Privatdetektiv zu bezahlen.

Da daran im Moment nichts zu ändern war, konnte ich genauso gut meinen Job erledigen. Ich stand auf, schlüpfte in meine Schuhe, verließ das Zimmer, ging umweht von klassischer Musik die Treppe hinunter und achtete darauf, dass die Haustür hinter mir ins Schloss fiel.

Der *Zauberkasten,* Jason Sinclairs Laden, befand sich weniger als hundert Meter vom Hotel entfernt. Ich musste ein paar Stufen ins Souterrain hinabsteigen und gelangte in einen relativ kleinen, mit allem möglichen Krimskram vollgestellten Verkaufsraum. Neben Partyartikeln wie Gummimasken, blutigen Fingerverbänden mit Stahlnägeln und aufklebbaren Stichwunden gab es kitschige Andenken in Form von Schneekugeln oder Melodien leiernden Karussells. Mit Zauberei hatte das Ganze wenig zu tun, was die Gruppe japanischer Teenager, die sich gerade mit klimperndem Holzspielzeug eindeckte, nicht zu stören schien.

Ich wartete, bis die Japaner bezahlt hatten, und wandte

mich dann an die junge Frau, die hinter der Holztheke auf einem Hocker saß und die Kasse bewachte.

»Ich suche Jason Sinclair. Ist er da?«

»Jason Sinclair?« Ihre Augenbrauen formten ein irritiertes Dreieck. »Wer soll das sein?«

»Der Besitzer. Sinclair ist sein Künstlername.«

»Herrn Kemmer meinen Sie?«

»Schon möglich. Falls er früher als Magier aufgetreten ist.«

»Ich arbeite hier nur als Aushilfe. Woher soll ich wissen, was Herr Kemmer früher gemacht hat.« Sie griff zu einem Telefon und drückte eine Taste. »Herr Kemmer! Hier ist jemand, der Sie sprechen möchte.«

»Gehen Sie da entlang!« Ihre ausgestreckte Hand wies auf einen schmalen Gang. »Er wird gleich kommen.«

Der Gang mündete in einen größeren Raum, der erheblich nüchterner gestaltet war als der erste. An einer der Längsseiten standen Regale, die ausschließlich Bücher über Zauberei enthielten, das übrige Inventar verbarg sich in großen Schränken, auf denen mit Hand beschriftete Karten klebten, die *Kartentricks*, *Close-up* und *Mentalmagie* verhießen.

Aus einem weiteren Gang, der in den nächsten Raum führte, kam mir ein etwa siebzigjähriger Mann entgegen. Kemmer alias Sinclair war eine eindrucksvolle Erscheinung, groß gewachsen, mit breiten Schultern, auf denen ein kugelförmiger Kopf saß, der von einem weißen Seemannsbart umrahmt wurde. Weitaus mehr als der Vorstellung von einem Magier entsprach Kemmer dem Klischee eines raubeinigen Seebären.

Eine große Pranke quetschte meine Hand. »Kemmer. Was kann ich für Sie tun?«

»Ich suche Zauberei-Equipment.«

»An was haben Sie gedacht?« Er machte eine Bewegung zu den Schränken. »Hier habe ich kleinere Sachen, geeignet für Tischmagie und Gruppen bis zu fünfzig Personen. Oder soll es die Bühnenshow sein?«

»Warum nicht?«

Seine Augen blitzten spöttisch. »Hauptsache, Sie sind zahlungsfähig.«

»Kein Problem.«

»Wie Sie meinen. Hier lang!«

Der dritte Raum, hinter einem Vorhang verborgen, war noch größer als der zweite. Mit schwarzen Wänden und in allen Regenbogenfarben schillerndem Licht, dessen Quellen hinter seitlichen Blenden versteckt waren. Leise Gitarrenmusik sickerte von der Decke herab.

»Mein Showroom«, sagte Kemmer. »Ohne Bühnenatmosphäre funktioniert keine Großillusion.«

Auf einem fahrbaren Tisch in der Mitte des Raums stand eine Holzkiste, ähnlich der, die Monetti bei seiner Vorstellung in Münster verwendet hatte, um Anna zu halbieren. Auch Stühle wie die, über denen die Kubanerin geschwebt hatte, waren in einer Ecke zu sehen.

»Was kostet so etwas?« Ich zeigte auf die Kiste.

»Die zersägte Jungfrau? Das Grundmodell um die zweitausend. Ich arbeite mit einem Schreiner zusammen, der mehrere Varianten fertigt. Seine Frau ist eine talentierte Malerin, die die Außenseite nach Ihren speziellen Vorstellungen gestaltet. Eine einfache Levitation …«, er nickte zu den Stühlen, »… habe ich ab tausendeinhundert Euro im Angebot.«

Ich machte einen Schritt in den Raum hinein.

»Stopp!« Der alte Mann hielt mich fest. »Ich verkaufe Zaubertricks, ich verrate keine. Die Kiste dürfen Sie sich erst angucken, nachdem Sie einen Vertrag unterschrieben haben.«

»Eigentlich interessiere ich mich mehr für den Kugeltrick. Sie wissen schon, bei dem man eine Kugel scheinbar mit den Zähnen auffängt. Was können Sie mir da empfehlen?«

Sein Gesicht wurde finster. »Solche Pistolen führe ich nicht.«

»Warum nicht?«

»Weil sie zu gefährlich sind«, stieß Kemmer schroff hervor. »Außerdem braucht man dafür einen Waffenschein. Haben Sie einen?«

»Nein«, gab ich zu. »Ich dachte, das Projektil, das abgefeuert wird und die Glasscheibe durchschlägt, ist aus Wachs.«

»Natürlich. Aber man kann mit so einer Pistole auch echte Munition verschießen. Was schon mehr als einmal passiert ist.«

»Wie neulich in Münster«, nickte ich. »Da ist doch ein Magier gestorben. Wie hieß er noch gleich?«

»Stefano Monetti«, sagte Kemmer und schaute über mich hinweg zur Wand.

»Kannten Sie ihn?«

»Flüchtig.«

»Komisch. Ich habe gehört, dass er bei Ihnen sein Handwerk gelernt hat.«

Trotz der schummrigen Beleuchtung sah ich, dass sein Gesicht bleich wurde. »Wer sagt das?«

»Seine Partnerin. Anna Ortega.«

Die Kiefer des alten Mannes mahlten. »Wer sind Sie? Was wollen Sie von mir?«

»Frau Ortega glaubt, dass ihr Mann ermordet worden ist.«

»Unsinn«, sagte er ärgerlich. »Ich habe nie etwas von dem Kugeltrick gehalten und Stefan davon abgeraten. Nur um des Effektes willen sollte man kein unnötiges Risiko eingehen. Aber Mord? Wer sollte Stefan ermorden? Und weshalb?«

»Das frage ich Sie. Was hat Monetti hier in Hamburg gemacht? Wem hat er hier Privatunterricht gegeben?«

Der Magier blinzelte. »Keine Ahnung«, log er wenig überzeugend. »Ich weiß nichts von irgendwelchen Zauberseminaren.«

»Kommen Sie! Er soll seinem alten Lehrer nichts davon erzählt haben? Bestimmt ist er bei Ihnen aufgekreuzt, wenn er in Hamburg war.«

»Und wenn schon! Was geht Sie das an?«

»Anna möchte, dass ich Monettis Tod untersuche. Sie wird keine Ruhe geben, bis sie erfahren hat, was hier vorgefallen ist.«

»Anna?« Kemmer verzog verächtlich den Mund. »Sind Sie scharf auf sie? Können Sie es nicht mal abwarten, bis ihr Mann unter der Erde ist?«

»Ich bin Privatdetektiv. Anna meint, Monetti hätte Ihnen am Herzen gelegen. Aber vielleicht irrt sie sich auch und sein Tod ist Ihnen egal?«

Der alte Mann wandte sich ab und ging in den zweiten Raum zurück. Als ich schon dachte, er würde mich einfach stehen lassen, begann er zu reden: »Stefan durfte nicht darüber sprechen. Er hatte unterschrieben, gegenüber Dritten Stillschweigen zu wahren. Und daran hat er sich gehalten.«

Fast die gleichen Worte, die Anna gewählt hatte. Nur dass ich Kemmer weniger Glauben schenkte als ihr. »Sie sind Insider«, sagte ich, während ich ihm folgte. »Eine Gruppe reicher Leute, die regelmäßig einen Magier engagiert, dürfte Ihnen nicht verborgen bleiben. Ich schätze, einige von Monettis Schülern sind auch Ihre Kunden.«

Er blieb abrupt stehen und starrte mich an. »Selbst wenn ich eine Ahnung hätte, wer diese Leute sind, würde ich Ihnen keine Namen nennen.«

»Wovor haben Sie Angst?«

»Im Moment habe ich davor Angst, dass Sie mir weiter auf die Nerven gehen.«

»War Stefan nach seinem letzten Auftritt bei Ihnen?«, fragte ich.

»Ja.«

»Und wie wirkte er?«

»So wie immer.«

»Kein Wort darüber, dass er Probleme hatte?«

»Nein. Wirklich nicht. Bestellen Sie Anna mein Beileid! Nein, lassen Sie es! Ich werde sie selbst anrufen. Und gehen Sie endlich!«

Ich ging. Quer über die Straße in ein Café. Um darüber nachzudenken, was ich Anna vorschlagen sollte: weitermachen und versuchen, den mysteriösen Auftraggeber Monettis zu finden, oder abbrechen und ruhmlos nach Münster zurückkehren.

Als ich mich an einen Tisch setzte und mich umblickte, merkte ich, dass ich kein ganz gewöhnliches Café gewählt hatte. Zwischen lauter Schwulen- und Lesbenpaaren sowie Magazine lesenden Männern, die mir interessierte Blicke zuwarfen, kam ich mir als Heterosexueller ein wenig verloren vor. Verunsichert schnappte ich, nachdem ich bei einem freundlichen Kellner einen Milchkaffee bestellt hatte, nach einer Zeitung, die ich als Deckung benutzen konnte. Es war ein Boulevardblatt, das den *Tod der schönen Salsa-Tänzerin* in Buchstaben verkündete, die auch Daniela Hansen hätte lesen können. Beim Anblick des dazugehörigen Fotos stockte mir der Atem. Isabel Ortega, das Mordopfer, trug nicht nur denselben Nachnamen wie Anna, sondern hatte auch eine gewisse Ähnlichkeit mit ihr.

8

Pia Petry erlebt eine unangenehme Überraschung

Um sechs parke ich in der Tiefgarage direkt gegenüber der Davidwache. Von dort ist es nicht weit bis zum Varieté. Um die Uhrzeit ist auf der Reeperbahn nicht viel los. Ein paar vereinzelte Touristen, die ziellos an den Sexshops, Tabledancebars und Restaurants vorbeiflanieren. Die meisten Huren, die abends entlang der Davidstraße stehen, haben ihre Stammplätze noch nicht eingenommen, genauso wenig wie die Türsteher, die sogenannten Koberer, deren Job es ist, lautstark die Vorzüge ihrer Bars und Stripläden anzupreisen, um so Passanten anzulocken.

Als ich das Hanse-Theater erreiche, ist die Nachmittagsvorstellung gerade zu Ende gegangen. Nach der Zahl der Besucher, die mir entgegenkommen, scheint die Vorstellung nicht ausverkauft gewesen zu sein. Ich wende mich an die Kassiererin, die gelangweilt hinter ihrer Glasscheibe sitzt. Ein bisschen sieht sie aus wie Ute, die Mutter der Nibelungen. Mit für ihr fortgeschrittenes Alter viel zu langen und viel zu blonden Haaren, jeder Menge Farbe im Gesicht und violett lackierten, spitz zulaufenden Fingernägeln erweckt sie den Anschein, früher auf dem Kiez einmal einer anderen Tätigkeit nachgegangen zu sein.

»Mein Name ist Petry«, stelle ich mich vor. »Ich komme vom *Abendblatt* und mache eine Geschichte über die Renaissance der Hamburger Varietés.«

Nur widerwillig hebt sie den Blick von der vor ihr liegenden Zeitung. »Haben Sie einen Termin?«

»Ja. Mit Ihrem Geschäftsführer, Nico Busch.«

»Moment.« Sie greift zum Telefonhörer. Nach ein paar Minuten legt sie unverrichteter Dinge wieder auf. »Er ist nicht in seinem Büro. Wahrscheinlich ist er hinter der Bühne.« Sie deutet auf eine schwarz gestrichene Tür und wendet sich wieder ihrer Lektüre zu.

Hinter der ominösen Tür verbirgt sich der Backstagebereich. Ein langer, schmaler Flur, von dem jede Menge weiterer Türen abgehen und in dem es vor eilig hin und her laufenden Menschen nur so wimmelt. Männer in eng anliegenden, seidig schimmernden Trikots, Frauen in knappen Korsagen und mit Federboas, kleinwüchsige, mit bunten Bällen jonglierende Clowns, ein circa sechzehnjähriger Junge im weißen Frack und mit einem kleinen Affen auf der Schulter. Künstler, die nach der Vorstellung ihre Garderoben aufsuchen, um sich umzuziehen und abzuschminken.

Entschlossen betrete ich einen Umkleideraum. Ein winziges Zimmerchen, mit einem überdimensionierten Wandspiegel, vor dem ein schmaler Tisch und ein wackelig aussehender Holzstuhl stehen. Der Tisch ist beladen mit Töpfen und Tiegeln, Puderquasten und Haarbürsten. Fasziniert betrachte ich eine mit an die fünfzig unterschiedlich langen und dicken Schminkpinseln gefüllte Blechbüchse, als eine schwarzhaarige Frau in einem leuchtend blauen, über und über mit Pailletten verzierten Kleid den Raum betritt. Sie hat den Körper eines Supermodels und die Ausstrahlung eines Kühlschranks.

»Kann ich Ihnen helfen?«, fragt sie irritiert.

»Ich bin Journalistin«, versuche ich, meine Anwesenheit zu erklären. »Und habe einen Termin mit Herrn Busch.«

»Der ist auf der Bühne.«

»Darf ich Sie etwas fragen?« Ich zeige ihr das Foto von Isabel und dem unbekannten Mann. »Kennen Sie die Frau? Hat sie vielleicht hier gearbeitet?«

Die Schwarzhaarige streift die Aufnahme mit einem kurzen Blick, setzt sich und zieht sich mit einer eleganten Bewegung die Perücke vom Kopf. Darunter quillt eine Flut blonder Haare hervor.

»Haben Sie die Frau schon einmal gesehen?«, wiederhole ich.

»Nein«, lautet die Antwort.

»Sicher?«

In dem Moment erscheint ein Mann in der Tür.

»Sind Sie Frau Petry?«

Ich nicke und mustere ihn erstaunt. Der Typ ist groß, schmal, mit dunklen vollen Locken und den klassischen Gesichtszügen eines jungen Römers. Für meinen Geschmack ein bisschen zu viel Babyface, dennoch nicht unattraktiv.

»Die Journalistin?«, hakt er nach.

»Ja«, sage ich.

»Dann kommen Sie mal mit.«

Das lass ich mir nicht zweimal sagen. Wer hätte gedacht, dass Nico Busch derart jung ist, denke ich, während ich hinter ihm herlaufe. Er hat eine angenehme Stimme und behandelt mich mit einer fast schon altmodisch wirkenden Höflichkeit. Als wäre er nicht aus dieser Welt und käme nicht aus unserer Zeit.

Was mich aber wirklich beeindruckt, ist sein immenses Wissen. Hingerissen lausche ich seinen Ausführungen über die Geschichte der Varietés, lasse mir die Bühne zeigen, die Technik erklären und von den Anfängen der Kleinkunstszene in Hamburg berichten. Ich schreibe alles mit, stolpere über Kabel, renne gegen Wände und bin begeistert. Obwohl Busch mehr oder weniger ununterbrochen redet, schaffe ich es irgendwann, nach Isabel Ortega zu fragen und ihm ihr Bild zu zeigen. Er sieht sich das Foto eine Weile an, behauptet dann aber, sie nicht zu kennen. Und schon dreht er sich wieder um, eilt im Laufschritt davon, macht mich auf eine offene Falltür aufmerksam und dirigiert mich eine schmale, steile Steintreppe hinunter in die Katakomben des Hanse-Theaters. Zum Kostümfundus, wie er mir über die Schulter zuruft.

Als ich gegen zwanzig Uhr das Hanse-Theater verlasse, bin ich völlig erschöpft, habe zwei spannende Stunden erlebt und einen interessanten Mann kennengelernt. Nur mit meinem Fall bin ich keinen Schritt weitergekommen.

Nach einem Abstecher in die Husumer Straße, den ich zu einem kurzen Abendessen und einer Stippvisite in der Badewanne nutze, mache ich mich gegen zweiundzwanzig Uhr auf den Weg ins *Cucaracha.*

Doch auch dieser Besuch ist nicht von Erfolg gekrönt. Mein Vorhaben, mit Juanita zu reden, lässt sicht nicht realisieren. Sie ist nirgends zu sehen. Dafür entdecke ich etwas ganz anderes. Etwas, womit ich überhaupt nicht gerechnet habe.

Ich mache die Augen zu und wieder auf. Doch es ist keine Fata Morgana. Mitten im *Cucaracha,* lässig an die Theke gelehnt, steht Wilsberg. Nein, denke ich, das kann nicht sein. Das ist nur jemand, der ihm ähnlich sieht. Allerdings sieht er ihm verdammt ähnlich. Mein Puls schnellt in die Höhe, mein Mund wird trocken, mein Herzschlag setzt einen kurzen Moment aus.

Doch was rege ich mich auf? Wieso produziere ich auf einmal so viel Adrenalin? Wegen eines Mannes, den ich in Münster in einem Sadomaso-Club kennengelernt habe. Der zufällig in derselben Branche arbeitet wie ich und damals zufällig im selben Fall recherchierte. Und in den ich mich dann zufällig verliebt habe.

Ich blöde Gans. Okay, ich habe ihn am Anfang ausgetrickst, ihn ein bisschen an der Nase herum- und auch ein bisschen vorgeführt. Das gebe ich zu. Doch dann haben wir den Fall gemeinsam gelöst. Und ich hatte gedacht, daraus könnte etwas werden. Es könnte sich zwischen Hamburg und Münster so etwas wie eine Wochenendbeziehung entwickeln. Mein Liebesleben würde langsam in geordneten

Bahnen verlaufen, ich mal eine Beziehung haben, die länger als ein paar Wochen hält. Doch viel früher als erwartet kam der Katzenjammer. Ich stattete Wilsberg einen Überraschungsbesuch ab und erwischte ihn im Clinch mit einer anderen Frau. Das war das letzte Mal, dass ich nach Münster gefahren bin.

Und wenn ich ihn jetzt so beobachte, den Mann, der wie Wilsberg aussieht und der gerade sein armseliges bisschen Charme aufbietet und breit grinsend versucht, mit einer bildhübschen Latina ins Gespräch zu kommen, dann habe ich das Gefühl, nicht wirklich etwas verpasst zu haben.

Ich entschließe mich zu gehen, greife nach meinem Mantel und meiner Tasche und werfe einen letzten Blick auf Wilsbergs Doppelgänger. Genau in dem Moment sieht er mich an. Sieht mir direkt in die Augen. Und ein bisschen trifft sie mich dann doch, die Erkenntnis, dass es keinen Doppelgänger gibt. Dass der Mann, der da steht, Wilsberg höchstpersönlich ist. Mein Kollege aus Münster, der nach Hamburg reist, ohne mich vorher anzurufen.

Ich hebe den Kopf, drücke den Rücken durch und marschiere los. Anstatt nach rechts zum Ausgang, halte ich mich links, umklammere fest meine Handtasche und steuere direkt auf ihn zu.

9

Wilsberg gerät ins Straucheln

Pia blieb vor mir stehen und schenkte mir ein Lächeln, das Wiedersehensfreude oder Mordlust ausdrücken konnte. Oder von beidem etwas. Sie roch nach einem unbekannten Parfüm. Und sie sah toll aus in ihrem schwarzen, dekolletierten Kleid und den hochhackigen Schuhen. Beinahe kam es mir so vor, als sei sie ein paar Millimeter größer als ich. Aber das musste an meinem Gefühl liegen. Dem Gefühl, mich rechtfertigen zu müssen. Der Angst, gleich mit dem ersten Satz alles kaputtzumachen. Zu blöd. Da hatte ich in der Fantasie unsere Begegnung durchgespielt, mir einige kluge Formulierungen überlegt, die das Eis brechen sollten. Und jetzt schienen sie mir alle unpassend. Einen ähnlichen Blackout hatte ich zuletzt erlebt, als ich in der Tanzstunde das Mädchen meiner Träume zu einem Rendezvous hatte überreden wollen.

»Du hier?«, sagte ich mit heiserer Stimme. Eine intellektuelle Leistung, für die ich mich am liebsten geohrfeigt hätte.

Pia genoss meine Unsicherheit. Immerhin. Sie hätte mir auch den Mittelfinger zeigen oder das Knie in den Unterleib rammen können. Doch sie zog es vor, mich mit der Faszination eines Naturforschers zu betrachten, der gerade eine neue Spezies entdeckt hat.

»Du bist in meiner Stadt, Georg. Ich lebe hier.«

»Und du tanzt Salsa. Das wusste ich gar nicht.« Wenigstens brachte ich wieder Sätze mit mehr als zwei Wörtern zustande. Für den Anfang nicht schlecht.

»Du weißt vieles nicht.«

Ich nickte, als hätte sie mir ein Geheimnis anvertraut. »Ich …«

»Versuch es gar nicht erst! Ich will deine Ausreden nicht hören.« Ihre Stimme zitterte ein wenig. Vor Wut. Die eiskalte Gleichgültigkeit war also nur gespielt.

Sofort hatte ich wieder das Bild vor Augen. Als sie vor meiner Tür stand und mir klar wurde, dass ich es vermasselt hatte. Ganz und gar. Unverzeihlich.

»Pia, ich war ein Idiot.«

»Da hast du völlig recht.«

»Ich wollte die ganze Zeit mit dir darüber reden.«

»Tatsächlich?«

»Können wir nicht …«

»Was?«, fuhr sie mich an. »So tun, als ob nichts passiert wäre? Da weitermachen, wo wir aufgehört haben? Sag mal, Georg, hast du den Knall nicht gehört? Oder hast du gerade keine Braut am Start …?«

»Ich bin wegen eines Jobs hier.«

Sie stieß Luft durch die Nase aus. »Warum auch hättest du sonst aus deinem beschaulichen Münster rauskommen sollen?«

Der DJ drehte die Lautstärke höher. »Ich dachte, wir … ich meine, du … weil ich mich in Hamburg nicht auskenne …«

»Dann kauf dir einen Stadtplan.«

»Es ist so laut«, brüllte ich. »Gibt es keine nette Bar in der Nähe, in der wir …«

Pia machte mit dem Zeigefinger eine kreisende Bewegung vor ihrem Ohr. »Ich verstehe dich nicht.«

»… in Ruhe reden …«

Pia griff nach meinem Arm. »Hier wird getanzt, nicht geredet.«

»Ich kann nicht Salsa tanzen.«

»Macht nichts.« Sie zog mich auf die Tanzfläche. »Ich zeig's dir.«

»Aber …«

Ich spürte ihre andere Hand auf der Schulter. Sie drehte sich und bewegte ihre Beine so schnell, dass ich mir vorkam wie ein tapsiger Tanzbär in der Manege. Die Schöne und der Trottel. Klar, dass uns alle anstarrten. Ebenso klar, dass Pia mich vorführen, mich vor aller Augen lächerlich machen wollte. Ein Albtraum.

Während ich noch überlegte, ob ich flüchten oder mich weiter zum Narren machen sollte, hatte sie mich in eine Linksdrehung bugsiert. Ich stolperte über ihren Fuß. Plötzlich ließ sie mich los, ich taumelte in ein elegant gekleidetes Latino-Paar hinein, das auf meine gemurmelte Entschuldigung mit mitleidiger Überheblichkeit reagierte. Als ich mich umdrehte, war Pia verschwunden. Ich schlich von der Tanzfläche und schaute mich um. Vor dem Ausgang tauchte für einen Moment ihr Hinterkopf in der Menschenmenge auf. Noch vor fünf Minuten wäre ich ihr nachgelaufen, hätte einen letzten Versuch unternommen, sie umzustimmen. Doch jetzt hatte ich keine Lust mehr. Es war aus. Vorbei. Endgültig.

»Probleme?« Ein Bodybuilder im Sweatshirt drückte die Brust raus. Vermutlich der Rausschmeißer.

»Nein.«

»Möchten Sie lieber gehen?«

»Nein. Ich will mich betrinken.«

Ich spürte einen sanften Druck auf der Schulter. »Wir wollen hier keinen Ärger.«

»Ich auch nicht. Ich werde mich ganz still betrinken. Versprochen.«

Er hielt mich fest. »Ich behalte Sie im Auge.«

Ich schüttelte seine Hand ab und grinste. »Meinetwegen.« Dann ging ich zur Theke. Die Barfrau tat so, als hätte sie nichts mitbekommen. Vielleicht war sie auch zu beschäftigt, um sich über Leute wie mich Gedanken zu machen. Ich bestellte einen Caipirinha. Er schmeckte richtig, nicht zu süß und nicht zu sauer. Und mit genug Limetten, deren Geschmack den Alkohol überdeckte.

Ich stellte das leere Glas auf die Theke. »Noch einen!«

Ein knappes Nicken war die Antwort.

»Kannten Sie Isabel Ortega?«

Die Barkeeperin strich sich eine Haarsträhne aus der Stirn. »Wen?«

»Die Frau, die ermordet worden ist. Sie hat hier als Tanzlehrerin gearbeitet.«

»Tut mir leid, ich muss arbeiten.«

Niemand im *Cucaracha* wollte mit mir reden. Der Geschäftsführer nicht, Isabels Kolleginnen nicht. Und Pia schon gar nicht. Dem Geschäftsführer schien das Thema peinlich zu sein. Und die anderen wussten angeblich nicht das Geringste über Isabels Privatleben. Sie mauerten, ließen mich auflaufen. Wie Kemmer, der Besitzer des *Zauberkastens*. Hamburg war nicht meine Stadt. Ich fühlte mich fremd, abgeschnitten von den Drähten und Netzwerken, die ich in Münster nutzen konnte, um Türen zu öffnen oder jemanden unter Druck zu setzen.

Ich sog am Strohhalm meines nächsten Caipirinha. Langsam entfaltete der Alkohol seine Wirkung. Und mit ihr kam der Wunsch, immer weiter zu trinken. Bis mir alle gleichgültig sein würden. Pia, Anna, Isabel. Denn Isabel O., die ermordete schöne Salsa-Tänzerin aus der Zeitung, war Annas Schwester. Gleich nach meiner Rückkehr ins Hotelzimmer hatte ich Anna angerufen. Da wusste sie es schon. Von Hauptkommissar Stürzenbecher, der in ihrem Hotel aufgetaucht war und Fragen zu Isabels Lebenswandel gestellt hatte. Fragen, die sie nicht beantworten konnte, denn Anna und Isabel hatten sich nie besonders gut verstanden, in Kuba nicht und auch nicht in Deutschland. Seitdem die beiden Schwestern in Europa lebten, hatten sie höchstens ein- oder zweimal im Jahr miteinander telefoniert.

Erstaunlich ruhig hatte Anna die zweite Schreckensnachricht innerhalb kurzer Zeit hingenommen. Erst als ich die

Möglichkeit erwähnte, dass Stefan und Isabel ein Verhältnis gehabt und sich heimlich in Hamburg getroffen haben könnten, war ein Gefühlsausbruch erfolgt. Anna tobte, schrie und beschimpfte mich. Vollkommen undenkbar, dass Stefan mit Isabel ins Bett gestiegen sei. Keinen blassen Schimmer hätte ich von dem wunderbaren Charakter ihres Mannes, der so etwas ausschließe. Dass es jemand auf sie und ihre Familie abgesehen habe, müsse auch dem Dümmsten einleuchten. Oder wollte ich etwa behaupten, es sei ein Zufall, dass man ihre Schwester zur gleichen Zeit wie ihren Mann ermordet habe. Anstatt ihr impertinente Fragen zu stellen, sollte ich lieber die Arbeit erledigen, für die sie mich bezahle.

Widerspruch war praktisch unmöglich gewesen. Oder nur um den Preis, Anna noch mehr zu verletzen. Also hatte ich sie gebeten, mir alles zu erzählen, was ihr zu Isabel einfiel. Das wenige, was Anna mit Sicherheit sagen konnte, betraf Isabels Leidenschaft für Salsa. Schon auf Kuba habe sie sich fast jede Nacht in Salsa-Clubs herumgetrieben. Clubs wie dem *Cucaracha* in Hamburg.

Und da war ich nun.

Mit dem dritten oder vierten Caipirinha fand ich Gefallen an den Salsa-Melodien, die mir am Anfang süßlich, fast kitschig vorgekommen waren. Die Stimmung auf der Tanzfläche war vollkommen unaggressiv, die Menschen bewegten sich mit kindlicher Freude, die Latinos gekonnt, die Deutschen ein wenig hüftsteif. Wer hierherkam, wollte tatsächlich tanzen. Dass die Einrichtung mehr einem Jugendheim als einer modernen Disco entsprach, schien niemanden zu stören, die Stehtische und Holzbänke dienten ohnehin nur für kurze Zwischenstopps. Getrunken wurde wenig. Nur ich machte eine Ausnahme.

Ich stellte das leere Glas auf die Theke und gab der Barfrau ein Zeichen.

Sie ignorierte mich.

»Hallo! Krieg ich noch was?«

»Nein.« Sie schaute auf. »Besser, Sie gehen jetzt!«

»Wieso?«

»Ich denke, Sie haben genug.« Ihr Blick huschte zur Wand. Dort lehnte mit verschränkten Armen der dicke, grauhaarige Geschäftsführer, den ich vorhin in seinem winzigen Kabuff heimgesucht hatte, und beobachtete uns. Ich verspürte das Bedürfnis, ihm die schiefe Nickelbrille vom Gesicht zu nehmen und gerade zu biegen.

Vorsichtig glitt ich vom Hocker. Der Boden schwankte leicht. Die grünen, gelben und roten Farbfetzen der prähistorischen Lichtorgel verschwammen zu einem zähen Brei, der das Vorwärtskommen erschwerte. Die Fahnen an der Decke flatterten wie aufgeregte Vögel. Nach dem zweiten Schritt beschloss ich, nicht noch einmal mit dem Geschäftsführer zu reden. Jedenfalls nicht heute. Auf dem Weg zum Hotel würde ich bestimmt eine Bar finden, in der man mir Drinks verkaufte, solange ich zahlen und sitzen konnte.

Die kühle Luft vor der Tür traf mich wie eine Keule. Mit geschlossenen Augen atmete ich tief ein.

»Adiós!«, sagte eine Stimme neben mir.

Der Rausschmeißer. Ich stützte mich an der Glasscheibe ab.

Er blieb mit locker herabhängenden Armen vor mir stehen. »Geh nach Hause!«

»Eine Frage.« Der Sauerstoff kitzelte mein Gehirn wach. »Du bewachst die Tür und siehst, wer rein- und rausgeht.«

Sein Gesicht war so ausdruckslos wie eine Scheibe Kinderwurst.

»Mal angenommen, Isabel Ortega würde mit einem Kerl abziehen. Dann wüsstest du, wer das ist, nicht wahr?«

Er schlug nicht zu, er spannte nur seine Muskeln an.

»Du kennst ihn«, sagte ich.

Der Rausschmeißer ballte die Faust. Ich winkte ab und ging.

»He, Kumpel!« Ein Penner, der ein paar Meter weiter in einem Hauseingang lag, rappelte sich auf.

Ich lief weiter.

»Warte doch mal!« Er war erstaunlich schnell auf den Beinen.

»Ich gebe nichts«, sagte ich. »Ich trinke selbst.«

»Du willst was über die Kleine erfahren, die ermordet worden ist?«

Offenbar hatte er unsere Unterhaltung mitbekommen und witterte ein Geschäft.

»Ich könnte dir einen Tipp geben«, flüsterte er verschwörerisch.

Ich schaute auf die schmutzige Hand, die sich in meinem Ärmel festgekrallt hatte, und überlegte, ob ich sie wegschlagen sollte.

»Der Hauseingang ist mein Stammplatz. Ich kriege so einiges mit.«

»Was denn?«

Daumen, Zeige- und Mittelfinger der freien Hand vollführten das internationale Zeichen für Geld. »Das kostet, Bruder.«

»Vergiss es!« Ich riss mich los.

»Eine schwarze Limousine.«

Ich blieb stehen. »Was für eine schwarze Limousine?«

»Mit der ist sie öfter abgeholt worden.«

Mir fiel auf, dass er nach Schweiß und Dreck, aber nicht nach Alkohol stank. Vielleicht wusste er tatsächlich etwas.

»Du fantasierst dir was zusammen.«

»Tu ich nicht.« Er zeigte auf den Hauseingang, der mit Zeitungen tapeziert war. »Ich lese. Und ich halte die Augen offen. Also, was ist? Zehn Euro.«

»Fünf«, bot ich an.

Wir einigten uns auf sieben.

»Im Wagen saß immer derselbe Mann«, begann er. »Nicht mehr ganz taufrisch.«

»Wie alt?«

»Um die sechzig. Grau meliert. Geschäftsmann, wenn du mich fragst. Jaguar, teurer Anzug.«

»Das hast du erkannt?«

»Klar. Ich war selbst Geschäftsmann. Bis mir die Frau abgehauen ist. Und die Scheißbanken mich fertiggemacht haben.«

»Aha«, sagte ich. »Hattest du das Gefühl, Isabel war seine Freundin? Oder seine Geliebte?«

»Eher das Letztere.«

»Was heißt das?«

»Er hat mit laufendem Motor gewartet. Sobald sie im Auto saß, ging's los. Kein Küsschen oder so.«

»Ist das alles?«, fragte ich.

»Nein. Für zwanzig Euro kriegst du das Autokennzeichen.«

Ich zahlte zehn.

10

Pia Petry wird verzaubert

Ich bin wütend. Wütend und verletzt. Wieso kommt Wilsberg nach Hamburg und ruft mich nicht an? Traut er sich nicht? Oder liegt es an mir? Interessiert er sich nicht mehr für mich? Ist er längst fest liiert und seine Tussi sitzt hochschwanger in Münster und wartet darauf, dass ihr Held nach getaner Arbeit aus Hamburg zurückkehrt? Warum hat er mich dann aber mit diesem waidwunden Blick angesehen? Diesem Blick, der so typisch ist für verliebte Männer. Ich bin verwirrt. Aber vor allem bin ich sauer.

Leise vor mich hin schimpfend, laufe ich durch die Schanzenstraße zu meinem Auto. Als ich die Fahrertür aufsperre, klingelt mein Handy. Hoffentlich ist das nicht Wilsberg.

»Petry«, melde ich mich.

»Hallo«, höre ich eine männliche Stimme. »Ich bin's.«

Das ist eindeutig nicht Wilsbergs Stimme.

»Ja?«, frage ich unsicher.

»Ich bin der Mann aus dem Hanse-Theater. Wir haben uns heute Nachmittag …«

»Alles klar«, sage ich. »Ich erinnere mich.«

»Das freut mich. Ich habe nämlich ein Problem. Ich muss die ganze Zeit an Sie denken.«

Der Spruch verschlägt mir erst einmal die Sprache.

»Ach ja?«, sage ich etwas lahm.

»Es tut mir leid, wenn ich Sie einfach so überfalle. Aber ich lerne nicht jeden Tag eine so tolle Frau kennen. Und irgendwie habe ich Angst, wir könnten uns wieder aus den Augen verlieren …«

»Das ist nicht zufällig Ihr Standard-Anmachprogramm, was Sie hier gerade abspulen?«, frage ich misstrauisch.

»Wo denken Sie hin?«, kommt es entrüstet zurück. »Ich würde Sie einfach nur wahnsinnig gerne zum Dinner einladen.«

»Das ist nett. Wann denn?«

»Jetzt.«

»Jetzt?«, rufe ich in den Hörer. »Nachts um halb zwölf laden Sie mich zum Abendessen ein?«

»Ja. Ein verspätetes Abendessen sozusagen. Kommen Sie? Ich wohne im Alten Land.«

Im Alten Land! Das wird ja immer verrückter.

»Nein«, sage ich. »Ich bin auf dem Heimweg, ich bin hundemüde und das ist mir auch viel zu weit.«

»In einer guten halben Stunde sind Sie hier.«

»Das ist mir trotzdem ...«

»Sitzen Sie im Auto?«

»Ja, aber ...«

»Dann fahren Sie jetzt Richtung Stresemannstaße stadtauswärts ...«

»Ganz bestimmt nicht.«

»In Bahrenfeld nehmen Sie die A 7 Richtung Hannover/Bremen, fahren durch den Elbtunnel ...«

»NEIIIIINNNNNN!«, rufe ich in mein Handy.

»In Waltershof verlassen Sie die Autobahn Richtung Finkenwerder, dann kommen Sie an Airbus vorbei. Und von dort sind es nur noch zehn Minuten bis zu mir.«

»Nein, nein, nein!«, skandiere ich.

»Ich wohne in einem sehr schönen alten Haus. Außerdem habe ich eine Haushälterin, die fantastisch kocht und die so lange hierbleiben wird, wie Sie bei mir sind. Falls Sie das beruhigt.«

»Ich kann wirklich nicht.«

»Würden Sie einen Salat von ausgelösten Flusskrebsen auf Sauerrahm-Gurken mögen? Danach vielleicht ein Filet vom Angus-Rind mit geschmortem Chicorée und zum Abschluss eine Crêpe Suzette mit marinierten Erdbeeren und Vanilleeis?«

Mir läuft das Wasser im Mund zusammen und ich gehe kurz im Kopf durch, was sich so alles in meiner Handtasche befindet: Reizgas, Springmesser, Elektroschocker. Das sollte reichen.

»Ich komme«, sage ich.

»Das freut mich«, antwortet Nico Busch in einem Ton, als hätte er es nicht anders erwartet. Dann gibt er mir seine Adresse durch.

Also mache ich mich auf den Weg ins Alte Land, einem südlich der Elbe gelegenen Obstanbaugebiet, das als das größte und nördlichste Mitteleuropas gilt. Berühmt für seine Äpfel und Kirschen und seine idyllischen Fachwerkhäuser und ausgesprochen beliebt bei wohlhabenden Hamburgern, die nicht mehr bewirtschaftete Höfe gerne als Zweitwohnsitz nutzen. Der einzige Nachteil ist, dass man an den Wochenenden schon mal eine Stunde im Stau steht.

Ein Problem, das ich heute Nacht nicht habe. Nach dreißig Minuten bin ich da. Biege von der Straße ab und parke meinen Wagen in einer schmalen Einfahrt neben einer windschiefen Scheune. Gerade als ich aussteigen will, macht sich erneut mein Handy bemerkbar.

Ich habe eine SMS erhalten. *Konnte den Mann auf dem Foto identifizieren, LG Cornfeld*, lese ich. *Prima!*, simse ich zurück. *Ich bin stolz auf Sie. Wir reden morgen im Büro. CU P2.* Dann stecke ich mein Handy wieder in die Handtasche und mache mich auf den Weg zu einem reetgedeckten Fachwerkhaus, das hell erleuchtet vor mir liegt. Der Eingang, eine für die Gegend typische Prunkpforte, die bunt bemalt und mit aufwendigen Holzschnitzereien verziert ist, wird von zwei weißen Säulen flankiert. Die gesamte Anlage macht einen sehr gepflegten Eindruck. Hier hat jemand eine

Menge Zeit und Geld investiert und viel Gefühl für historische Details bewiesen.

Ich klingele. Nach wenigen Sekunden wird die Tür geöffnet. Vor mir steht eine Frau, die knapp so groß ist wie ich. Mit ihrem tiefschwarzen Teint, den kurz geschorenen krausen Haaren, schmalen grünen Augen und spöttisch geschürzten Lippen, hinter denen eine perfekte weiße Zahnreihe aufblitzt, verkörpert sie weiß Gott nicht den Typ Haushälterin, den ich erwartet habe. Eher ist sie der Typ Model, den man auf den internationalen Laufstegen dieser Welt antrifft. Zu einer engen schwarzen Hose trägt sie einen weiten, hellblauen Wollpullover. An ihrem Hals blitzt eine Kette mit dicken, weißen Perlen.

Völlig verdattert, stelle ich mich etwas linkisch vor. »Ich heiße Pia Petry und ...«

Hoheitsvoll nickt sie mir zu, dreht sich um und präsentiert mir ihren nackten Rücken. Der vorn hochgeschlossene Pulli fällt hinten in lockeren Falten bis auf ihren Po und gibt ihren dunklen, makellosen Rücken frei, über den die Perlenkette schräg drapiert ist.

Fasziniert folge ich ihr und kann meinen Blick weder von ihrem hocherotischen Dekolleté noch von den wippenden Perlen wenden, die sich wie leuchtende Sterne von ihrer Haut abheben.

Sie führt mich durch einen schmalen Gang, der quer durch das Haupthaus verläuft, zu einer weiß lackierten Tür, öffnet sie und lässt mir den Vortritt. Ich betrete den ehemaligen Stall, der zu einem riesigen Saal ausgebaut worden ist. Da, wo früher das Scheunentor war, ragt eine Glasfläche auf, durch die man tagsüber wahrscheinlich den ganzen Garten überblicken kann. Jetzt sieht man allerdings nur eine schwarze, etwas bedrohlich wirkende Scheibe.

Nico Busch sitzt auf einer weißen Couch, die so groß und voluminös ist, dass sie ihn fast verschluckt. Als er mich sieht, steht er auf und kommt mir mit einem strahlenden Lächeln und ausgestreckter Hand entgegen.

»Schön, dass Sie gekommen sind.«

»Sie waren sehr überzeugend, Herr Busch.«

Er lächelt verlegen. »Ich heiße Sandleben. Florian von Sandleben.«

»Ich dachte, Sie sind Nico Busch«, antworte ich erstaunt.

»Nico ist ein guter Freund von mir, und da er heute Nachmittag keine Zeit hatte und ich zufällig im Theater war, hat er mich gebeten, Sie herumzuführen und Ihnen alles zu zeigen.«

»Vielleicht hätten Sie das Missverständnis ein bisschen früher aufklären sollen«, schnappe ich.

»Seien Sie nicht böse.« Er sieht mich mit einem gespielt unschuldigen Augenaufschlag an. »Aber Sie haben mich so verwirrt, dass ich ganz vergessen habe, mich vorzustellen.«

Bevor ich weiter die beleidigte Leberwurst spielen kann, greift er nach meinem Ellenbogen und zieht mich mit sich.

»Lassen Sie uns essen«, sagt er, dirigiert mich zurück in den schmalen Flur des Haupthauses und öffnet eine zweiflüglige Tür, durch die wir in ein geräumiges Zimmer mit niedriger Decke und kleinen weißen Sprossenfenstern gelangen. Der Raum ist äußerst sparsam möbliert. Mit gerade mal zwei Stühlen, die rechts an der Wand stehen. An der Decke hängt eine sich in runden Kaskaden nach unten verjüngende Lampe und am Boden erkenne ich eine circa zwei Meter lange, schwarz umrandete, ovale Fläche. Das ist alles.

»Aha«, sage ich und sehe meinen Gastgeber fragend an.

»Wie gefällt Ihnen die Lampe?«

»Schön«, sage ich. »Die waren, glaube ich, in den Siebzigern ziemlich beliebt. Mit diesen braunen Kunststoffblättchen.«

Er lächelt. »Gehen Sie mal näher hin und sehen Sie sich das Objekt genauer an.«

Ich stelle mich direkt darunter. »Das sind ja – Brillenfassungen«, sage ich erstaunt. »Ganz viele bräunliche Kunststofffassungen.«

»Das ist keine gewöhnliche Lampe, das ist ein Kunstwerk von Stuart Haygarth«, klärt mich von Sandleben auf.

»Erstaunlich«, sage ich.

»Ein gutes Beispiel dafür, dass man sehr genau hinsehen sollte. Auch wenn man glaubt, etwas zu sehen, das man kennt.«

Er greift wieder nach meinem Arm und zieht mich zu sich. »Entschuldigen Sie. Aber Sie stehen auf dem Tisch.«

»Was?«, frage ich.

Ein leises Summen ertönt und das Oval am Boden gleitet auseinander. Darunter kommt ein Tisch zum Vorschein, der sich surrend nach oben bewegt. Geschmückt mit einer weißen Damastdecke, silbernen Kerzenleuchtern, Rosenbouquets, feinstem Porzellan, bestickten Servietten, Kristallgläsern und Silberbesteck. Nicht zu vergessen der Kühler mit einer Flasche Champagner.

Ich bin baff. »Tischlein deck dich«, sage ich.

Von Sandleben grinst. »Gefällt es Ihnen?«

»Sie wollen mich beeindrucken.«

»Das könnte stimmen.«

Die Zimmertür öffnet sich und die sogenannte Haushälterin kommt herein. Mit hocherhobenem Haupt schreitet sie durch den Raum, als liefe sie auf einem Catwalk, greift sich die beiden Stühle und platziert sie jeweils an den Kopfenden des Tisches. Mit einer eleganten Handbewegung gibt sie mir zu verstehen, dass ich mich setzen soll. Dann nimmt sie die Flasche aus dem Kühler und präsentiert mir das Etikett. Ich komme mir vor wie in einem Drei-Sterne-Lokal.

»Möchten Sie einen Aperitif, Frau Petry?«

Auf mein Nicken füllt sie mein Glas mit edlem Rosé-Champagner.

Nachdem sie den Raum verlassen hat, stütze ich meine Ellenbogen auf dem Tisch ab, verschränke meine Finger ineinander und lege mein Kinn darauf ab. »Lieber Florian von Sandleben, was wird das hier, wenn es fertig ist?«

Er lächelt mich amüsiert an. »Ein zauberhafter Abend. Den Sie hoffentlich nie vergessen werden.«

»Was machen Sie beruflich, wenn Sie in Wirklichkeit gar nicht der Geschäftsführer des Hanse-Theaters sind?«

»Ich bin Privatier. Widme mich ganz meinem Hobby …«

»Das da wäre?«

»Die Magie. Die Illusion. Zauberei im weitesten Sinne.«

»Sie leben also vom Geld Ihrer Eltern?«

»Ja. Mein Vater war Reeder. Die Reederei ist noch in Familienbesitz. Also in meinem Besitz, ich bin ein Einzelkind. Aber ich kümmere mich nicht darum. Das machen diplomierte Betriebswirte und Einser-Juristen. Mir ist das zu kompliziert.«

»Und Sie haben keine Angst, dass diese diplomierten Betriebswirte und Einser-Juristen Sie bescheißen?«

Er lacht laut auf. »Die bescheißen mich sogar ganz bestimmt. Aber solange für mich unterm Strich genügend übrig bleibt, ist mir das egal.«

»Hauptsache, Sie können zaubern«, sage ich.

Er nickt bestätigend.

»Und wie machen Sie das? Treten Sie öffentlich auf?«

»Nein. Das läuft auf einer rein privaten Schiene. Ich treffe mich mit Gleichgesinnten und wir zaubern uns dann gegenseitig ein bisschen was vor.«

»Also so eine Art Männerverein. Oder Männer-Club. Wie die Rotarier, die sich treffen, um geschäftliche Beziehungen zu knüpfen und zu pflegen, und nach außen so tun, als würden sie sich um hungernde Kinder und obdachlose Menschen kümmern.«

»Lassen Sie so was nur nicht die Rotarier hören«, sagt er.

Unser Gespräch wird von der Haushälterin unterbrochen, die mit einer weißen Schüssel hereinkommt, neben mir stehen bleibt und mit einer silbernen Kelle Flusskrebse mit Sauerrahm-Gurken auf meinen Teller häuft.

»Ist Zaubern nicht ein etwas kindlicher Zeitvertreib für gestandene Männer?«, frage ich von Sandleben.

»Zaubern erfordert sehr viel Talent, Geschick und Mut ...«

»MUT?«, frage ich.

»Sie glauben es vielleicht nicht, aber Magier leben gefährlich.«

»Tatsächlich?« Ich verziehe das Gesicht. »Ist Ihnen schon einmal ein Kaninchen auf den Kopf gefallen?«

Er lächelt nachsichtig. »Nein, das nicht. Aber nehmen Sie zum Beispiel den Kugeltrick. Da schießt eine Assistentin mit einer Pistole durch eine Glasscheibe auf den Zauberer. Der fängt die Kugel mit den Zähnen auf. Bei dem Trick wird die richtige Kugel gegen eine andere ausgetauscht, die zum größten Teil aus Wachs besteht. Die kann die Glasscheibe durchschlagen, den Magier aber nicht verletzen. Seit der Erfindung dieses Tricks sind mindestens zwölf Zauberer bei der Vorführung ums Leben gekommen. Besonders schlimm waren die Fälle von Torrini und von Linsky. Ersterer hat seine eigene Frau und der Zweite seinen eigenen Sohn erschossen. Auch nicht uninteressant ist die Geschichte des Erfinders des Kugelfangs. Der Mann hieß Coulew of Lorraine und starb 1631. Und zwar nicht an den Folgen eines missglückten Kugelfangs, wie man annehmen könnte, sondern durch die Hand seines Dieners, dem er nach der Vorstellung das vereinbarte Honorar nicht auszahlen wollte. Woraufhin dieser ihm die Trickwaffe über den Schädel zog.«

»Das ist ja schon fast komisch«, rutscht es mir heraus.

»Wie gesagt: Zauberer leben gefährlich«, wiederholt von Sandleben selbstgefällig. »So manch einer starb eines gewaltsamen Todes.«

»Wer denn noch?«, frage ich neugierig.

»Harry Houdini. Der berühmte Entfesselungskünstler. Er

wurde 1926 von zwei Studenten in seiner Garderobe in Montreal besucht. Einer der beiden wollte wissen, ob es stimme, dass Houdini auch sehr starke Schläge in den Magen aushalten könne. Der Großillusionist, der gerade dabei war, seine Post zu sortieren, bejahte. Darauf schlug der junge Mann ohne Vorwarnung mehrmals in Houdinis Magen. Der Magier war völlig unvorbereitet und konnte die Schläge nicht durch das Anspannen der Bauchmuskulatur abfedern. Zwei Tag später erlag er seinen inneren Verletzungen. Er wurde gerade mal sechsundfünfzig Jahre alt.«

»Sie wissen eine ganze Menge über die Welt der Zauberer«, sage ich und erhebe mein Glas.

Von Sandleben greift ebenfalls zu seinem Sektkelch. »Auf einen unvergesslichen Abend.«

»Meinetwegen«, sage ich. »Aber für die Unvergesslichkeit sind Sie zuständig.«

»Ich werde mir alle Mühe geben.«

Und er gibt sich alle Mühe. Das Essen ist fantastisch, der Wein hervorragend, von Sandleben ein perfekter Gastgeber und Unterhalter. Obwohl er erst neunundzwanzig Jahre alt ist, verfügt er über ein enormes Wissen, ist witzig, charmant und versteht es, mir Komplimente zu machen. Auch wenn es manchmal etwas aufgesetzt wirkt. In seiner Cordhose, dem Tweedsakko, mit dem Seidenhalstuch und den rahmengenähten Budapestern wirkt er wie ein junger Landadliger, der noch übt. Irgendwie hat man den Eindruck, er habe seine Eierschale noch nicht ganz abgestreift, er wäre noch nicht wirklich flügge. Und statt erotischer weckt er eher mütterliche Gefühle in mir.

Trotzdem bin ich geschmeichelt und lasse mir seine Schwärmerei gefallen. Ein angenehmes Kontrastprogramm zu Wilsberg, der heute Abend weder Stil noch Originalität bewiesen hat.

Nach dem Essen nehmen wir einen Absacker in von Sandlebens Bar. Sie ist in einem der Nachbarzimmer untergebracht – in einer fast den gesamten Raum einnehmenden, zweieinhalb Meter hohen Plastikhalbkugel. Als Barkeeper fungiert die Haushälterin, die hinter dem von innen beleuchteten, grünlich schimmernden Glastresen steht und mir eine fantastische Bloody Mary nach der anderen mixt.

Irgendwann muss ich zur Toilette. Rechts und links von der Halbkugel führt jeweils eine Treppe nach oben ins Dunkel. Von Sandleben meinte, ich solle mich rechts halten. Was ich auch tue. Als ich oben auf den Lichtschalter drücke, stelle ich fest, dass es gar keinen Lichtschalter gibt, sondern nur die Projektion eines Lichtschalters. Das Licht geht aber trotzdem an und erhellt eine ausgesprochen skurrile Szenerie. Auf der Kuppe der Kugel liegen zwei rote Kunststoffpudel, von denen einer mir den Kopf zuwendet. Vor mir erheben sich fünf weiße, mannshohe Skulpturen, die die Form von aufrecht stehenden Eiern haben und rosarot angeleuchtet werden. Auf der gegenüberliegenden Seite der Galerie befinden sich ebenfalls fünf Eier, die in blaues Licht getaucht sind. So weit, so gut. Aber wo, bitte schön, soll ich jetzt pinkeln?

Als ich mich einem der Eier nähere, klappt die vordere Hälfte plötzlich auf und eine Frau tritt heraus. Erschrocken mache ich einen Schritt zurück. Die Frau bin ich.

Kaum habe ich das realisiert, löst sie sich auch schon in Luft auf. Was bleibt, ist ein offenes Ei, das von innen wie ein Dixi-Klo aussieht. Irritiert starre ich darauf und überlege, ob ich vielleicht eine oder zwei Bloody Marys zu viel erwischt habe. Dann laufe ich zurück, warte, bis das Licht ausgeht, betätige den Lichtschalter, der eigentlich gar keiner ist, gehe auf das Ei zu und sehe mir dabei zu, wie ich es verlasse. Irgendwo im Haus muss eine Kamera installiert sein, die mich beim Verlassen eines der Zimmer gefilmt hat und diese Bilder jetzt auf das Toilettenei projiziert. Nachdem sich mein Abbild zum zweiten Mal verflüchtigt hat, betrete ich die Toilette und hoffe, im Innern von weiteren mystischen Begegnungen verschont zu bleiben. Misstrauisch äuge ich in die Kloschüssel. Da wird doch nicht auch noch eine Kamera drin sein?

Soweit ich feststellen kann, ist da nirgends ein Objektiv. Doch ich traue dem Frieden nicht und verkneife mir, hier auf die Toilette zu gehen. Ich verlasse das Klo und entdecke zwischen den Eiern ein frei stehendes Edelstahlwaschbecken. Na wenigstens die Hände sollte ich mir gefahrlos waschen können. Allerdings klemmt der Abflussdeckel und das Becken läuft voll Wasser. Als es mir endlich gelingt, den Deckel zu lösen und das Wasser ablaufen zu lassen, glaube ich, im Abfluss etwas aufleuchten zu sehen. Neugierig spähe ich hinein, innerlich auf weitere »zauberhafte Gags« gefasst. Doch es passiert nichts.

Ich krame einen Augenbrauenstift aus meinem Schminkbeutel und fische das blinkende Teil aus dem Abfluss: eine Kreole mit einem tropfenförmigen Rubin. Nachdenklich halte ich das Schmuckstück gegen das Licht und betrachte den funkelnden Stein. Dann fällt mir ein, wo ich das Pendant gesehen habe: in der Wohnung von Isabel Ortega. Der Frau, die Florian von Sandleben angeblich noch nie getroffen hat.

11

Wilsberg mag kein Frühstück

Das Handy weckte mich. Wenn ich dem Display trauen konnte, war es schon elf Uhr. »Ja«, stöhnte ich.

»Was ist los?«, fragte Franka.

»Nichts. Es geht mir nicht so gut.«

»Hast du gestern getrunken?«

»Ein bisschen«, gab ich zu.

»Dann melde ich mich später.«

»Nein.« Ich richtete mich auf. »Ich bin okay.«

Tatsächlich bewegten sich der Boden und die Wände nicht mehr. Auch mein Magen hatte sich einigermaßen beruhigt. Bis auf einen fiesen Kopfschmerz fühlte ich mich fit. Vor zwei Stunden hatte ich auf Frankas Anrufbeantworter gesprochen und sie gebeten, den Besitzer des Wagens ausfindig zu machen, in den Isabel Ortega vor dem *Cucaracha* gestiegen war. Franka konnte so etwas. Sie war Rechtsanwältin in Münster und hatte einen guten Draht zum Straßenverkehrsamt. Außerdem hatte sie als Studentin ein paar Jahre in meinem Detektivbüro gejobbt. Mittlerweile schob sie mir ab und zu einen Auftrag zu, wenn ihre Mandanten professionelle Hilfe beim Ausschnüffeln von Partnern, Konkurrenten und Angestellten benötigten.

»Das ER im Nummernschild steht für Ernst Reichweiler«, sagte Franka.

»Und wer ist das?«, fragte ich.

»Bist du der Detektiv oder ich?«

»Mach's nicht so spannend!«, bat ich. »Ich weiß genau, dass du keine Sekunde gezögert und sofort im Internet nachgeforscht hast. Hier in meinem schnuckeligen Hotelzimmer bin ich von allen Informationsquellen abgeschnitten.«

»Also gut. Ernst Reichweiler ist ein stinkreicher Reeder. Unternehmer des Jahres 1999. *Northsea Shipping GmbH.* Containerschiffe, die großen Pötte. Das, was im Moment boomt. Außerdem besitzt er zwei Hotels auf Norderney und einige Gebäude in Hamburg.«

»Familie?«

»Eine Frau. Drei Jahre jünger als er. Die Reichweilers wohnen in einer schnieken weißen Villa an der Außenalster. Mit anderen Worten: Zieht man die Frau ab, wäre Reichweiler der Traum jeder reifen Singlefrau, die sich die Vorstellung von romantischer Liebe abgeschminkt hat.«

»Sogar mit Frau reicht's für die Hoffnungen einer kubanischen Auswanderin auf ein besseres Leben.«

»Du bist dran«, sagte Franka. »Ich will alles wissen.«

Ich erzählte die ganze Geschichte, angefangen beim Tod von Stefano Monetti alias Stefan Hubertus über Anna und Isabel Ortega bis zum Penner vor dem *Cucaracha.* Nur die Begegnung mit Pia Petry ließ ich aus. Franka hörte aufmerksam zu und stellte kurze Zwischenfragen. Am Ende sagte sie: »Denkst du, die beiden Todesfälle hängen zusammen?«

»Anna ist davon überzeugt, ich noch nicht. Die Frage ist, ob es eine Verbindung zwischen Monetti und Isabel gibt.«

»Hast du schon Pia Petry kontaktiert?«

»Wieso?«, fragte ich gedehnt.

»Weil ich dich kenne, Georg. Und weil sie in Hamburg wohnt.«

»Nein.« Aus dem großen Spiegel an der gegenüberliegenden Wand glotzte mich ein bleicher, beschissen aussehender Lügner an.

»Aber du wirst es tun?«

»Kann sein. Vorher kümmere ich mich allerdings um Reichweiler.«

Ich beendete das Gespräch und stand auf. Im Bad, das durch eine Schiebetür vom Schlafraum abgetrennt war, klebten ein paar Spritzer Erbrochenes auf den Fußbodenfliesen. Ich wischte sie mit Toilettenpapier weg. Daniela Hansen sollte keinen schlechten Eindruck von mir bekommen.

Nachdem ich geduscht und mich angezogen hatte, schluckte ich zwei Aspirin als Frühstücksersatz. Dann ließ ich mir von der Auskunft die Nummer der *Northsea Shipping GmbH* geben. Die Telefonzentrale der Reederei stellte mich zum Vorzimmer des Chefs durch.

»Ich brauche einen Termin bei Herrn Reichweiler«, erklärte ich der Sekretärin.

»In welcher Angelegenheit?«

»Kubanische Kontakte. Es ist sehr wichtig. Und sehr dringend.«

»Wie war noch mal Ihr Name?«

»Wilsberg.«

Sie drückte mich weg. Nach dreißig Sekunden war sie wieder da. »Es tut mir leid, Herr Wilsberg, Herr Reichweiler kennt Sie nicht.«

»Aber er wird mich kennenlernen wollen. Das Stichwort lautet: Salsa.«

»Bitte?«

»Sagen Sie es ihm einfach!«

Erneut durfte ich mir Warteschleifenmusik anhören.

»Hören Sie!« Die Stimme der Sekretärin klang drei Grad freundlicher.

»Ja?«

»Herr Reichweiler hätte um fünfzehn Uhr für Sie Zeit. Ist Ihnen das recht?«

Ich sagte ihr, dass mir drei Uhr sehr entgegenkomme.

Einen Moment lang war ich versucht, mich wieder aufs Bett zu legen. Doch für die Begegnung mit Reichweiler brauchte ich einen klaren Verstand. Ein bisschen Bewegung, um den Restalkohol zu vertreiben, konnte nicht schaden.

Kaum hatte ich einen Fuß in den Flur gesetzt, stand Daniela Hansen vor mir. »Wir haben mit dem Frühstück auf Sie gewartet.«

»Oh. Ich hatte keinen Hunger.«

»Wenn Sie möchten, setze ich rasch eine Kanne Kaffee auf.«

»Nein, danke. Ich ... ich kriege nichts runter.«

Sie kam näher. Ihre riesigen Lupenaugen tasteten forschend mein Gesicht ab. »Ist spät geworden gestern, was?«

»Sieht man mir das an?«

Sie lächelte. »In Hamburg ist schon so mancher versackt. Seien Sie vorsichtig, mein Junge!«

Ich ging zur Treppe. »Heute Abend bleibe ich brav.«

»Haben Sie wenigstens die Richtige gefunden?«, rief sie mir nach.

»Ja. Aber sie hat mich abblitzen lassen.«

Das Lachen ihrer Fistelstimme hallte noch in meinen Ohren, als ich längst auf der Straße war.

Um Viertel vor drei stand ich vor einem modernen Bürogebäude an der Elbe. Auf der anderen, der südlichen Elbseite erstreckte sich der Hafen mit seinen riesigen Kränen und Docks. Auf der Nordseite, die ich von Altona aus erreicht hatte, fand offensichtlich ein Umbruch statt. Zwischen die alten Speicher und Fischmarkthallen drängten sich Neubauten, in denen Werbeagenturen, Architekturbüros, Restaurants und Diskotheken Platz gefunden hatten. Dominiert wurde das Areal von einem gigantischen Bürokomplex, der sich wie ein Kreuzfahrtschiff schräg auf das Wasser hinausschob.

Reichweilers Firmen residierten weniger auffällig in einem gläsernen Kubus mit rötlich schimmernden Verstrebungen. Neben der *Northsea Shipping GmbH* gehörten zu seinem Reich die *Northsea Chartering GmbH* und das *Northsea Fleet Management,* wie das Eingangsschild, das ein stilisiertes weißes Segelschiff auf blauem Grund zierte, verhieß. Hier spielt ein Global Player, sollte das wohl heißen. Dazu passten der Marmorboden der Eingangshalle und die marineblauen Uniformen der Menschen hinter der matt gebürsteten Stahltheke des Empfangs. Das Ambiente erinnerte an die Rezeption eines Luxushotels und mit entsprechender Fünf-Sterne-Höflichkeit prüfte eine blau uniformierte Blondine mein Anliegen, bevor sie mich persönlich in den siebten Stock begleitete und erst von meiner Seite wich, als ich mich in der Obhut von Reichweilers Sekretärin befand.

Hier, in der Nähe des Allerheiligsten, war der Boden mit Parkett ausgelegt. An den Flurwänden hingen Ölgemälde von Frachtschiffen, die aus einer Zeit stammten, als die Ladung noch unter Deck und nicht in bunten Containern verstaut wurde. Die Sekretärin öffnete eine Tür, bat mich, noch einen Moment zu warten, und fragte, ob ich einen Cappuccino oder einen Tee wünsche. Ich verzichtete, da ich mich seit Verlassen des Hotels von nichts anderem als Kaffee ernährt hatte.

Dann trat ich ins Wartezimmer – und erstarrte. Vor mir saß Pia Petry. Konservativer gekleidet als im *Cucaracha* und ein wenig übermüdet, wie mir schien. Trotzdem bewirkte der Anblick, dass sich mein Herzschlag beschleunigte.

Sie war genauso überrascht wie ich. Und keine Spur freundlicher als sechzehn Stunden zuvor. »Verfolgst du mich?«

»Nein.« Ich setzte mich in den Sessel, der am weitesten von ihrem entfernt stand. Die Lektion der letzten Nacht hatte Spuren hinterlassen.

»Was machst du hier?«, zischte sie.

»Ich will mit Reichweiler reden.«

»Wieso?«

»Und du? Hat er dich zu einer Teestunde eingeladen?«

»Sei nicht blöd, Georg! Ich mache meinen Job.«

»Ach? Was denkst du wohl, weshalb ich hier bin?«

Sie schüttelte den Kopf. »Das darf nicht wahr sein.«

»Was?«

»Dass wir schon wieder an demselben Fall arbeiten.«

Ich grinste. »Anscheinend will uns das Schicksal damit etwas sagen.«

»Bitte, Georg! Sag mir, dass du noch nie den Namen Isabel Ortega gehört hast.«

»Tut mir leid, Pia!« Ich genoss den Moment. »Ihre Schwester ist meine Auftraggeberin.«

»Isabel hatte eine Schwester? In Münster?«

»Anna Ortega ist Varietékünstlerin. Sie und ihr Mann, ein Magier, gastierten in Münster, als der Mann unter dubiosen Umständen starb. Ehrlich gesagt, habe ich vom Tod Isabels erst erfahren, als ich schon in Hamburg war.«

»Und wie bist du auf Reichweiler gekommen?«

»Er hat Isabel manchmal vom *Cucaracha* abgeholt. Wusstest du das nicht?«

»Nein. Ich habe sein Foto in ihrer Wohnung gefunden.«

Wir verstummten, weil wir Schritte auf dem Flur hörten.

»Herr Reichweiler kann Sie jetzt empfangen«, sagte die Sekretärin. »Gehören Sie zusammen?«

»Ja«, sagte ich.

»Nein«, sagte Pia.

Die Sekretärin schaute ratlos von mir zu Pia und wieder zurück.

Ich stand auf. »Meine Kollegin scherzt. Kommst du, Pia?«

Sie lächelte böse. »Natürlich.«

Auf dem Weg zu Reichweilers Büro hielt sich Pia hinter mir. Irgendwie ahnte ich, dass sie etwas vorhatte, und war gewappnet, als ich einen Tritt in die Wade bekam.

Das Büro des Reeders war nur unwesentlich kleiner als ein Handballfeld, er selbst dagegen von unterdurchschnittlicher Statur. Man musste kein Psychologe sein, um das eine mit dem anderen in Verbindung zu bringen. Und da reiche kleine Männer nicht nur übertrieben ehrgeizig sind, sondern auch auf große Frauen stehen, war ich praktisch nicht mehr existent, nachdem er Pia Petry entdeckt hatte.

Reichweiler führte Pia zu einer protzigen Sitzecke, die direkt vor der riesigen Glasfront platziert war und einen Panoramablick über den Hafen erlaubte.

»Was für ein fantastischer Ausblick!«, flötete Pia.

»Nicht wahr!« Er lächelte sie ölig an. »Wenn ich will, kann ich zusehen, wie meine Schiffe entladen werden.«

»Ich wette, Ihre Leute wissen das«, sagte ich.

Er tat so, als hätte er mich nicht gehört. »Setzen Sie sich doch!«, wandte er sich weiter an Pia. »Darf ich Ihnen etwas anbieten?«

»Nein danke!«, sagte ich und nahm Platz.

Pia warf mir einen giftigen Blick zu und auch Reichweilers Charme bröckelte zusehends.

»Na schön.« Er streckte seine kurzen Beine unter den Tisch und legte die Fingerspitzen der linken Hand an die grau melierte Schläfe. »Kommen wir gleich zur Sache: Ich weiß, wer Sie sind und was Sie wollen.«

»Ach ja?«, rutschte es Pia heraus.

»Ich bin immer gerne informiert, mit wem ich es zu tun habe. Und da Sie sich großzügigerweise mit Ihren richtigen Namen gemeldet haben, war es für mein Büro keine große Schwierigkeit, Ihre Profession herauszufinden.«

»Und was wollen wir?«, fragte ich.

»Sie sind Privatdetektive und beabsichtigen, meine Beziehung zu Isabel Ortega ans Licht zu zerren. Dass ich Sie dennoch empfange, geschieht aus einem einzigen Grund.« Er machte eine Pause und kostete unsere Überraschung aus. »Ich möchte Ihnen klarmachen, dass ich nichts zu verbergen habe und dass es reine Zeitverschwendung wäre, in meinem Privatleben zu schnüffeln.«

»Sie geben also zu …«, begann ich.

»... dass Sie ein Verhältnis mit Isabel Ortega hatten«, ergänzte Pia.

»Ja«, sagte Reichweiler.

Weshalb er das freimütig offenbarte und dabei auch noch verdammt selbstsicher wirkte, war mir schleierhaft. Ich konnte nicht anders, ich musste ihn provozieren: »Geben Sie auch zu, Isabel ermordet zu haben?«

»Ach, Herr Wilsberg!«, sagte er mitleidig. »Ich nehme an, diese schlichte Denkungsweise gehört zu Ihrem Beruf. Isabel war eine Affäre, nichts weiter. Warum, um Himmels willen, hätte ich sie ermorden sollen?«

»Weil sie versucht hat, Sie zu erpressen?«, schlug Pia vor. »Weil sie gedroht hat, Ihre Frau einzuweihen?«

»Meine Frau und ich haben uns in unserer Ehe arrangiert, sie akzeptiert meine gelegentlichen Eskapaden. Normalerweise bewahren wir aus gegenseitigem Respekt Stillschweigen, aber in diesem Fall habe ich ihr, gleich nachdem ich von Isabels Tod erfahren hatte, die Wahrheit gesagt. Damit es zu keinerlei Missverständnissen kommt. Und ich habe noch eines getan.« Erneute Pause. »Ich bin zur Polizei gegangen.«

»Sie sind freiwillig zur Polizei gegangen?«, fragte Pia erstaunt.

»Ja. Ich wollte vermeiden, dass hier irgendwann ein Kommissar vor der Tür steht. Isabel und ich sind in diesem Salsa-Club gesehen worden. Sonst wären auch Sie ja nicht auf meinen Namen gestoßen. Also habe ich mich entschieden, in die Offensive zu gehen und alles offenzulegen.« Er lächelte triumphierend. »Und meine Unschuld zu beweisen. Für den Tag, als Isabel ermordet wurde, gibt es genug Zeugen, die jeden meiner Schritte belegen können. Bis auf die Minute.«

»Man kann Auftragskiller mieten«, murrte ich.

»Seien Sie nicht albern, Herr Wilsberg. Sehen Sie ein, dass Sie an den Falschen geraten sind.« Er schaute Pia an. »Noch Fragen?«

Pia hatte eine. »Gab es weitere Liebhaber – neben Ihnen?«

»Kann sein. Das hat mich nicht interessiert. Isabel war eine faszinierende Frau mit karibischem Temperament. Ich habe jede Minute mit ihr genossen, aber keinen Gedanken an eine gemeinsame Zukunft verschwendet. Dafür war sie nicht der Typ. Was sie gemacht hat, wenn sie nicht mit mir zusammen war, ging mich nichts an.«

»Klingt nach dem Verhältnis eines Freiers zu seiner Nutte«, bemerkte ich.

Reichweiler zuckte kaum merklich zusammen, fing sich aber sofort wieder. »Nennen Sie es, wie Sie wollen. Ich möchte Ihnen nicht Ihre Vorurteile rauben.«

»Herr Reichweiler«, ergriff Pia das Wort, »wissen Sie etwas darüber, dass Isabel verreisen wollte?«

»Wie kommen Sie darauf?«

»In Isabels Wohnung hat die Polizei einen gepackten Koffer gefunden. Es sah so aus, als hätte sie in höchster Eile ihre Sachen hineingeworfen. So als hätte sie geahnt, dass sie in Gefahr schwebte.«

Reichweiler starrte Pia an. »Ich habe keine Ahnung.«

»Kennen Sie Stefano Monetti?«, fragte ich, einer plötzlichen Eingebung folgend.

Seine Augen verschleierten sich für einen Moment. »Nein. Sollte ich?«

Ich hätte schwören können, dass er log. »Er hat als Varietékünstler gearbeitet – und war Isabels Schwager.«

»Möglich, dass sie seinen Namen mal erwähnt hat«, hielt sich Reichweiler bedeckt. »Was ist mit ihm?«

»Er starb ungefähr gleichzeitig mit Isabel.«

»Wollen Sie mich dafür etwa auch verantwortlich machen?«

»Vielleicht.«

Reichweiler lehnte sich zurück. »Die *Northsea Shipping* ist eine der größten Trampschifffahrtsgesellschaften in Hamburg. Wir operieren global und verfügen über dreißig, zum

Teil hochmoderne Containerschiffe. Allein in diesem Haus arbeiten mehr als hundert Menschen, hinzu kommen knapp tausend auf den Schiffen und in unseren Überseeniederlassungen. Was ich damit sagen will: Ich trage die Verantwortung für eine Menge Arbeitsplätze.«

»Soll das eine Drohung sein?«, fragte Pia.

»Nein. Ich möchte Ihnen nur verdeutlichen, dass es nicht allein um mein Schicksal geht, sondern um das vieler Menschen, die mit meinen privaten Angelegenheiten nicht das Geringste zu tun haben. Sollten Sie oder Ihre Auftraggeber meinen Namen durch die Spalten der Klatschpresse ziehen, könnte das gesamte Unternehmen in Turbulenzen geraten. Und das in einem Moment, in dem wir dabei sind, unsere Position in Hamburg auszubauen. Fragen Sie sich bitte, ob die kleine Geschichte, auf die Sie gestoßen sind, das wert ist!«

»Was kommt als Nächstes?«, fragte ich und stand auf. »Ein Angebot, uns zu schmieren?«

Er drehte seinen sorgfältig frisierten Kopf zu Pia. »Darf ich mich erkundigen, Frau Petry, wieso eine gut aussehende Detektivin mit Adresse in Pöseldorf die Hilfe eines münsterschen Kollegen benötigt?«

»Dürfen Sie«, lächelte Pia und erhob sich ebenfalls. »Aber eine Antwort bekommen Sie nicht.«

Ein Rest von Solidarität war also noch da.

12

Pia Petry steht unter Beobachtung

»So ein Arschloch! So ein beschissenes Arschloch!«, flucht Wilsberg, kaum dass wir Reichweilers Büro verlassen haben.

Ich sehe ihn erstaunt an. »Was hast du denn?«

»Dass er Isabel vom *Cucaracha* abgeholt hat, habe ich dir im Wartezimmer erzählt. Und prompt kommt er darauf zu sprechen. Das ist doch kein Zufall«, regt er sich auf.

»Scheiße«, sage ich. »Der hat uns abgehört.«

»Ja klar. Der Typ hat sein Büro verwanzt. Der saß die ganze Zeit bräsig hinter seinem Schreibtisch und hat uns belauscht.«

»Dann weiß er jetzt auch, dass ich ein Foto von ihm und Isabel besitze«, sage ich. »Das ist ja super.«

»Wir haben uns wie Anfänger benommen«, stellt Wilsberg fest.

»Aber immerhin haben wir es gemerkt«, erwidere ich.

»Dann sind wir ja vielleicht doch kein so schlechtes Team?« Wilsberg lächelt mich verlegen an.

Ich zucke mit den Achseln und blicke in eine andere Richtung.

»Wie sieht es aus? Hast du noch Lust, einen Kaffee mit mir zu trinken?«, fragt er unsicher.

»Essen wäre mir lieber.«

»Auch gut.«

Ich deute nach links. »Wenn wir hier runtergehen, kommen wir zum *Au Quai*, einem französischen Restaurant, wo man sehr schön sitzt, mit Blick auf die Elbe, und wo man vor allem auch sehr gut isst. Wenn wir rechts runtergehen, kommen wir nach Övelgönne. Dort gibt es mehrere Restaurants mit guter hanseatischer Hausmannskost: Scholle, Schellfisch, Nordseekrabben auf Schwarzbrot. Außerdem ist die Gegend wegen der alten Kapitänshäuschen sehr beliebt, von denen man eine tolle Aussicht auf die Elbe und den Hafen hat. Dort standen früher die Ehefrauen der Kapitäne an den Fenstern und warteten auf die Rückkehr ihrer Männer. Sie standen natürlich auch dort, wenn ihre Männer ausliefen …«

Wilsberg grinst. Das Grinsen wird immer breiter. Und als ich begreife, was ihn so amüsiert, muss ich auch grinsen. Wir sehen uns an und fangen beide an zu lachen.

»Mein Gott«, sage ich. »Irgendwann müssen Kapitäne eben auslaufen.«

Und Wilsberg entgegnet: »Gut, wenn die Frauen dann am Fenster stehen.«

Wir kriegen uns kaum noch ein vor Lachen und erregen die Aufmerksamkeit mehrerer Passanten, die kopfschüttelnd an uns vorbeigehen.

»Okay«, sagt Wilsberg und wischt sich eine Träne aus dem Augenwinkel. »Dann lass uns rechts runtergehen. Nach Övelgönne. Zu den undichten Kapitänen.«

Und schon wieder fangen wir an zu lachen.

Dass wir uns über einen so blöden Witz amüsieren können, ist ein gutes Zeichen. Noch ist das Eis nicht gebrochen, aber es ist dünner geworden und hat erste Risse bekommen. Als wir nebeneinander herlaufen, achte ich darauf, dass ein gewisser Abstand zwischen uns eingehalten wird. Zu einfach will ich es ihm nicht machen. Wir entscheiden uns für das *Alte Lotsenhaus.* Da es angefangen hat zu regnen, können wir nicht, wie erhofft, im Biergarten sitzen, sondern müssen uns im Gastraum einen Platz suchen. Wir haben Glück und ergattern einen Tisch am Fenster.

Wilsberg sieht sich um. »Nett ist es hier. Mit den kleinen Fenstern, den niedrigen Decken …«

»… und den knarzenden Dielen«, sage ich. »So wie sich der Tourist aus Münster den hohen Norden eben vorstellt.«

Beleidigt verzieht er das Gesicht. Ich zwinkere ihm zu und winke der Kellnerin. Wilsberg bestellt Schellfisch mit Senfsauce und Salzkartoffeln, ich entscheide mich für eine Scholle Finkenwerder Art. Als Nachtisch nehmen wir beide rote Grütze. Nachdem die Bedienung uns je eine Apfelsaftschorle gebracht hat, kommen wir wieder auf Reichweiler zu sprechen.

»Der Typ ist nicht unclever«, sage ich. »Der hat uns ganz schön vorgeführt …«

Wilsberg pflichtet mir bei. »So zu tun, als sei seine Affäre mit Isabel die normalste Sache der Welt, ist schon ziemlich genial. Glauben tu ich ihm trotzdem kein Wort. Karibisches Temperament, besinnliche Stunden ohne Reue und Gespräche über irgendwas. Kannst du dir vorstellen, dass Isabel nie von sich erzählt hat? Dass sie sich keine Hoffnungen gemacht hat, Reichweiler könne ihr Sprungbrett zu einem Leben in Wohlstand sein?«

»Nein«, sage ich. »Das ist eher unwahrscheinlich. Wenn du hier fremd bist und so einen Mann an der Angel hast, machst du dir Hoffnungen. Da bin ich mir ziemlich sicher. Vielleicht war Isabel ja so schlau, ihm nicht gleich die Pistole auf die Brust zu setzen. Von wegen: Entscheide dich, entweder ich oder deine Frau. Aber mittel- bis langfristig hat sie sich wahrscheinlich mehr ausgerechnet als schnellen Sex und ein paar Scheinchen auf die Hand.«

»Oder sie hat ihm doch die Pistole auf die Brust gesetzt. Und er hat sich des Problems entledigt. Falls sie überhaupt etwas miteinander hatten. Der Penner vor dem *Cucaracha* meinte, die beiden hätten sich nicht wie ein Liebespaar verhalten.«

»Wie verhält sich denn ein Liebespaar?«, frage ich und verdrehe die Augen. »Wenn sie ihn wirklich unter Druck gesetzt hat, dann hatten die beiden ja vielleicht Stress. Und das Verhältnis hat sich abgekühlt. Wir sollten mal überprüfen, ob Reichweilers Ehefrau Geld in dem Unternehmen stecken hat. Ob Reichweiler in irgendeiner Form von ihr abhängig ist. Und deswegen jetzt die Flucht nach vorne antritt und sein Verhältnis zu Isabel als unwichtige Sexaffäre deklariert.«

Wilsberg nickt. »Mal eine andere Frage«, sagt er. »Woher wusstest du eigentlich von diesem Koffer in Isabels Wohnung?«

Ich erzähle ihm, wie ich Isabels Leiche entdeckt habe, wie ihre Wohnung aussah und beschreibe ihm ihre auffällige Showkleidung. Auch meine Recherchen im Hanse-Theater lasse ich nicht unerwähnt. Wilsberg hört aufmerksam zu und stellt die ein oder andere Zwischenfrage. Als ich geendet habe, steht er auf. »Ich muss mal kurz wohin«, sagt er und verschwindet Richtung Toilette.

Nachdenklich sehe ich aus dem Fenster. Beobachte die Leute, die sich unter ihre Regenschirme ducken, betrachte den Fluss, über den in dicken Schwaden grauer nebeliger Dunst hängt. Ich muss an Florian von Sandleben denken, an sein verrücktes Haus und an Isabels Ohrring, den ich im Abfluss des Waschbeckens gefunden habe. Wie passt das mit Reichweiler und seiner angeblichen Affäre zusammen? Oder hatte Isabel auch etwas mit von Sandleben am Laufen? Setzte sie gleichzeitig auf mehrere Männer? Ob ich Wilsberg von meinem nächtlichen Ausflug ins Alte Land erzählen soll? Dazu müsste ich ihm aber vertrauen. Und das tue ich nicht. Nicht nach dem, was in Münster passiert ist.

Wilsberg kehrt an den Tisch zurück. »Zehn Cent für deine Gedanken«, sagt er.

Ich beuge mich vor und sehe ihm direkt in die Augen. »Warum?«, sage ich. »Warum hast du alles kaputtgemacht?«

Einen Moment scheint er schockiert, dass ich mal so eben das Thema wechsle und den sicheren Boden geschäftlicher Spekulationen verlasse.

Doch er fängt sich relativ schnell. »Ich habe nichts kaputtgemacht. Du bist doch einfach abgehauen.«

»Entschuldige mal«, sage ich und stütze mich mit beiden Händen auf dem Tisch ab. »Du hattest deine Zunge in ihrem Hals …«

»Das war nicht mein Fehler. Also ich meine, ich habe das nicht gewollt …«

Ich lege den Kopf schief und schneide eine Grimasse. »Ich habe das nicht gewollt«, äffe ich ihn nach. »Diese Frau ist also einfach in deine Wohnung gestürmt, hat sich dir an die Brust geworfen und dich gezwungen, sie zu küssen?«

»So ähnlich«, sagt er.

Ich schlage mit der flachen Hand auf den Tisch. »Sag mal, spinnst du eigentlich, mir so einen Scheiß zu erzählen!«

»Sie ist eine alte Bekannte von mir. Wir kennen uns seit fast dreißig Jahren und hatten mal was miteinander. Als wir noch studierten. Danach aber nie wieder. Und jetzt hat sich ihr Mann von ihr getrennt und sie kam und brauchte …«

»… ein bisschen Trost«, ergänze ich. »Und den hat sie in deinem Mund gesucht. Oder was?«

»Nein. Ich meine, ja. Sie dachte, ich sei Single, und wollte sich wohl selbst beweisen, dass sie nach fünfzehn Jahren Ehe noch attraktiv ist. Dass sie bei Männern noch landen kann …«

»Dass sie noch in der Lage ist, einen Exlover zu entflammen«, sage ich ironisch.

Wilsberg nickt. »Ich war selbst völlig überrascht. Und als du dann reingeschneit und gleich wieder weggelaufen bist, da …«

»Da warst du völlig überfordert«, stelle ich fest. »Und wie ging es dann weiter mit euch beiden? Habt ihr euch gegenseitig getröstet und seid im Bett gelandet?«

»Nein«, sagt er entrüstet. »Natürlich nicht. Was glaubst du eigentlich von mir?«

»Nur das Allerschlechteste.«

»Danke! Was hast du nur für ein Männerbild? Du erwartest immer das Schlimmste. Bei dir ist das Glas immer halb leer, nie halb voll.«

»Ich habe so meine Erfahrungen gemacht«, erwidere ich. »Mit einem Mann, der mich so ziemlich mit jeder Frau betrogen hat, die blond, relativ jung, relativ hübsch und bei drei nicht auf den Bäumen war. So etwas prägt.«

»Ich bin aber nicht dieser Mann. Ich bin anders.«

»Das habe ich gesehen.«

Unser Disput wird von der Kellnerin unterbrochen, die das Essen bringt. Fast zeitgleich greifen wir nach Messer und Gabel. Ich sehe Wilsberg an und deute auf seinen Fisch: »Da sind Gräten drin. Also pass auf. Münsteranern bleibt so etwas schon mal ganz gern im Hals stecken.«

»Keine Angst«, sagt er. »Den Gefallen tue ich dir nicht.«

Das Essen stimmt mich ein bisschen versöhnlicher. Und gibt mir Gelegenheit nachzudenken. Über das, was Wilsberg von dieser angeblich uralten Bekannten erzählt hat. Vielleicht stimmt die Geschichte ja. Vielleicht hat diese Frau ihn wirklich in diese unmögliche Situation gedrängt. Vielleicht habe ich überreagiert. Vielleicht? Vielleicht aber auch nicht. Ich bin nicht wirklich von seiner Unschuld überzeugt, aber unsicher geworden.

Nach dem Dessert bestellen wir zwei Espressi und ordern die Rechnung. Wir zahlen, jeder für sich. Verlassen das Lokal, laufen zur Elbchaussee hoch und stoppen dort ein Taxi. In der Husumer Straße steigt zu meiner Überraschung auch Wilsberg aus dem Wagen. Eigentlich habe ich angenommen, er würde sich zu seinem Hotel bringen lassen. Stattdessen folgt er mir zum Hauseingang, greift nach meiner Hand und versucht, mich an sich zu ziehen. Das geht mir zu schnell. Ich schiebe ihn ein Stück von mir weg.

»Tschüss«, sage ich.

»Tschüss«, antwortet er mit einem Gesichtsausdruck, dem die Enttäuschung deutlich anzusehen ist.

Ich gebe ihm einen Kuss auf die Wange und gehe ins Haus. Ohne mich noch einmal umzudrehen. Kaum bin ich in meiner Wohnung, klingelt das Telefon.

»Du wirst beobachtet«, flüstert Wilsberg.

»Von wem?«, frage ich erschrocken.

»Auf der gegenüberliegenden Seite steht ein Mann im Hauseingang, der ständig rüberschaut.«

Ich stelle mich seitlich ans Fenster und spähe hinaus. Der Einzige, den ich sehe, ist mein Nachbar, Siegfried Rebbelmeier, der drüben die Luft mit seinem Zigarettenrauch verpestet.

»Meinst du den Typen in dem grauen Mantel?«, flüstere auch ich jetzt.

Wilsberg bejaht.

»Der sieht wirklich nicht ganz koscher aus.« Ich muss mir ein Grinsen verkneifen. »Meinst du, Reichweiler hat mir den auf den Hals gehetzt?«, frage ich und versuche, meine Stimme möglichst ängstlich klingen zu lassen.

»Könnte sein.«

»Was schlägst du vor? Was soll ich machen?«

»Solange der Typ da rumlungert, solltest du nicht allein sein. Ich könnte zu dir raufkommen. Wenn du möchtest.«

»Das würdest du wirklich tun?«, frage ich und bin kurz davor loszulachen.

»Ja, selbstverständlich.«

Einen Augenblick bin ich unsicher, ob ich Ja oder Nein sagen soll. Doch dann entscheide ich mich, keine Spielverderberin zu sein. »Das wäre ganz lieb. Ich lass dich rein.«

Während ich in den Flur zum Türöffner gehe, stelle ich mir vor, was Wilsberg wohl für ein Gesicht machen wird, wenn ich ihm heute Abend vorführe, wie einfach sich mein Sofa in eine Schlafcouch verwandeln lässt.

13

Wilsberg geht die Luft aus

Reichweilers Fratze wurde durch das Glas verzerrt. Er redete, aber ich verstand ihn nicht. Das Glas war zu dick. Und um mich herum Wasser. Ich steckte in einem riesigen Glasgefäß, das bis zum Rand mit Wasser gefüllt war. Die Oberfläche war ganz nah. Zehn Zentimeter, vielleicht zwanzig. Dort würde ich Luft bekommen. Ich wollte mich abstoßen, doch meine Füße klebten am Boden. Schwere eiserne Ketten hielten mich unten. Und meine Hände waren mit einem Seil auf dem Rücken gefesselt. Mal sehen, ob Sie so gut sind wie Houdini, hatte Reichweiler gesagt. Houdini, der große Entfesselungskünstler. Bestimmt beruhten seine Nummern auf Tricks. Meine Fesseln dagegen waren echt. Meine Atemnot war echt. Die Lunge brannte. Wie lange war ich schon unter Wasser? Eine Minute? Zwei Minuten? Wie lange kann ein Mensch ohne Luft überleben? Drei Minuten? Vier Minuten? Reichweilers Konturen verschwammen, ich wurde ohnmächtig. Alles schwarz. Ich öffnete den Mund …

… und schnappte nach Luft. Schnellte hoch und brauchte noch einige Sekunden, bis ich wieder atmen konnte. Saß auf Pias Couch und sog den herrlichen Sauerstoff ein. Dann sank ich auf das Kissen zurück und wischte mir den Schweiß von der Stirn. Atemaussetzer im Schlaf hatten mich schon öfter geweckt. Doch noch nie waren sie von einem derart überzeugenden Albtraum begleitet gewesen.

Draußen wurde es hell. Ein weiterer sonniger Herbsttag kündigte sich an. Mit Temperaturen, die für die Terrasse eines Cafés an der Außenalster oder einen Spaziergang an der Elbe reichten. Im letzten Herbst hatten Pia und ich ganze Wochenenden so verbracht. Als wir noch über Dinge reden konnten, die nichts mit Arbeit, Tod und Verbrechen zu tun hatten. Als es so aussah, als würden wir uns Schritt für Schritt näherkommen.

Ich schlug die Decke zurück und stand auf. Daniela Hansen kam mir in den Sinn. Ich sah sie mit bedrückter Miene in ihrem Wohnzimmer-Empfang sitzen, vor einem gedeckten Frühstückstisch, der schon wieder unberührt bleiben würde. Falls ich noch mal nach Hamburg kommen sollte, musste ich unbedingt in einem großen, anonymen Hotel absteigen. Wo sich niemand Sorgen um mich machte.

Nachdem ich mich angezogen hatte, schlurfte ich in die Küche.

»Was machst du da?« Pia stand im Morgenmantel in der Tür. Ihre schlanken Beine sahen göttlich aus. Ich überlegte, was wohl passieren würde, wenn ich zu ihr ging und den Gürtel öffnete.

»Ich suche den Kaffee.«

»Im Hängeschrank oben links.« Sie gähnte. »Wieso bist du so früh auf?«

»Ich hatte einen Albtraum.«

Ihre Antwort beschränkte sich auf ein Brummen. Ob mitfühlend oder schlecht gelaunt, war nicht auszumachen. Immerhin weckte das Geräusch weitere Erinnerungen. Als eingefleischte Morgenmuffel hatten wir vor und während des Frühstücks selten viel geredet. Damals.

Ich schaufelte Kaffee in den Filter. »Ich hole Brötchen. Einverstanden?«

Sie brummte erneut. »Ich bin unter der Dusche.«

Eine halbe Stunde später saßen wir am Frühstückstisch und besprachen unser weiteres Vorgehen. Dass es sich lohne, Frau Reichweiler zu besuchen, um Herrn Reichweilers Geschichte zu überprüfen. Pias lange Haare glänzten feucht. Sie trug ein enges T-Shirt und Jeans. Während wir diskutierten, dachte ich an eine Kanufahrt, die wir mal unternommen hatten. Wie wir unter überhängenden Bäumen auf einem der kleinen Kanäle die Paddel hochgenommen und uns auf den mit Kissen gepolsterten Boden des kleinen Bootes gelegt hatten.

Mein Handy klingelte.

»Was tun Sie, Georg?«, fragte Anna Ortega.

»Ich frühstücke.«

Ich schaute zu Pia, die fragend ihre Augenbrauen hochzog. Mit den Lippen formte ich ein lautloses *Anna.*

»Eigentlich wollte ich wissen, was Sie machen, um den Mörder meines Mannes zu finden. Und den von Isabel. Wenn Sie gerade nicht frühstücken.«

»Ich habe schon einiges herausgefunden.« Selbst für mich klang der Satz nach schlechtem Gewissen. Ausführlich schilderte ich, wie ich auf die Spur von Reichweiler gekommen war, ebenso detailliert malte ich die Begegnung im Büro des Reeders aus. Um zu kaschieren, dass ich die letzten beiden Tage mehr an Pia als an den Fall gedacht hatte.

»Glauben Sie, Reichweiler hat Isabel getötet?«, fragte Anna.

»Er behauptet, ein Alibi zu haben. Aber ich bin davon überzeugt, dass er mehr weiß, als er zugeben will. Wir ... ich meine, ich werde an ihm dranbleiben.«

»Wir?« Anna hatte meinen Versprecher bemerkt.

»Eine Kollegin aus Hamburg, die mit mir zusammenarbeitet. Sie kannte Isabel. Isabel war ihre Tanzlehrerin.«

Pia schüttelte den Kopf und begann, den Tisch abzuräumen.

»Ah«, sagte Anna. »Ich habe auch etwas entdeckt. In Stefanos Timer.« Sie sprach es *Tiemer* aus und ich begriff zunächst nicht, was sie meinte.

»Sein diario.«

»Tagebuch. Und was?«

»Ein Name. Sein Kontaktmann in Hamburg. Offenbar der, der ihn bezahlt hat.«

»Und wie heißt der Mann?«

»Cagliostro.«

»Cagliostro?«

Sie schnaufte wie eine Lehrerin, die es mit einem besonders begriffsstutzigen Schüler zu tun hat. »Das ist bestimmt nicht sein richtiger Name. Finden Sie heraus, wer er ist, Georg. Cagliostro kann Ihnen sagen, was bei Stefanos letztem Auftritt in Hamburg passiert ist. Verstehen Sie?«

»Ja. Da fällt mir ein: Hat Ihnen Isabel mal etwas von einem Nebenjob in der Show- oder Varietébranche erzählt?« Ich berichtete von den Kleidern, die Pia in Isabels Wohnung entdeckt hatte.

Anna dachte nach. »Als Kinder haben wir uns beide für Zauberei interessiert. Isabel war ein richtiger Star, bei Familienfeiern und in der Schule. Leider hat sie nichts aus ihrem Talent gemacht.« Anna seufzte. »Ob sie in Deutschland aufgetreten ist? Ich weiß es nicht. Wie ich schon sagte, Isabel und ich hatten kein gutes Verhältnis. Ihr Leben war ganz anders als meines. Schon auf Kuba.«

»In welcher Beziehung?«

»Sie hat Dinge gemacht, die ich nicht verstanden habe. Und sie hatte Freunde, die ich nicht leiden konnte. Dass sie es geschafft hat, nach Deutschland zu kommen, war ihr großes Glück.«

»Wie hat sie das eigentlich geschafft?«

»Mit einem Ausreisevisum. Dazu braucht man eine Einladung und ein paar Bescheinigungen. Ist das so wichtig, Georg? Isabel ist tot. Kümmern Sie sich um Cagliostro! Und um Reichweiler!«

Anscheinend wollte sie nicht länger über ihre Schwester reden. Wir beendeten das Gespräch mit meinem Versprechen, mich zu melden, sobald ich etwas Neues wisse.

»Wer ist Cagliostro?«, fragte Pia, nachdem ich das Handy in die Tasche gesteckt hatte.

»Ein Deckname. Cagliostro ist der Mann, der wahrscheinlich Monettis Privatauftritte in Hamburg organisiert und ihn dafür bezahlt hat.«

»Bringt uns das weiter?«

»Im Moment nicht. Allerdings ist mir vorhin ein anderer Gedanke gekommen: Wäre es nicht möglich, dass Isabel Monetti bei dem Unterricht assistiert hat?«

Pia verstand, was ich meinte. »Dann gäbe es tatsächlich einen Zusammenhang zwischen beiden Todesfällen.«

Ich nickte. »Richtig.«

»Hast du eigentlich schon deinen Vorschuss bekommen?«, fragte Pia beiläufig.

»Noch nicht.«

Pia sah mich skeptisch an. »Du arbeitest also aus reiner Nächstenliebe?«

»Quatsch. Wir haben eine Bezahlung vereinbart. Ich mache nur meinen Job.«

»Aber bis jetzt hast du kein Geld gesehen«, sagte sie und atmete tief durch. »Kann es sein, dass Anna hübsch ist?«

»Sie sieht ganz apart aus. Das schon. Aber eigentlich ist sie nicht mein Typ. Ich stehe nicht so auf Latinas …«

»Schon gut, Georg, du brauchst dich nicht zu verteidigen.«

Da war es wieder, das Misstrauen, das wie glibberiger Schleim an uns klebte. Für alle Zeiten, wie es schien.

Pia drehte sich um und räumte das schmutzige Frühstücksgeschirr in die Spülmaschine. »Ich glaube, es ist besser, wenn wir getrennt vorgehen.«

»Hört sich vernünftig an«, stimmte ich zu.

»Ich werde mir Frau Reichweiler vornehmen«, teilte sie der Wand über der Spüle mit.

»Dann rede ich noch mal mit Kemmer«, sagte ich ohne Enthusiasmus. »Jetzt habe ich ja einen Namen. Und so leicht wie beim ersten Mal kommt er mir nicht davon.«

14

Pia Petry kommt zu spät

Cornfeld sieht von seinem Schreibtisch hoch. »Elf Uhr. Und Sie sind schon im Büro.«

»Ihre Ironie können Sie sich sparen«, sage ich und setze mich auf den einzigen Stuhl in seinem Zimmer, auf dem sich noch kein Papierberg türmt. »Ich hatte Besuch. Mit dem ich heute Morgen erst noch frühstücken musste.«

Cornfelds amüsierter Gesichtsausdruck ist wie weggewischt. »Sie hatten Besuch – zum Frühstück?«

»Ja«, sage ich. »Einen alten Bekannten aus Münster. Ich glaube sogar, Sie kennen ihn.«

»Sie reden jetzt hoffentlich nicht von Wilsberg?«

»Cornfeld!«, rufe ich aus. »Wie haben Sie das nur so schnell erfasst?«

»Das ist nicht witzig.«

»Das ist sogar zum Schreien komisch. Wenn ich mir Ihr Gesicht so ansehe …«

»Was macht der Typ in Hamburg?«

»Er ist hier, weil er den Tod eines Magiers, eines gewissen Stefano Monetti, aufklären …«

»Der ist in Münster während einer Vorstellung ums Leben gekommen«, unterbricht mich Cornfeld. »Darüber habe ich gelesen. Irgendein Trick ist missglückt und er wurde von seiner eigenen Frau erschossen.«

»Stimmt. Die Ehefrau war seine Assistentin, heißt Anna Ortega und ist die Schwester von …?«

»… Isabel Ortega«, vollendet Cornfeld meinen Satz und stöhnt laut auf. »Das darf doch nicht wahr sein! Soll das heißen, die beiden Fälle hängen zusammen?«

»Yepp! Wir sitzen mit Wilsberg mal wieder im selben Boot.«

Cornfeld verzieht angewidert das Gesicht. Er und Wilsberg haben sich noch nie gemocht.

»Wie sind Sie drauf gekommen?«, fragt er. »Ich meine, wo haben Sie ihn getroffen?«

»Bei Reichweiler.«

Ich erzähle ihm die ganze Geschichte, bis hin zu Rebbelmeier, den Wilsberg irrtümlicherweise für einen von Reichweilers Sicherheitsleuten gehalten hat.

»Und dann hat Wilsberg bei Ihnen übernachtet.«

»Auf der Couch«, sage ich sofort. »Und ich habe eine Menge interessanter Dinge erfahren. Zum Beispiel glaubt diese Anna, dass ihr Mann ermordet worden ist. Die Pistole, mit der sie auf ihn gezielt hat, ist angeblich manipuliert worden.«

»Und diese Anna hat Wilsberg beauftragt?«

»Richtig. Das Interessante an der Geschichte ist, dass Monetti regelmäßig nach Hamburg gekommen ist, um Zauberunterricht zu geben. Und«, sage ich und hebe wie eine Lehrerin den Finger, »der Typ, der Monetti für diese Veranstaltungen engagiert hat, nennt sich Cagliostro.«

»Vermutlich ein Deckname«, erwidert Cornfeld.

Ich verziehe das Gesicht. »Sie wissen natürlich wieder, wer Cagliostro ist.«

»Klar. Graf von Cagliostro alias Giuseppe Balsamo. Ein Scharlatan und Betrüger, der im achtzehnten Jahrhundert sein Unwesen getrieben hat.«

»Stopp«, sage ich. »Ich bin schon jetzt beeindruckt. Das können Sie mir alles ein anderes Mal erzählen. Ich bin nämlich noch nicht fertig.«

Cornfeld hebt die Augenbrauen.

»Ist Ihnen der Name Florian von Sandleben ein Begriff?«

»Hermann von Sandleben sagt mir etwas. Ein reicher Reeder, der vor ein paar Jahren gestorben ist …«

»Florian ist sein Erbe, hat aber mit der Reederei nicht allzu viel am Hut. Er ist von Beruf Sohn und Hobbymagier und hat ein absolut abgefahrenes Haus im Alten Land.«

»Woher wissen Sie das denn schon wieder?«, fragt Cornfeld misstrauisch. »Waren Sie schon einmal dort?«

Ich nicke, ziehe eine Zellophantüte mit Isabels Ohrring aus meiner Handtasche und lege sie auf Cornfelds Schreibtisch. »Das habe ich in von Sandlebens Haus gefunden. Ich bin mir ziemlich sicher, dass dieser Ohrring Isabel gehört. Der gleiche lag in ihrer Wohnung auf dem Nachttisch. Und jetzt kommt's: Von Sandleben behauptet, Isabel noch nie in seinem Leben gesehen zu haben.«

Cornfeld betrachtet den Ohrring. »Das ist ein Beweisstück, das müssten wir eigentlich der Polizei …«

»Müssen wir nicht«, sage ich. »Ich habe noch nicht einmal Wilsberg davon erzählt.«

Cornfeld grinst. »Ist das Verhältnis doch nicht mehr so eng?«

»Das war noch nie besonders eng«, behaupte ich und stehe auf.

»Wie geht es jetzt weiter?«, fragt mein Assistent.

»Ich habe Wilsberg versprochen, dass ich Frau Reichweiler einen Besuch abstatten werde«, sage ich und ärgere mich über meine Formulierung. Das klingt ja so, als ob Wilsberg mir Arbeit anschaffen würde. Und so kommt es auch bei Cornfeld an.

»Sie haben ihm versprochen …«

»Ich habe es ihm vorgeschlagen. Es war meine Idee.«

»Wäre es nicht viel sinnvoller, diesem von Sandleben auf den Zahn zu fühlen?«

»Nein. Erst einmal möchte ich die Aussage von Reichweiler überprüfen. Die Story, dass er mit Isabel ein reines Bumsverhältnis hatte und seine Frau von Anfang an eingeweiht war, kommt mir nicht ganz sauber vor. Mal sehen, was Frau Reichweiler dazu sagt. Falls sie überhaupt mit mir spricht. Haben Sie eigentlich die Privatadresse der Reichweilers?«

»Habe ich«, sagt er und steht auf.

Irritiert sehe ich ihn an.

»Ich komme mit.«

»Müssen Sie sich nicht um Frau Gerassimov kümmern?«

»Heute Mittag nicht. Sie ist bei der Kosmetikerin. Das kann schon ein bisschen dauern, wenn man die dreißig überschritten hat, aber immer noch wie zwanzig aussehen möchte«, sagt er grinsend und greift nach seinem Handy.

»Das heißt, Sie sind stand-by?«

»Ich bin immer stand-by«, erwidert er und zwinkert mir zu.

Die Reichweilers residieren an der Außenalster. Die Straße trägt den klingenden Namen Schöne Aussicht und gehört zu den teuersten Adressen Hamburgs. Cornfeld und ich laufen einen mit kleinen Sandsteinen gepflasterten Weg hinauf zu einem Prachtbau vom Ende des neunzehnten Jahrhunderts. Der Vorgarten mit kurz geschnittenem Rasen und Buchsbaumkugeln macht einen sehr gepflegten Eindruck. Allerdings glaube ich nicht, dass Frau Reichweiler dafür verantwortlich ist.

Als wir klingeln, öffnet uns eine Frau, die eindeutig zum Personal gehört. Olivfarbene Haut, schwarze Haare, scheuer Blick.

»Wir würden gerne Frau Reichweiler sprechen.«

»Worum geht es denn?«, fragt die Angestellte mit unverkennbar spanischem Akzent.

»Um Isabel Ortega.«

»Moment bitte.« Und schon ist die Tür wieder zu.

Cornfeld gibt mir einen kleinen Schubs und deutet mit dem Kopf nach oben. »Da ist eine Kamera installiert. Frau Reichweiler hat uns längst im Visier. Falls sie zu Hause ist.«

Offensichtlich ist sie zu Hause. Denn die junge Latina kehrt nach wenigen Minuten zurück und führt uns in den Salon. Einen Raum, der gut vierzig Quadratmeter groß sein dürfte und dessen halbrunde, drei Meter hohe Fenster zu einem kleinen Garten hinausgehen. Auf dem Eichenparkett liegt ein roter langfloriger Teppich, vor dem offenen Kamin stehen zwei hellbeige Sofas, an den weiß gestrichenen Wänden hängen Ölgemälde in schweren goldenen Rahmen.

Neugierig trete ich an eins der Fenster. Der Verdacht, der mich im Vorgarten beim Anblick der akkurat geschnittenen Buchsbaumkugeln beschlichen hat, bestätigt sich. Zwischen zwei Rosenbüschen kniet ein junger Mann, der damit beschäftigt ist, die alten Triebe zurückzuschneiden. So als hätte er meinen Blick gespürt, sieht er kurz hoch, in meine Richtung. Irgendwie kommt er mir bekannt vor.

Doch dann werde ich von einem knarrenden Geräusch abgelenkt. Hinter mir öffnet sich die Tür und Frau Reichweiler betritt den Salon. Sie ist das, was man eine Walküre nennen könnte, und genau das Gegenteil von dem, was ich erwartet habe. Einem klein gewachsenen, reichen Mann wie Reichweiler hätte ich eine typische Hamburger Eis-Ente zugeschrieben. Eines jener sehr großen, sehr schmalen und sehr blonden Geschöpfe, die Langbeinigkeit, Jugend, blendendes Aussehen und eine große Portion Arroganz auszeichnen. Eine Gattung Frau, die in Harvestehude, Eppendorf und Pöseldorf besonders gut gedeiht, gerne große schwarze Geländewagen fährt, in Jugendstilvillen wohnt und im Schnitt zwei Kinder in die Welt setzt.

Frau Reichweiler ist weit davon entfernt, in dieses Schema zu passen. Sie ist gut einen halben Kopf größer als ich, mit halblangem rötlichem Haar und einem Körperbau, der eindeutig zur Korpulenz tendiert. Sie trägt ein schwarzes, weit geschnittenes Kleid, das ihre Figur gnädig verhüllt, und hochhackige Pumps, in denen sie sich erstaunlich sicher bewegt.

»Hier ist es ja viel zu kalt«, stellt sie als Erstes fest, geht zu einem gekippten Fenster und schließt es.

»Besser?«, fragt sie und strahlt uns an. Ihre Herzlichkeit ist entwaffnend. »Setzen Sie sich doch. Worum geht es?«

»Um Isabel Ortega. Um ihre Ermordung. Wir sind Privatdetektive und mit der Aufklärung der Todesumstände beauftragt worden«, behaupte ich forsch.

»Eine schlimme Sache«, sagt sie und sieht tatsächlich bekümmert aus.

»Wir waren auch schon bei Ihrem Mann.«

»Ich weiß. Er hat es mir erzählt.«

»Er sagte uns, dass Sie eine offene Ehe führen.«

»Das stimmt.«

»Wussten Sie von Anfang an über die Affäre Bescheid?«

»Selbstverständlich.«

»Sie hatten nichts dagegen?«

»Warum sollte ich?«

»Nun ja«, mischt sich Cornfeld ein. »Nicht jede Frau akzeptiert so etwas.«

»Mein Mann und ich haben ein ganz besonderes Verhältnis zueinander. Das kann man Außenstehenden nur sehr schwer vermitteln. – Ist Ihnen jetzt eigentlich warm?«

»Was?«, frage ich irritiert.

»Ist Ihnen warm genug oder soll ich eine Decke holen?«

»Nein, nein«, wehre ich ab. »Es ist warm genug.«

»Gut.«

»Haben Sie Isabel Ortega auch kennengelernt? Ist sie je hier in diesem Haus gewesen?«, will ich wissen.

»Nein«, sagt sie und jetzt wirkt ihr Lächeln ein bisschen angestrengt. Dann reißt sie die Augen auf, als wäre ihr gerade ein ungeheuerlicher Gedanke gekommen. »Ich bin wirklich eine ganz schlechte Gastgeberin«, ruft sie aus. »Ich habe Sie ja noch gar nicht gefragt, ob Sie etwas trinken möchten. Einen Kaffee oder einen Tee vielleicht?«

»Ein Kaffee wäre nett«, sagt Cornfeld.

»Für mich einen Tee, bitte. Falls das nicht zu viele Umstände macht.«

»Kein Problem.« Frau Reichweiler steht auf und verlässt eilig das Zimmer.

»Was ist denn das für 'ne Nummer?«, flüstert mir Cornfeld zu. »Wenn das so weitergeht, adoptiert die uns noch.«

Erschrocken lege ich den Zeigefinger auf den Mund und gehe ganz nah an sein Ohr. »Wer Kameras am Eingang hat, der hat womöglich auch Mikros im Wohnzimmer«, flüstere ich.

Cornfelds Augenbrauen schnellen in die Höhe und er nickt. »Alles klar«, gibt er leise zurück, als sich auch schon wieder Schritte nähern.

»Ich habe Teresa Bescheid gesagt«, erklärt die Reichweiler munter und setzt sich wieder zu uns. »Wo waren wir stehen geblieben?«

»Bei den Affären Ihres Mannes. Haben Sie eigentlich auch welche?«, rutscht es mir heraus.

Sie wird tatsächlich rot. »Nein. Wo denken Sie hin? Ich bin meinem Mann treu«, sagt sie mit Nachdruck und sieht mich mit großen, braunen Augen an.

Er hat *seine* Mutti geheiratet, geht es mir durch den Kopf. Eine Frau, die alles für ihn tut und ihn bedingungslos liebt. Dafür nimmt er in Kauf, dass sie den gängigen weiblichen Schönheitsidealen so gar nicht entspricht.

»Interessiert sich Ihr Mann für Zauberei? Hat er Freunde, die sich mit Magie und Illusionen und solchen Dingen beschäftigen?«, fragt Cornfeld.

»Ja. Es gibt da einen Club. Nur für Männer, die sich regelmäßig treffen und zaubern. Eine ziemlich alberne Angelegenheit, wenn Sie mich fragen. Aber was will man machen. Manche Männer werden eben nie erwachsen.«

»Wissen Sie, wo sich dieser Club trifft? Gibt es so etwas wie einen Clubraum?«

»Soviel ich weiß, haben sie über dem Bühnensaal einen Raum für sich. Im Hanse-Theater«, sagt sie.

Die Tür geht auf und Teresa kommt mit einem Tablett herein, auf dem zwei Tassen, eine silberne Zuckerschale und ein Teekännchen stehen. Sie stellt es auf einem niedrigen Holztisch vor uns ab.

Ich greife nach der Zuckerzange. »Sind Sie eigentlich berufstätig?«, erkundige ich mich bei Frau Reichweiler.

»Darf ich Sie auch mal was fragen?«

»Ja natürlich.«

»Was haben Ihre Fragen mit Isabels Tod zu tun?«

Damit bringt sie mich aus dem Konzept. Und ich brauche einen Augenblick, bis ich mich wieder gefangen habe.

»Wir wollen einfach nur Isabels Umfeld kennenlernen. Die Menschen, die mit ihr zu tun hatten ...«

»Aber ich hatte nichts mit ihr zu tun.«

»Aber Ihr Mann«, sagt Cornfeld.

Frau Reichweiler zuckt zusammen.

»Lassen Sie uns noch einmal auf meine letzte Frage zurückkommen«, bleibe ich hartnäckig. »Sind Sie berufstätig?«

Einen Moment sieht sie mich unverwandt an. Dann lächelt sie. So als würde ihr meine Penetranz einen gewissen Respekt abnötigen.

»Seit unserer Hochzeit kümmere ich mich vor allem um den Haushalt und um mein Hilfsprojekt auf Kuba: *women's help.*«

»Was machen Sie da genau?«, will Cornfeld wissen und nippt an seinem Kaffee.

»Ich engagiere mich für junge kubanische Mütter, die auf den Strich gehen müssen, um sich und ihre Kinder ernähren zu können. Obwohl es offiziell auf Kuba Prostitution gar nicht gibt. Aber es gibt sie natürlich. Wir finanzieren den Frauen eine Ausbildung oder unterstützen sie mit kleineren Krediten. Mir ist wichtig, ihnen auf Dauer eine Perspektive zu bieten, damit sie sich nicht mehr verkaufen müssen und sich mehr um ihre Kinder kümmern können. Wir sind auch in der Aids-Prophylaxe aktiv, versuchen aufzuklären und infizierte Mütter und ihre zum Teil auch infizierten Kinder mit Medikamenten zu versorgen.«

»Das ist eine sehr schwierige, aber auch sehr ehrenvolle Aufgabe«, sage ich. »Ich könnte mir vorstellen, dass das emotional sehr belastend sein kann.«

Sie lächelt wieder dieses warmherzige Lächeln, das mich für sie einnimmt. »Wissen Sie«, sagt sie, »es ist schon schwierig. Aber man bekommt sehr viel zurück. Vor allem von den Kindern. Ich liebe Kinder, sie sind noch so unschuldig, so offen und ohne jeden Hintergedanken und sie haben ihr ganzes Leben noch vor sich …«

»Haben Sie eigene Kinder?«

»Nein«, antwortet sie leise und streicht ihr Kleid über den Knien glatt. »Leider nicht. Wenn Sie so wollen, ist mein Engagement für die kubanischen Kinder mein Ausgleich. Irgendwie sind das alles auch so ein bisschen meine Kinder.«

Ich nicke und will eine weitere Frage stellen, als Teresa hereinkommt.

»Ich sollte Sie an Ihren Termin erinnern«, teilt sie ihrer Chefin mit stoischer Miene mit, dreht sich um und verschwindet wieder.

Ich wechsle einen kurzen Blick mit meinem Assistenten. Ist das ein Trick, um uns loszuwerden?

»Ach, das hatte ich ganz vergessen.« Die Reichweiler springt auf. »Ich muss weg.«

Wir erheben uns ebenfalls. »Schön, dass Sie Zeit für uns hatten«, sage ich etwas steif.

Einen Moment stehen wir uns verlegen gegenüber.

»Hatten Sie einen Mantel oder eine Jacke dabei?«, fragt sie.

Ich schüttele den Kopf.

»Gut.« Sie wendet sich zur Tür. »Teresa«, ruft sie laut. »Die Herrschaften möchten gehen.«

»Nochmals vielen Dank für das Gespräch.« Ich reiche ihr die Hand.

»Wenn Sie noch Fragen haben, rufen Sie mich einfach an«, verabschiedet sie uns.

Kurz darauf stehen Cornfeld und ich vor der Haustür und sehen uns erstaunt an.

»Was war das denn?«, fragt mein Assistent.

»Ein Rausschmiss«, sage ich. »Aber ein sehr eleganter. Das muss man ihr lassen.«

15

Wilsberg macht Druck

Von der Angestellten im *Zauberkasten* erfuhr ich, dass Kemmer um diese Zeit noch beim Frühstück sei, in einem Café am Hansaplatz, nur ein paar hundert Meter vom Laden entfernt.

Abseits der Langen Reihe war Sankt Georg ein schmuckloses Viertel mit hohen Mietshäusern und trostlosen Kneipen, in denen die einheimischen Alkoholiker wohl unter sich blieben. Eine einsame Hure stand auf dem Bürgersteig und fragte, ob ich ein bisschen Zeit habe. Ich bedauerte, ihr gegenüber die fehlende Zeit und in Gedanken die Frau. Wer sich schon am Morgen in Stiefeletten, Lederminirock und Schwarzhaarperücke zwängte, brauchte das Geld vermutlich ziemlich dringend.

Der Hansaplatz erweckte den Eindruck, als hätte er in den letzten Jahren eine städtebauliche Auffrischung erfahren. Der Straßenbelag war neu, ebenso wie die Häuserzeile, in der ich das Café entdeckte, dessen Namen Kemmers Angestellte erwähnt hatte.

Der ehemalige Zauberer saß an einem Tisch am Fenster und las Zeitung.

»Steht was Neues über Isabel Ortega drin?«, fragte ich, als ich ihm gegenüber Platz nahm.

Er ließ die Zeitung sinken und starrte mich mürrisch an.

»Eine seltsame Häufung von Todesfällen, finden Sie nicht?«, redete ich weiter. »Zuerst Stefano Monetti, jetzt seine Schwägerin.«

»Stefan wurde nicht ermordet. Er ist auf der Bühne gestorben – durch einen missglückten Trick.«

»Vielleicht. Vielleicht auch nicht.« Ich beugte mich vor. »Isabel ist in einem Varieté aufgetreten. Wussten Sie das?«

Kemmer faltete die Zeitung sorgfältig zusammen und legte sie auf den Tisch. »Nein. Ich kannte sie überhaupt nicht. Und es interessiert mich auch nicht, was sie gemacht hat. Möglicherweise habe ich mich vorgestern nicht klar genug ausgedrückt: Ich möchte, dass Sie mich mit Ihren Vermutungen und Theorien verschonen.«

»Ich habe noch gar keine Vermutung geäußert.«

»Aber ich weiß, worauf Sie hinauswollen: dass Stefan und Isabel einer großen Verschwörung zum Opfer gefallen sind.«

»Und? Sind sie?«

Er schlug mit der flachen Hand auf die Zeitung. »Das ist doch Unsinn.«

Eine Kellnerin tauchte an unserem Tisch auf und fragte nach meinen Wünschen.

»Zahlen«, sagte Kemmer.

Ich zuckte entschuldigend mit den Achseln.

Der Ladenbesitzer beglich die Rechnung und stapfte mit wütenden Schritten nach draußen. Vor dem Lokal holte ich ihn ein.

»Was soll das werden?«, fuhr er mich an. »Wie lange wollen Sie mir noch auf den Geist gehen?«

»Bis Sie mir die Wahrheit sagen.«

Seine Hand zitterte, als er mir mit dem Zeigefinger drohte. »Ich werde Sie anzeigen. Wegen Belästigung.«

Ich beschloss, einen Versuchsballon zu starten. »Bis jetzt habe ich Ihren Namen nicht erwähnt. Das muss nicht so bleiben.«

Er lachte höhnisch. »Was wollen Sie denn der Polizei über mich erzählen?«

»Nicht der Polizei. Reichweiler. Ich könnte andeuten, dass Monetti Ihnen gegenüber ausgepackt hat. Und dass Sie jetzt mit den Geschichten hausieren gehen.«

Sein Gesicht lief zuerst rot an und wurde dann kalkweiß. »Wieso Reichweiler?«

»Ich habe ihn gestern besucht. Er war übrigens Isabels Liebhaber.«

Kemmer schnaufte, als stünde er kurz vor einem Herzinfarkt. »Lassen Sie Reichweiler aus dem Spiel!«

»Dann reden Sie endlich!«

»Herrgott noch mal!« Er setzte sich in Bewegung. »Wissen Sie eigentlich, mit wem Sie sich da anlegen? Reichweiler ist einer der mächtigsten Männer Hamburgs.«

»Geld hat mir noch nie Respekt eingeflößt.«

»Sie sind auch nicht von ihm abhängig. So wie ich.«

Es dauerte einen Moment, bis ich die Bedeutung seiner Worte begriff. »Reichweiler ist Ihr Kunde? Einer aus dem Magier-Zirkel?«

»Das Hanse-Theater *war* mein Kunde. Mein größter Kunde. Wegen einer Lappalie hat Reichweiler unsere Geschäftsbeziehung beendet.«

Kemmer registrierte meine Verwunderung und wurde sauer. »Verdammt, Sie haben nur geblufft. Sie wussten gar nicht, dass Reichweiler das Hanse-Theater gehört.«

Das erklärte einiges. Eine glatte Lüge, dass Reichweiler Monetti nicht gekannt hatte. Der Reeder war das Bindeglied zwischen Monetti und Isabel.

»Was steckt hinter diesem Magier-Zirkel?«, fragte ich.

Der Ladenbesitzer guckte stur geradeaus. »Ich habe keine Ahnung.«

»Monetti hat bestimmt mal aus dem Nähkästchen geplaudert.«

»Stefan hat nur allgemeine Dinge erzählt. Dass die Mitglieder ihren Verein Loge nennen würden, obwohl es sich nicht um eine Freimaurerloge im herkömmlichen Sinn handelt. Allerdings gibt es, ähnlich wie bei Freimaurerlogen, einen Meister vom Stuhl und andere Beamte. Während der Sitzungen reden sich alle mit ihren Logennamen an.«

»Wer ist Cagliostro?«

Kemmer schaute kurz zu mir herüber. »Welchen meinen Sie? Der historische Graf Cagliostro hat im achtzehnten Jahrhundert gelebt. Er hat Lotteriezahlen vorausgesagt, Steine in Diamanten verwandelt und in spiritistischen Sitzungen Kranke geheilt. All diese Sachen, die dazu beitragen, dass Magier bis heute als unseriös gelten. Wenn dem falschen Grafen der Boden zu heiß wurde, ist er weitergezogen. Von London nach Moskau und Paris. In Paris hatte er den größten Erfolg. Bis zur Halsbandaffäre. Selbst Goethe war von Cagliostro fasziniert und ...«

»Das reicht!«, unterbrach ich ihn. »Welcher von den Typen in der Loge nennt sich Cagliostro?«

Er schüttelte den Kopf. »Das kann ich wirklich nicht sagen.«

»Kommen Sie! Cagliostro ist der Mann, der Monetti engagiert hat. Wollen Sie mir weismachen, dass Ihr Schüler und Freund nie über ihn geredet hat?«

»Cagliostro ...«

»Ja?«

»... ist der Meister vom Stuhl. Derjenige, der die Sitzungen leitet.«

»Ich brauche seinen realen Namen, Herr Kemmer. Sonst platzt unsere Vereinbarung.«

Er wischte sich Schweiß von der Oberlippe. Aus dem selbstbewussten, stolzen Magier unserer ersten Begegnung war ein verängstigter alter Mann geworden. Doch darauf konnte ich keine Rücksicht nehmen.

»Ich bin nicht mal sicher, ob Stefan wusste, mit wem er es zu tun hatte. Die Identität der Logenmitglieder preiszugeben, ist strengstens untersagt.«

»Ist Reichweiler Cagliostro?«

Kemmer schaute sich um. Wir standen in einer schmalen, unbelebten Straße, die in die Lange Reihe mündete. »Sie bringen mich in große Schwierigkeiten.«

»Ich bringe Sie in noch größere Schwierigkeiten, wenn Sie mir etwas verheimlichen.«

»Glauben Sie mir, ich habe keine Ahnung, wer Cagliostro ist.«

Vielleicht sagte er die Wahrheit.

Ich nickte. »Also gut. Dann möchte ich hören, was Monetti Ihnen sonst noch erzählt hat.«

»Stefan hat die Logennamen einiger anderer Mitglieder erwähnt: Chung Ling Soo, Kellar, Dante, Goldin, Houdini, Kalanag.«

»Alles Magier, nehme ich an?«

»Richtig.« Kemmer lebte wieder auf, das war sein Element. »Chung Ling Soo, eigentlich William E. Robinson, starb 1918 in London durch den Kugeltrick. Die Nummer war die größte Attraktion seiner Show. Harry Kellar gilt als der große alte Mann der amerikanischen Zauberkunst. Dante, ein Däne, ging schon vor dem Zweiten Weltkrieg mit sechs Lastwagen und sechzehn Tonnen Requisiten auf Tournee. Horace Goldin, als Hyman Goldstein in Litauen geboren, war der Erfinder der *zersägten Jungfrau.* Kalanag alias Helmut Schreiber stellte in Deutschland alle anderen in den Schatten. Und Houdini kennen Sie sicher. Er war einer der Größten überhaupt.«

»Und wie passt Cagliostro in diese Reihe?«, fragte ich

»Gar nicht«, sagte Kemmer. »Cagliostro war ein Scharlatan. Seriöse Magier würden niemals behaupten, dass sie übernatürliche Kräfte besitzen. Wir können keine Krankheiten heilen oder defekte Uhren in Gang setzen. Allerdings muss Cagliostro ein unglaubliches Charisma besessen haben. Überall auf der Welt, wo er sich niederließ, konnte er sofort eine Schar Anhänger um sich versammeln. Er gründete Freimaurerlogen nach altägyptischem Ritus, den er natürlich selbst erfunden hatte, und nannte sich Großkophta.«

»So wie unser Cagliostro die Loge in Hamburg gegründet

hat«, stellte ich fest. »Vielleicht ist der Name doch nicht so falsch gewählt. Was passiert eigentlich, wenn sich diese ganzen Zaubergenies treffen?«

»Sie betreiben Magie aus Passion. Das reicht von guter Hobby-Zauberei bis zu professionellen Fertigkeiten. Reihum ist jeder für eine Show verantwortlich und darf sich dabei von einem Profi wie Stefan unterstützen lassen. Natürlich versuchen sie sich gegenseitig zu übertrumpfen und die neuesten und aufregendsten Tricks zu präsentieren.«

»Das ist alles?« Ich war enttäuscht. »Eine Gruppe von reichen Männern, die sich gegenseitig Zaubertricks vorführen? Wozu die Geheimniskrämerei?«

»Ist das so schwer zu verstehen, Herr Wilsberg? Das sind nicht irgendwelche reichen Leute, in der Loge treffen sich einige der einflussreichsten Unternehmer und Politiker Hamburgs. In die Loge aufgenommen zu werden, ist wie ein Ritterschlag. Und nun stellen Sie sich mal vor, darüber würde öffentlich geredet und geschrieben. *Senator X zaubert für den Chef der Y-Bank*. Tolle Schlagzeile, was? Glauben Sie, diese Leute wollen sich lächerlich machen?«

»Was ist mit Frauen?«, fragte ich. »Gibt es in der Loge auch Frauen?«

»Nur die Assistentinnen bei den Vorführungen.«

Etwas an der Art, wie er den Satz aussprach, ließ mich stutzen. »Heißt das, die Frauen müssen mehr machen, als den Zauberern zur Hand zu gehen? Ihnen vielleicht auch in anderer Hinsicht zu Diensten sein?«

Der Ladenbesitzer grunzte. »Kann sein. Auf jeden Fall ist ihr Job nicht ungefährlich. Neue Tricks auszuprobieren, birgt immer ein gewisses Risiko. Zumal wenn sie von Leuten ausgeführt werden, die nicht ständig trainieren. Hinzu kommt der Ehrgeiz, den Thrill zu steigern.«

»Sie meinen so etwas wie den Kugeltrick?«

»Unter anderem. In der Magie ist manches komplizierter,

als es aussieht. Ein falscher Handgriff und jemand kann sich schwer verletzen.«

Ich erinnerte mich an Annas Vermutung, dass bei Monettis letztem Auftritt in Hamburg etwas schiefgegangen sei. »Mal angenommen, Monetti und Isabel waren an einer Logensitzung beteiligt, die vollkommen aus dem Ruder lief …«

»Ich habe Ihnen schon viel zu viel gesagt. Was Sie daraus schließen, ist Ihre Sache.«

Wir bogen in die Lange Reihe ein. Der *Zauberkasten* war nur noch wenige Schritte entfernt.

»Wann haben Sie eigentlich aufgehört?«, fragte ich.

Kemmer blieb stehen. »Womit?«

»Mit der Zauberei.«

»Vor zwei Jahren. Als Jason Sinclair habe ich große Häuser gefüllt. Ganz allein, nicht wie die heutigen Magier, die zusammen mit ukrainischen Trapezkünstlern durch die Lande tingeln. Und sogar das wird immer schwieriger, weil ein Varieté nach dem anderen schließt. Vor zwanzig, dreißig Jahren galt Zauberei noch als Kunst, da musstest du nicht eine millionenschwere Bühnenshow hinlegen und schmutzige Witze reißen wie dieser David Copperfield. Da reichte es, wenn du eine gute Geschichte um deine Tricks gesponnen hast.«

»Aber Sie könnten es noch?«

»Manches verlernt man nicht. Wie Fahrradfahren. Doch eines Morgens bin ich aufgewacht und habe beschlossen, es ist vorbei. Aus den großen Häusern waren Hinterzimmer in Kneipen, Hotellobbys und Kinderfeste geworden. Bei Betriebsfeiern warteten die Leute auf die Erotikshow, für die ich das Vorprogramm machte. Das musst du dir nicht mehr antun, sagte ich mir. Ich habe noch die vereinbarten Termine absolviert – und das war's dann. Zum Glück hatte ich ein bisschen was zur Seite gelegt. Genug, um diesen Laden hier zu eröffnen.« Er wandte sich ab. »Allerdings weiß ich nicht, wie ich ohne die Aufträge des Hanse-Theaters über die Runden kommen soll. Tun Sie mir einen Gefallen, Herr Wilsberg! Erwähnen Sie gegenüber Reichweiler bitte mit keiner Silbe, dass Ihre Informationen von mir stammen. Ich habe schon Probleme genug.«

16

Pia Petry verkleidet sich

Cornfeld schüttelt resigniert den Kopf. »Das Gespräch mit Frau Reichweiler war ja nicht sehr ergiebig«, sagt er und steigt ins Auto.

»Der Gärtner«, erwidere ich und lasse mich auf den Beifahrersitz fallen, »den Gärtner habe ich schon einmal irgendwo gesehen.«

»Das ist auch ein Latino. Anscheinend beschäftigen die halb Kuba in ihrem Haus«, sagt Cornfeld.

»Es war die Art, wie er den Kopf gehoben hat.« Nachdenklich sehe ich zum Fenster hinaus. »Das kam mir irgendwie bekannt vor.«

»Tatsächlich? Vielleicht ein Exlover von Ihnen?«

»Ja, wahrscheinlich«, sage ich und verziehe das Gesicht.

»Eins ist aber klar«, sagt Cornfeld, »Frau Reichweiler ist nicht der Typ, der die Geliebte des Ehemanns um die Ecke bringt. Dazu ist sie zu naiv, irgendwie zu lieb. Man hat das Gefühl, sie weiß überhaupt nicht, was Aggressionen sind. Und mit ihrer Hilfsorganisation für kubanische Prostituierte …«

Da kommt mir ein Gedanke. »Der Geschäftsführer vom *Cucaracha*«, falle ich ihm ins Wort, »hat auch etwas von einer Hilfsorganisation erzählt. Mit deren Hilfe Isabel angeblich nach Deutschland gekommen ist.«

Cornfeld schnalzt mit der Zunge. »Das ist ja interessant. Wenn *women's help* Isabel nach Hamburg gebracht hat, bedeutet das zweierlei …«

»Erstens«, sage ich, »war sie dann mit ziemlicher Wahrscheinlichkeit eine Hure …«

»… und zweitens hätte Frau Reichweiler dann die Geliebte ihres Mannes eigenhändig importiert«, fährt Cornfeld fort.

Ich nicke. »Dann stellt sich natürlich die Frage, ob da ein System dahintersteckt. Ob die Frauen nach Deutschland gebracht werden, um hier weiter der Prostitution nachzugehen. Und die angebliche Hilfe in Form von finanzieller Unterstützung und Ausbildungsbeihilfen nur vorgeschoben ist. Dann würde die Reichweiler einen blühenden Mädchenhandel betreiben. Und ihr wäre unter Umständen tatsächlich egal, ob ihr Ehemann mit einer der Nutten ein Verhältnis anfängt.«

»Oder«, sagt Cornfeld, »die Reichweiler glaubt tatsächlich, einer Hilfsorganisation vorzustehen. Und ihr Mann oder irgendjemand anderer in ihrem Umfeld schöpft einen Teil der Frauen für ganz andere Zwecke ab.«

»Vielleicht ist aber nur Isabel auf Abwege geraten«, spekuliere ich. »Die Tatsache, dass sie in von Sandlebens Haus war, könnte bedeuten, dass sie auch mit ihm ein Verhältnis hatte. Und aus alter Gewohnheit nicht nur poussiert, sondern auch kassiert hat.«

»Möglicherweise hat auch jemand anderer kassiert«, sagt Cornfeld. »Ich könnte mich ja mal in den einschlägigen Internetforen umhören, was da so über kubanische Prostituierte in Hamburg erzählt wird.«

»Was für Foren meinen Sie?«, frage ich.

»Chatrooms, in denen sich Freier über Huren auslassen. Sich Tipps geben und sich über die Leistungen der Frauen austauschen. Ich könnte versuchen, herauszufinden, ob jemand etwas über einen Club weiß, durch den man Kontakt zu attraktiven kubanischen Frauen aufnehmen kann. Zusätzlich könnte ich noch mit ein paar Taxifahrern und ein paar Wirten auf dem Kiez reden. Die sind auch immer ziemlich gut informiert.«

»Klingt gut«, sage ich, als *Let's get loud* immer lauter aus meiner Handtasche dröhnt. Es dauert, bis ich mein Handy endlich gefunden habe. Wilsberg ist dran.

»Bist du weitergekommen?«, fragt er als Erstes.

Ich gebe ihm eine kurze Zusammenfassung unseres Gesprächs mit Frau Reichweiler und erzähle ihm von unseren Spekulationen hinsichtlich *women's help*. Nach dem, was Wilsberg über sein Gespräch mit Kemmer erzählt, scheinen sich unsere Erkenntnisse zumindest streckenweise zu decken.

»Der Dreh- und Angelpunkt ist dieser Zaubererclub«, sage ich. »Wir müssen herausfinden, ob die da nur zaubern oder auch junge Frauen auf den Strich schicken. Vielleicht hat Isabel ja versucht, diesen Mädchenhändlerring auffliegen zu lassen, und Monetti hat ihr dabei geholfen. Was dann beiden zum Verhängnis wurde.«

»Kemmer hat angedeutet, dass die Assistentinnen im Club gefährlich leben«, sagt Wilsberg. »Es klang allerdings mehr so, als wären die Frauen bei den vorgeführten Tricks ziemlichen Risiken ausgesetzt.«

»Das ist ja schön und gut«, sage ich. »Aber wir haben keinen Beweis dafür, dass Isabel Kontakt zu diesem Club ...«

»Anna hat erzählt, dass Isabel sich in ihrer Kindheit sehr für Zauberei interessiert und bei Schulfeiern auch schon mal ein paar Tricks vorgeführt hat«, unterbricht mich Wilsberg. »Das ist immerhin ein Hinweis.«

»Gut, dann lass uns diesen Club mal angucken«, sage ich. »Und herausfinden, was die da wirklich treiben.«

»Dazu müssten wir wissen, wo er ist.«

»Das wissen wir«, sage ich. »Die Clubräume befinden sich im Stockwerk über dem Hanse-Theater. Ich fahr da gleich mal hin. Mit Cornfeld.«

Wilsberg zieht hörbar die Luft ein. »Meinst du nicht«, sagt er, »ich wäre ausnahmsweise die passendere Begleitung?«

»Na gut«, sage ich. »Dann komm halt du mit.«

Als wir uns gegen zwanzig Uhr vor dem Hanse-Theater treffen, ist Wilsberg immer noch verstimmt. Dass ich ihn nicht mitnehmen wollte, hat er mir übel genommen. Meine Alleingänge hat er noch nie geschätzt. Schon bei unserem letzten Fall ist es deshalb zu kleineren Auseinandersetzungen gekommen.

»Wie wollen wir vorgehen?«, lasse ich ihm den Vortritt und versuche, ihn dadurch etwas gnädiger zu stimmen.

»Wir besuchen die Show und schleichen uns während der Vorstellung nach oben.«

Auffälliger geht es ja wohl nicht, denke ich. Behalte meine Vorbehalte aber erst einmal für mich.

»Was hältst du davon, wenn wir es über den Backstagebereich versuchen?«

»Zu auffällig«, sagt er sofort. »Da warten die Künstler auf ihren Auftritt. Wir würden quasi auf dem Präsentierteller sitzen.«

»Stimmt. Es sei denn …«

Wilsberg runzelt die Stirn. »Es sei denn was?«

»Es sei denn – wir sehen aus wie Varietékünstler.«

Heftig schüttelt er den Kopf. »Nein, Pia«, sagt er. »Kein Mummenschanz. Auf gar keinen Fall. Nicht mit mir.«

Doch diesmal setze ich mich durch.

Eine halbe Stunde später stürmen wir, mit einem Berg Pizzakartons bewaffnet, den Backstagebereich. Jedem, der uns entgegenkommt, verkünden wir, dass der Chef Pizza für alle spendiert hat. Eine Erklärung, mit der wir schon Blondie am Eingang überzeugen konnten. Hinter der Bühne stoßen wir damit auf wenig Gegenliebe. Die Vorstellung läuft auf Hochtouren und für unseren kostenlosen Pizzaservice interessiert sich niemand. So bleiben wir auf der Suche nach einer für unsere Zwecke geeigneten leeren Garderobe weitestgehend unbeachtet. Es dauert nicht lange und wir finden einen Raum, wo wir die Schachteln deponieren können. Während Wilsberg die Tür im Auge behält, durchsuche ich den Schrank. Als ich einen Kleiderbügel herausnehme und

Wilsberg präsentiere, was ich Schönes gefunden habe, macht sich pures Entsetzen auf seinem Gesicht breit. »Das ziehe ich nicht an«, zischt er empört.

»Du wirst hinreißend darin aussehen«, flöte ich. In dem Moment signalisiert er mir aufgeregt, dass jemand im Anmarsch ist. Schnell lasse ich die Sachen wieder im Schrank verschwinden.

Ein Junge steckt den Kopf durch die Tür. »Habt ihr meinen Affen gesehen?«

Wir schütteln beide gleichzeitig den Kopf und der Teenager verschwindet wieder.

Erneut greife ich mir das Kostüm. »Ihr Auftritt, Al Bundy«, rufe ich leise und werfe Wilsberg die Klamotten zu.

Doch er ist stur. Es kostet mich eine Menge Überredungskunst, bis ich ihn endlich so weit habe, dass er sich in das enge, rot-weiß gestreifte T-Shirt zwängt und die knapp bis unter seine Knie reichende und im Bund viel zu weite, karierte Hose anzieht. Er streift die Hosenträger über die Schultern und sieht auf seine Füße hinunter, die in Socken und Clownsschuhen stecken.

»So geht das nicht«, sagt er unwillig.

Ich fange an zu kichern.

»Hör auf«, sagt Wilsberg.

Doch ich kann nicht anders. Ich muss so lachen, dass ich mir die Hand vor den Mund schlage und in den Schrank klettere.

»Mach dir nur nicht ins Höschen«, sagt er giftig.

»Geht nicht«, sage ich. »Ich habe keins an.«

Das rote Ganzkörperkondom, das ich trage, ist so eng, dass kein Slip mehr darunter gepasst hat.

»Ich komme mir völlig verblödet vor«, schimpft er leise.

»Du siehst zum Anbeißen aus«, versuche ich, ihn aufzumuntern.

»Nie im Leben gehe ich so unter Leute.«

»Du sollst so ja nicht auf die Straße.« Ich setze ihm eine Knollennase und eine rote Wuschelperücke auf. »So würde dich deine eigene Mutter nicht erkennen.«

»So würde ich mich wahrscheinlich selbst nicht erkennen«, erwidert er.

Auch ich ziehe mir eine Perücke über den Kopf, mit langen schwarzen Haaren, lege mir eine Federboa um die Schultern und werfe einen letzten Blick in den Spiegel.

»Nicht schlecht«, sage ich, greife nach Wilsbergs Hand und ziehe ihn hinter mir her.

»Das verzeihe ich dir nie«, sagt er bockig.

In dem Trubel auf den Gängen fallen wir in unserer Verkleidung nicht weiter auf. Wilsberg hat allerdings ein Problem mit seinen Schuhen. Alle paar Sekunden stolpert er über seine Füße.

Trotzdem gelingt es uns, jede Menge Türen zu öffnen. Wir landen bei einer Trapezkünstlerin, die sich gerade abschminkt und uns anfaucht zu verschwinden, finden eine Abseite, in der die Putzutensilien und das Handwerkszeug verstaut sind, entdecken die Toiletten, eine Treppe, die in den Keller führt, einen Raum, in dem die Heizung untergebracht ist. Und eine verschlossene Tür!

»Die müssen wir aufbrechen«, sage ich zu Wilsberg.

»Ich habe leider meinen Rammbock zu Hause vergessen«, knurrt er. »Mal davon abgesehen, dass diese Tür, sollte sie wirklich in den Club führen, garantiert mit einer Alarmanlage gesichert ist.«

In dem Moment geht ein junger Mann im Blaumann an uns vorbei.

»Entschuldigen Sie bitte«, rufe ich hinter ihm her. »Könnten Sie uns die Tür hier aufsperren?«

Er bleibt stehen. »Brauchen Sie noch Requisiten?«

»Requisiten?«, frage ich.

Er nickt. Und mir fällt auf, dass er dichtes blondes Haar und sehr blaue Augen hat.

»Wir brauchen keine Requisiten.« Ich klimpere mit den Wimpern und schenke ihm mein schönstes Lächeln. »Wir suchen den Eingang zum Club.« Mit dem Zeigefinger deute ich zur Decke. »Wir wollen für Herrn Reichweiler eine kleine Überraschung vorbereiten. Können Sie uns da helfen? Es darf aber niemand wissen.«

Wilsberg steht stocksteif neben mir und ist zur Salzsäule erstarrt. Sein Entsetzen und seine Wut angesichts meiner dreisten Vorgehensweise sind körperlich spürbar. Wenn das schiefgeht, wird er mir seine Clownsschuhe um die Ohren hauen.

Unsicher sieht uns der junge Mann an. Dann lächelt er. »Okay«, sagt er. »Kommen Sie mit.«

Ich folge ihm und werfe Wilsberg einen triumphierenden Blick zu.

Kurz darauf steigen wir eine schmale, dunkle Treppe in den ersten Stock hinauf. Wenn wir oben ankommen, würden wir den Lichtschalter gleich rechts an der Wand finden, hat uns der Bühnenarbeiter mit auf den Weg gegeben. Er hat die Tür aufgesperrt, die Alarmanlage ausgestellt und uns ein Zeitlimit von einer Viertelstunde eingeräumt. Nach Ablauf dieser Zeit müssen wir wieder unten sein.

»Ich muss erst diese Schuhe ausziehen, sonst komme ich die verdammte Treppe nicht rauf«, flucht Wilsberg hinter mir.

Während er seine Clownslatschen abstreift, taste ich nach dem Schalter. Das Licht flammt auf und wir stehen im Allerheiligsten.

»Willkommen im Club«, sage ich beeindruckt. Und auch Wilsberg scheint es die Sprache verschlagen zu haben. Wir stehen in einem kleinen, wunderschönen und sehr intimen Theater. Mit einer Bühne und einem Zuschauerraum mit kleinen Tischen und darum herum gruppierten Stühlen.

Bühnenvorhang und Stuhlbezüge sind aus rotem Samt. An der Decke hängt ein riesiger Lüster, die Wände sind mit Spiegelflächen verkleidet, der Boden ist mit einem dicken Veloursteppich ausgelegt. Das Ganze wirkt, als hätte man irgendwo ein altes Theater ab- und hier wieder aufgebaut.

»Magisch.« Ich bin von der Atmosphäre des Raums völlig hingerissen.

»Wir sollten nach einem Büro suchen«, sagt Wilsberg. »Es wäre gut, wenn wir die Mitgliederliste des Clubs finden könnten. Ein Hinweis auf ihr nächstes Treffen oder den richtigen Namen von Cagliostro könnte auch nicht schaden.«

»Vielleicht finden wir ja auch einen Kerker«, erwidere ich, »in dem sie junge Kubanerinnen gefangen halten.«

Wilsberg macht sich auf den Weg zur Bühne. Ich inspiziere die Wände auf der Suche nach Türen, Schränken oder Geheimfächern, mustere die Decke, an der eine Stahlkonstruktion mit unterschiedlich großen und in verschiedene Richtungen weisenden Scheinwerfern hängt. Werde aber nicht fündig.

Wilsberg ist hinter dem Vorhang verschwunden und scheint schwere Gegenstände hin und her zu schieben. Zumindest hört es sich so an. Zunehmend frustriert laufe ich an der letzten Stuhlreihe entlang, bleibe in Höhe der Bühne stehen und lasse meinen Blick durch das Theater schweifen.

»Hast du was entdeckt?«, rufe ich.

»Nein«, kommt es dumpf hinter dem Vorhang zurück. »Nur eine Stahltür, die ist aber abgeschlossen.«

Ratlos sehe ich mich um und lehne mich gegen die verspiegelte Wand. Die gibt plötzlich nach. Ich stolpere rückwärts, kann mich gerade noch rechtzeitig abfangen und drehe mich um. Zu einer spaltbreit geöffneten Tür.

»Georg!«, rufe ich. »Ich habe was.«

Mit Daumen und Zeigefinger stoße ich die verspiegelte Tür ganz auf und kann einen kleinen fensterlosen Raum erkennen, der im Dunkeln liegt. Vorsichtig lasse ich meine Hand links an der Wandinnenseite hinunterwandern und finde relativ schnell, was ich suche. Den Lichtschalter. In dem Augenblick, in dem das Deckenlicht aufleuchtet, hat es auch Wilsberg an meine Seite geschafft.

»Sieh mal einer an«, sage ich und halte mir die Nase zu. Es riecht ziemlich streng. Was wahrscheinlich an den beiden kleinen grau-grünen Papageien liegt, die in einer am Boden stehenden Voliere hocken. Vielleicht sind aber auch die daneben gestapelten, unterschiedlich großen, verschmutzten Metallkäfige oder der gut gefüllte blaue Abfallsack direkt neben der Tür für den penetranten Geruch verantwortlich.

Was uns aber viel mehr interessiert, ist die Filmkamera, die auf einem schwarzen Stativ montiert mitten im Raum steht. Ihr Objektiv ist direkt auf die Bühne gerichtet.

»Die Spiegel sind Einwegspiegel«, stelle ich fest.

Wilsberg nickt. »Von draußen kann man nicht hinein-, aber von innen kann man nach draußen sehen.«

»Das heißt, wer immer hier gefilmt wurde, sollte nicht wissen, dass er gefilmt wurde.«

»Genau«, sagt Wilsberg. »Sollte hier also tatsächlich etwas passiert sein, ein tödlicher Unfall zum Beispiel, dann ist das aufgezeichnet worden. Dann gibt es einen Film.«

»Und den sollten wir finden«, sage ich und drehe mich zu den Papageien um, die uns unverwandt anstarren.

Wilsberg macht einen Schritt auf die Vögel zu. »Nach der Anzahl der Käfige und dem Geruch zu schließen, scheinen die Herren Magier mit ziemlich vielen Tieren zu arbeiten.«

»Aber wo sind sie? Die meisten Käfige sind leer«, sage ich und schaffe es, Luft durch die Nase einzuatmen, ohne in Ohnmacht zu fallen.

Vorsichtig nähere ich mich dem Abfallsack und spähe hinein. Sofort mache ich einen Schritt zurück und halte mir die Nase wieder zu. Der Gestank ist absolut umwerfend.

Was mir außerdem auffällt, sind ein paar Knochen, die ganz zuoberst liegen und deren Größe und Form ich eigenartig finde.

Mit spitzen Fingern ziehe ich einen davon heraus und wickele ihn, ohne auf Wilsbergs angeekelten Gesichtsausdruck zu achten, in ein Tempotaschentuch.

»Ich habe mal einen Film über zwei verfeindete Zauberer gesehen«, sage ich. »Da gibt es eine Szene, in der ein Magier einen Käfig mit einem kleinen Vogel verschwinden lässt. Er legt ein schwarzes Tuch über die Voliere, schlägt mit der Hand darauf und zieht das Tuch wieder weg. Voliere und Vogel haben sich in Luft aufgelöst.«

»Und?«, fragt Wilsberg.

»In dem Tisch gab es ein Geheimfach, in das der Käfig, der zusammenklappbar war, hineinfiel.«

»Und der Vogel?«

»Wurde im Käfig zerquetscht.«

»Dann ist ja bei jeder Zaubernummer ein Vogel getötet worden«, stellt Wilsberg fest.

»Genau darauf wollte ich hinaus«, sage ich und lasse das Taschentuch mit dem Knochen in einem kleinen Seitenfach meiner Handtasche verschwinden.

»Was, verdammt noch mal, machen Sie hier?«, ertönt da eine männliche Stimme hinter uns.

Erschrocken fahren wir herum. Der nette Bühnenarbeiter, der jetzt gar nicht mehr nett aussieht, und ein Typ im schwarzen Anzug mit Walkie-Talkie in der Hand mustern uns kalt.

»Die Viertelstunde ist doch noch gar nicht um«, sage ich lahm.

»Sie haben sich unter Vorspiegelung falscher Tatsachen Zugang zu Privaträumen verschafft«, sagt der Anzugträger schneidend.

»Kein Problem«, erwidert Wilsberg und hebt beschwichtigend die Hand. »Wir hatten ohnehin gerade beschlossen zu gehen.«

Der Typ schüttelt den Kopf. »Sie werden schön bleiben. Und zwar so lange, bis die Polizei eintrifft.«

17

Wilsberg lernt die Hamburger Polizei kennen

In voller Verkleidung wurden wir abgeführt. Allerdings erwies sich meine Befürchtung, wir könnten einen Menschenauflauf auslösen, als unbegründet. Auf der Reeperbahn waren ein Clown und eine auf verrucht gestylte Diva keine besondere Attraktion. Die wenigen Passanten, die sich nach uns umdrehten, hielten uns vermutlich für den misslungenen Werbegag einer Erotikshow.

Zwei sehr, sehr dunkelblau uniformierte Polizeibeamte brachten uns zum roten Klinkergebäude der Davidwache. Fernsehbilder aus meiner Kindheit schossen mir durch den Kopf, Schwarz-Weiß-Filme, in denen tapfere Polizisten dem sündigen Treiben auf der Reeperbahn Einhalt geboten. Damals war die Davidwache die bekannteste Polizeistation Deutschlands gewesen. Die reale, in die uns die wortkargen Beamten geleiteten, hatte jedoch rein gar nichts vom Glamour einer Filmkulisse. In den neonbeleuchteten Gängen des renovierten Altbaus roch es nach Reinigungsmittel und Schweiß, vergossen von beklauten Touristen, zwangsweise beruhigten Randalierern und im Dienst zermürbten Polizisten. Die Durchsuchungszelle, in der ich mich bis auf meine Boxershorts entkleiden musste, konnte allerdings tatsächlich noch aus jener Zeit stammen, als Jürgen Roland die Heldensagen vom Kampf gegen das Verbrechen auf Zelluloid bannte: zerkratzte, abgeschlagene Metallwände und eine verbeulte, in die Rückwand integrierte Metallbank. Die beiden Polizisten, die das Clownskostüm durchsuchten, trugen Handschuhe und ich versuchte, nicht daran zu denken, wie viele Menschen in dieser Zelle ihre Körperflüssigkeiten verspritzt hatten.

Immerhin durfte ich anschließend meine eigene Kleidung anziehen. Danach kam Pia an die Reihe, die von zwei weiblichen Beamten in die Zelle begleitet wurde. Und dann ging es im Gänsemarsch in den modernen Anbau hinter der Davidwache, in dem die Kriminalpolizei residierte.

Oberkommissar Hartmann, wie unser Sachbearbeiter hieß, tippte unsere Personendaten in einen Computer. »Bevor ich Ihre Aussage aufnehme, werden Sie erkennungsdienstlich behandelt.«

»Das habe ich erst vor ein paar Tagen mitgemacht«, sagte Pia, die ebenso wie ich bislang nur das Notwendigste von sich gegeben hatte.

»In welchem Zusammenhang?« Hartmann erwachte urplötzlich aus seiner Routine.

»Im Zusammenhang mit dem Mordfall Isabel Ortega. Ich habe die Leiche entdeckt.«

Hartmann strich sich über den buschigen Schnauzer, unter dem er seine Oberlippe versteckte. Er dachte nach. Und das Ergebnis seines Nachdenkens bestand darin, dass wir unter Bewachung fünf Minuten auf dem Flur warten mussten, während er in seinem Büro telefonierte.

Als er herauskam, war sein Rückgrat um einiges straffer. »Sie werden zum Polizeipräsidium gebracht«, verkündete er mit einer gewissen Genugtuung. »Dort wird man sich weiter um Sie kümmern.«

Kein Zweifel, dass ihm die Entwicklung gelegen kam. Ein Fall weniger, den er am Hals hatte.

Im Polizeitransporter saß zwischen Pia und mir ein Uniformierter und wir trugen mal wieder Handschellen. In Gedanken überschlug ich das Strafmaß, das uns der Hausfriedensbruch und der Diebstahl der Kostüme einbringen würden. Je nachdem, wie sehr Reichweiler die Geschichte aufblies, erwarteten uns entweder eine Einstellung des Verfahrens mit

Geldstrafe oder ein paar Wochen Haftstrafe auf Bewährung. Die Schwere unseres Verbrechens konnte es jedenfalls nicht sein, die das Interesse eines höheren Tieres im Polizeipräsidium geweckt hatte.

»Hast du eine Ahnung, wer uns sehen will?«, fragte ich Pia, die gerade unseren kaum der Polizeischule entwachsenen Puffer musterte.

»Ja«, sagte Pia.

»Und?«

»Lademann. Hauptkommissar. Er leitet die Ermittlungen im Mordfall Isabel Ortega und ist nicht gerade mein größter Fan.«

»Ein Mann, der dich nicht leiden kann?«

»So was soll vorkommen, Georg.« Der Polizeiwagen, der vor einer Ampel gehalten hatte, fuhr wieder an und Pia lehnte sich zurück. »Mach dich auf eine lange Nacht gefasst.«

Es war Lademann. Die Nachricht von unserer Verhaftung musste ihn bei einer Feier oder während eines Opernbesuchs erreicht haben, denn er trug einen eleganten Anzug und eine Seidenkrawatte. Auch seine Laune passte zu einem Mann, der gerade alles andere lieber tun würde, als sich mit zwei notorischen Querulanten herumzuärgern. Er war stinksauer. Hauptsächlich auf Pia.

»Was haben Sie im Hanse-Theater gemacht?«, blaffte er sie an.

»Wir wollten uns nur mal umsehen«, gab Pia kühl zurück. »Ist das verboten?«

»Sie haben sich widerrechtlich Zutritt verschafft. Weshalb?«

»Der Hausmeister hat uns reingelassen«, sagte ich, um mich am Gespräch zu beteiligen. »Das kann man nicht widerrechtlich nennen.«

»Wer redet denn mit Ihnen?«, fragte Lademann, ohne den Blick von Pia abzuwenden. »Warten Sie gefälligst, bis ich mit Frau Petry fertig bin.«

Anscheinend reagierten alle Hamburger Männer ähnlich, wenn ich zusammen mit Pia auftauchte. Vielleicht sollte ich ständig im Clownskostüm herumlaufen, damit ich beachtet wurde.

»Ich mache Ihnen einen Vorschlag«, sagte Pia nüchtern. »Sie setzen ein Protokoll auf, wir unterschreiben es und dann gehen wir nach Hause.«

»Nein, so leicht kommen Sie nicht davon. Ich habe Sie gewarnt, sich in meine Ermittlungen einzumischen. Und jetzt erwische ich Sie dabei, wie Sie es schon wieder versuchen.«

»Tatsächlich?« Pia verzog den Mund zu einem ironischen Grinsen. »Was hat das Hanse-Theater denn mit Ihren Ermittlungen zu tun?«

Lademann kaute auf seiner Unterlippe. Wir saßen in seinem Büro, das um einiges abgenutzter aussah als Hartmanns Refugium in der Davidwache. Neben dem Hauptkommissar war noch ein junger Kriminalbeamter namens Petersen anwesend, der sich alle Mühe gab, mit seinem Bürostuhl zu verschmelzen. Bis jetzt hatte er nicht ein einziges Mal den Mund aufgemacht. Einzig sein Tick, nervös mit der linken Gesichtshälfte zu zucken, hinderte ihn daran, völlig unsichtbar zu werden.

»Ich bin nicht blöd«, sagte Lademann, als ich mir schon Sorgen machte, er könnte sich ein Loch in die Lippe beißen. »Ich weiß, dass Sie und dieser Schnüffler aus Münster ...«, er schaute auf ein Blatt Papier, das vor ihm auf dem Besprechungstisch lag, »... Wilsberg ... bei Reichweiler waren. Und dass Reichweiler Ihnen von seiner Beziehung zu Isabel Ortega erzählt hat. Jetzt glauben Sie, Sie könnten dem Mann etwas anhängen.«

»Und wenn es so wäre?«, sagte Pia. »Wieso sind Sie so sicher, dass er nichts mit ihrem Tod zu tun hat? Anstatt ihn zu beschützen, sollten Sie Ihren Job machen.«

»Ich mache meinen Job, Frau Petry. Reichweiler hat sich

bei uns gemeldet und wir haben sein Alibi überprüft. Zur Tatzeit war er definitiv nicht in der Nähe Frau Ortegas.«

»Ihr Problem ist, dass Sie von einer Beziehungstat ausgehen«, brachte ich mich in Erinnerung.

»Ach?« Lademann bequemte sich dazu, den Kopf in meine Richtung zu drehen. »Kommt jetzt eine Theorie, die unsere Meisterdetektive entwickelt haben?«

»Wir helfen Ihnen gern auf die Sprünge«, sagte Pia. Und berichtete von der Loge, die sich im oberen Stockwerk des Hanse-Theaters traf, von unserer Vermutung, dass Isabel Ortega beseitigt wurde, weil sie Zeugin eines für die Logenmitglieder bedrohlichen Vorfalls geworden sei. Dass Reichweiler vielleicht nicht nur Isabels Liebhaber war, sondern die Hilfsorganisation seiner Frau nutzte, um kubanische Frauen für außermagische Vergnügungen der Logenmitglieder zu besorgen.

Lademann nickte, als zöge er diese Theorie in Erwägung. »Wer gehört zu der Loge?«

»Reichweiler.«

»Und wer noch?«

»Das wissen wir nicht.«

Wieder ein Nicken. »Lassen Sie mich zusammenfassen: In Reichweilers Theater trifft sich ein privater Club, dessen Mitglieder wir nicht kennen. Und Isabel Ortega ist dort möglicherweise aufgetreten und deshalb ermordet worden. Habe ich soweit alles verstanden?«

»Einigermaßen«, sagte Pia.

»Dann erzählen Sie mir doch bitte, wo der Clou Ihrer Geschichte liegt. Worauf stützen sich Ihre Vermutungen? Haben Sie Kontakt mit Frau Ortegas Geist aufgenommen, der Ihnen das aus dem Jenseits erzählt hat?«

»Vor ein paar Tagen ist in Münster ein Magier auf der Bühne ums Leben gekommen«, sagte ich. »Stefan Hubertus. Er hat bei den Zaubershows der Loge als professioneller

Berater mitgewirkt. Nach seinem letzten Besuch in Hamburg wirkte er laut Aussage seiner Frau verstört. Offenbar war er ebenfalls anwesend, als es zu dem Vorfall kam. Er kannte Isabel Ortega übrigens recht gut, sie war seine Schwägerin.«

Lademann machte sich eine Notiz und schaute kurz zu Petersen, der eifrig mitschrieb. »Okay, wir werden das überprüfen. Allerdings sage ich Ihnen gleich, dass ich Ihre Geschichte für ein Hirngespinst halte, bis jetzt habe ich nichts gehört, was irgendwie handfest oder gerichtsverwertbar wäre.«

»Vielleicht sollten Sie selbst Beweise finden«, sagte Pia. »Sie verschanzen sich doch hinter Ihren Bedenken, weil Sie Angst haben, Reichweiler auf die Füße zu treten.«

Der Hauptkommissar lächelte böse. »Eigentlich geht es Sie ja nichts an, aber da ich gerade in einer großzügigen Stimmung bin, will ich Ihnen etwas verraten.«

»Da bin ich aber gespannt«, sagte Pia.

»Das hier ist der Obduktionsbericht.« Lademann nahm eine Mappe in die Hand und ließ sie theatralisch auf den Tisch fallen. »Er sagt aus, dass sich Frau Ortega gewehrt hat. An ihren Händen sind eindeutig Kampfspuren zu erkennen. Für mich klingt das eher nach einer spontanen Tat.«

Das Telefon klingelte. Lademann riss den Hörer aus der Halterung. »Ich habe doch gesagt, dass ich nicht gestört werden möchte!«

Wer auch immer gegen diese Anordnung verstoßen hatte, konnte dafür einen guten Grund vorbringen, denn eine halbe Minute später teilte der Hauptkommissar dem Anrufer wesentlich ruhiger mit: »Gut. Ich komme.«

Dann waren wir mit dem jungen Kriminalbeamten allein.

»Wie ist Lademann denn so als Chef?«, fragte ich.

»Ich wüsste nicht, was Sie das angeht.«

»Verstehe. So ein Stromberg-Typ: Nach oben schleimen und nach unten treten.«

Er lief rot an. »Was fällt Ihnen ein …«

»Mein Kollege hat das nicht so gemeint«, schaltete sich Pia ein und zwinkerte mir zu. Anschließend fiel ihr Blick wie zufällig auf den Obduktionsbericht. Ich verstand.

Petersens linke Gesichtshälfte fing an zu zucken, als ich mich erhob. »Bleiben Sie sitzen!«

»Seien Sie doch mal ein bisschen lockerer«, sagte Pia. »Wir tun doch gar nichts.«

»Er soll sich hinsetzen.«

Inzwischen hatte ich die Wand hinter Petersens Rücken erreicht und zog einen Ordner aus dem Regal. »Finde ich hier die Aussage von Reichweiler?«

Wie von der Tarantel gestochen, sprang der Kripomann hoch. »Lassen Sie das!«

Während er versuchte, mir den Ordner zu entwinden, beobachtete ich aus den Augenwinkeln, dass Pia sich den Obduktionsbericht geschnappt hatte und darin blätterte. Genau in diesem Moment wechselte Petersen die Taktik. Mit einem fiesen Polizeigriff wirbelte er mich herum, mein Kopf knallte gegen das Regal. Ich schrie auf und ließ den Ordner fallen.

»Sind Sie jetzt endlich vernünftig?«, keuchte sein Atem in meinen Nacken.

»Okay«, gab ich mich geschlagen. »Sie haben gewonnen.«

Er ließ mich los. Ich drehte mich um und schaute über seine Schulter zu Pia. Ein Fehler. Petersen drehte sich ebenfalls um und begriff, was gespielt wurde. Mit Riesensätzen sprintete er zurück und riss ihr die Mappe aus der Hand.

»Das hat ein Nachspiel«, ereiferte er sich. »Herr Lademann …«

»… sollte davon am besten gar nichts erfahren.« Ich rieb meinen schmerzenden Arm. »Wie stehen Sie denn da, wenn herauskommt, dass Sie nicht in der Lage sind, zwei Leute fünf Minuten lang zu beaufsichtigen?«

Weitere Diskussionen zu dem Thema erübrigten sich. Die

Tür ging auf und Lademann blieb irritiert stehen. »Was ist denn hier los?«

»Nichts«, sagte Petersen und hob den Ordner vom Boden. »Alles in Ordnung.«

Lademann war anzusehen, dass ihn die Auskunft seines Untergebenen nicht überzeugte, aber nach kurzem Zögern entschied er, die Sache auf sich beruhen zu lassen. »Sie können gehen.«

»Bitte?« Ich glaubte, mich verhört zu haben.

»Verstehen Sie kein Deutsch? Sie dürfen gehen. Beide.«

»Wieso das denn?«, fragte Pia.

»Die Anzeige wurde zurückgezogen. Herr Reichweiler hat es sich anders überlegt.«

Pia und ich schauten uns erstaunt an.

»Das war das letzte Mal, dass Sie damit durchkommen.« Lademanns eisblaue Augen fixierten zuerst Pia und danach mich. »Beim nächsten Mal sind Sie dran.«

18

Pia Petry isst eine Currywurst

»Das verstehe ich nicht«, sagt Wilsberg, als wir das Polizeipräsidium verlassen. »Wieso hat Reichweiler das gemacht?«

»Keine Ahnung. Vielleicht will er nicht, dass die Geschichte zu hoch gehängt wird. Vielleicht hat er Angst, wir könnten die Polizei rebellisch machen und gegen ihn aufhetzen.«

»Stand eigentlich was Interessantes im Obduktionsbericht?«, fragt er und presst sich den Handballen gegen die rötlich schimmernde Beule auf seiner Stirn.

»Weder konnte ich alles lesen noch habe ich alles verstanden. Aber zwei Sachen sind mir aufgefallen. Zum einen hat Lademann die Wahrheit gesagt: Isabel hat sich tatsächlich gewehrt. Zum anderen ...«

Wilsberg sieht mich fragend an.

»... war Isabel schwanger.«

»Was?«

»Im dritten Monat.«

»Von Reichweiler?«

»Weiß ich nicht. Stand nicht drin.«

»Na ja. So ein DNA-Abgleich dauert«, sagt Wilsberg. »Falls Reichweiler überhaupt damit einverstanden ist. Er wird ja offiziell nicht ...«

Sein letzter Satz geht im Lärm eines laut aufheulenden Motors unter. Ein dunkelgrüner MG fährt neben uns auf die Bordsteinkante. Die Tür schwingt auf und ein junger Mann mit dunklen Locken steigt aus.

»Hallo, Pia!«

»Florian!«, rufe ich erfreut. »Was machen Sie denn hier?«

Er nimmt mich in den Arm und küsst mich auf beide Wangen. »Ich habe Sie gerettet.«

»Gerettet?«

»Als ich hörte, was passiert ist, habe ich sofort Reichweiler angerufen und ihn gebeten, die Anzeige zurückzunehmen. Ich bin ein Held, finden Sie nicht?«

Wilsberg, der neben uns steht, beobachtet die Szene mit zusammengekniffenen Augen.

»Entschuldigung«, sage ich. »Ich habe Sie noch gar nicht vorgestellt: Das ist mein Kollege Georg Wilsberg. Florian von Sandleben.«

Die beiden Männer reichen sich die Hand. Von Sandleben mit freundlich neugierigem Gesichtsausdruck, Wilsberg mit der Ausstrahlung eines Bullterriers kurz vor dem Angriff.

»Haben Sie schon etwas gegessen?«, wendet sich von Sandleben an mich.

»Nein. Ich habe, ehrlich gesagt, gar keinen Hunger.«

»Ich habe auch keinen Hunger«, sagt Wilsberg knurrig.

Was von Sandleben nicht zu irritieren scheint. »Irgendetwas essen müssen Sie doch. Wie wäre es mit einer Currywurst?«

»Davon bekomme ich immer Sodbrennen«, antwortet Wilsberg und verzieht das Gesicht.

Von Sandleben greift nach meinem Arm und zieht mich zur Seite. »Ich muss mit Ihnen reden. Es ist dringend.«

Unsicher werfe ich einen Blick zu Wilsberg, der uns nicht aus den Augen lässt.

»Aber nur, wenn es schnell geht.«

»Das geht ganz schnell.«

»Ich muss weg«, teile ich daraufhin meinem Kollegen mit. »Ich melde mich morgen bei dir.«

Und schon dirigiert mich von Sandleben zu seinem Auto. Der Mann weiß, was er will.

Wenn ich erwartet habe, von Sandleben würde mich zu einem Imbiss schleppen, sehe ich mich getäuscht. Wir fahren in die Innenstadt, stellen den Oldtimer im Parkhaus *Große Bleichen* ab und gehen in ein Restaurant, das sich auf der gegenüberliegenden Straßenseite befindet und *Edelcurry* heißt.

»Das hätte ich mir ja denken können«, sage ich, als wir das Lokal betreten, »dass Sie nicht zur nächsten Frittenbude fahren.«

»Es spricht überhaupt nichts gegen eine Frittenbude. Solange die Currywurst so hervorragend schmeckt wie hier und die Pommes selbst gemacht sind.«

Ich klettere auf einen der Barhocker, die um die hochbeinigen Tische gruppiert sind, und sehe mich in dem Lokal um. Die Frontseite ist fast bodentief verglast, die Wände sind in Dunkelgrün und Rot gehalten, die Tischplatten aus dunklem Holzlaminat. Alles sehr modern. Hinter der Theke befindet sich eine bestimmt drei Meter lange Edelstahl-Bratwand, in deren Pfanne eine Million Pommes frites aufgeschichtet liegen.

»Ist der Laden neu?«, frage ich und greife nach der Speisekarte.

Von Sandleben nickt. »Die haben erst kürzlich aufgemacht.«

»Essen scheint Ihnen wichtig zu sein«, sage ich. »Wenn ich mich an das opulente Dinner bei Ihnen erinnere.«

Er strahlt mich an. »Das stimmt. Ich liebe gutes Essen. Je ausgefallener, desto lieber. Im Sommer war ich bei Ferran Adrià in Spanien. Ich weiß nicht, ob Sie ihn kennen. Es ist Koch und durch seine experimentelle Lebensmittelverarbeitung weltberühmt geworden.«

»Ich habe von ihm gelesen«, sage ich. »Man muss ein Jahr im Voraus einen Tisch bestellen. Und bezahlt fast zweihundert Euro für ein Menü.«

»Aber es lohnt sich«, sagt von Sandleben. »Adrià ist ein Vertreter der sogenannten Molekularküche, er kreiert Speisen, die es eigentlich gar nicht gibt. Zum Beispiel befüllt er Salzstreuer mit duftendem Kunstnebel, würzt Gemüse-

Gelatine-Streifen mit Holzkohlenöl, kreiert heißes Eis, formt Olivenöl zu Bonbons, füllt Tintenfisch mit einer Mischung aus Ingwer und Kokosnuss, serviert eine Mousse aus Muschelfleisch in einem Mantel von hauchdünnem Schweinefett und injiziert Eiern vor dem Kochen Kaviarpaste. «

»Ich weiß nicht«, sage ich. »Ist das nicht ein bisschen dekadent?«

»Das finde ich überhaupt nicht. Essen hat ganz viel mit Gewohnheiten und Bräuchen zu tun. So gibt es ja bekanntlich Volksgruppen, die würden nie im Leben Schweinefleisch essen. Und wir haben überhaupt kein Problem damit. Dafür mögen die meisten Deutschen kein Pferdefleisch. Obwohl das doch sehr schöne Tiere sind.«

»Vielleicht mögen sie es aus genau diesem Grund nicht«, sage ich und studiere jetzt doch lieber die angebotenen Wurstvariationen. Dann lege ich die Speisekarte beiseite und sehe von Sandleben direkt an. »Was ist denn jetzt so wichtig, dass Sie mich um elf Uhr abends unbedingt hierher schleppen mussten?«

Seine kindliche Begeisterung weicht einem ernsten, eher geschäftsmäßigen Gesichtsausdruck. »Warum haben Sie mich belogen?«

»Hab ich das?«

»Sie sind gar keine Journalistin. Sie sind Privatdetektivin.«

»Wissen Sie das von Reichweiler?«, frage ich.

Von Sandleben zuckt mit den Schultern. »Das ist doch jetzt egal. Also, warum haben Sie mich belogen?«

»Das gehört zum Geschäft.«

»So einfach ist das für Sie?«

»Klar. Wenn ich immer die Wahrheit sagen würde, könnte ich meine Aufträge nicht erfüllen.«

»Und um welchen Auftrag handelt es sich?«, fragt er.

»Ich recherchiere im Fall Isabel Ortega.«

»Wer ist Ihr Auftraggeber?«

»Über meine Kunden rede ich generell nicht.«

Mit erwartungsvoller Miene baut sich eine Kellnerin in weißer Bluse, Jeans und langer schwarzer Schürze vor uns auf.

Ich bestelle eine Apfelsaftschorle und eine Currywurst fruchtig, mit einer normalen Portion Pommes und Mayo. Von Sandleben nimmt eine Weinschorle und die klassische Currywurst mit Brot.

Danach schenkt er mir wieder seine volle Aufmerksamkeit. »Haben Sie denn schon etwas herausgefunden?«

»Wieso interessiert Sie das?«, frage ich.

»Weil es Sie interessiert. Weil es Sie beschäftigt. Und weil ich Ihnen nahe sein möchte.«

»Und das ist der einzige Grund?«

Die Bedienung bringt unsere Getränke und stellt die beiden Gläser vor uns ab.

»Flirten Sie eigentlich nie?«, fragt er.

Einen Moment bringt er mich aus der Fassung.

»Ich bin nicht besonders gut im Flirten«, gebe ich zu.

»Ich mag Sie«, sagt er. »Finden Sie das schlimm?«

»Haben Sie einen Mutterkomplex?«, rutscht es mir raus. »Ich bin über vierzig.«

»Na und. Ich bin neunundzwanzig. Und ich finde, wir sollten uns nicht gegenseitig diskriminieren.«

»Bei einem solchen Altersunterschied kapituliere ich normalerweise«, erwidere ich und muss an Cornfeld denken, den ich mir genau aus diesem Grund schon seit Ewigkeiten vom Leib halte.

»Eine Differenz von bis zu zehn Jahren finde ich völlig okay«, sagt von Sandleben. »Schließlich leben Frauen sieben Jahre länger als Männer. So kann ich noch drei Jahre nach Ihrem Ableben auf den Putz zu hauen.«

»Das können Sie nicht«, erwidere ich. »Wenn Sie mit mir alt werden, haben Sie nach meinem Tod keine drei Jahre mehr. Da ist Ihr Akku längst leer.«

Von Sandleben lacht und fährt sich mit der Hand durch sein dichtes dunkles Haar. »Auch das schreckt mich nicht.«

Gott sei Dank unterbricht uns die Kellnerin, bevor er mich noch weiter in Verlegenheit bringen kann, und stellt zwei Teller mit herrlich duftenden Currywürsten vor uns ab.

Ich lege mir die Serviette auf die Beine und greife nach dem Besteck. »Es gibt noch ein Problem«, sage ich. »*Ich* muss manchmal lügen. Diese Ausrede haben *Sie* nicht.«

Das Lächeln auf seinem Gesicht erstirbt. »Wie meinen Sie das?«

Ich lege das Besteck beiseite, krame das fotokopierte Bild von Isabel und Reichweiler aus meiner Tasche und lege es neben seinen Teller.

»Noch einmal von vorne. Kennen Sie diese Frau?«

Er schüttelt den Kopf.

»Noch nie gesehen?«, hake ich nach.

»Nein. Mein Ehrenwort.«

»Wie kommt es dann, dass ich den Ohrring dieser Frau«, dabei klopfe ich mit dem Zeigefinger auf das Bild, »in Ihrem Haus gefunden habe?«

»In meinem Haus?«

»Im Abfluss des Waschbeckens auf der Damentoilette.«

»Warum erzählen Sie mir das erst jetzt?«

»Seien Sie froh, dass ich es Ihnen überhaupt erzähle.«

»Das verstehe ich nicht«, erwidert er und wirkt tatsächlich verunsichert. »Das verstehe ich wirklich nicht. Ich habe diese Frau noch nie gesehen.«

»Und wie kommt dann ihr Ohrring in Ihren Waschraum?«

Von Sandleben starrt vor sich auf den Tisch und schüttelt den Kopf. »Keine Ahnung.«

»Wer hat noch Zutritt zu Ihrem Haus?«

»Meine Haushälterin, mein Gärtner …«

»Freunde?«, frage ich. »Laden Sie oft Gäste ein?«

»Hin und wieder.«

»Was ist mit diesen Zauberfreunden, von denen Sie mir erzählt haben?«

Er greift erneut nach der Fotokopie. »Wir treffen uns nicht bei mir. Das haben wir noch nie getan.«

»Haben Sie irgendeine Idee, wie ...«

»Ja«, sagt er, »vielleicht. Es gibt jemanden, der einen Schlüssel hat.«

In dem Moment fällt bei mir der Groschen. »Das ist Reichweiler, nicht wahr?«

»Ja. Wir sind nicht nur im selben Club, sondern schon lange sehr eng befreundet. Und da ich häufiger unterwegs bin, habe ich ihm meinen Hausschlüssel gegeben. Falls mal ein Wasserrohr bricht oder irgendetwas anderes passiert.«

»Kann es sein, dass Isabel Ortega im Hanse-Theater gearbeitet hat? Vielleicht sogar als Assistentin für die Mitglieder der Zauberloge?«, will ich wissen.

Er legt die Stirn in Falten. »Also das weiß ich nicht. Die Frauen, die da beschäftigt werden, treten unter einem Künstlernamen auf, sind meistens stark geschminkt und einige tragen auch Perücken. Ich kenne nicht alle ...«

Er zieht einen Kugelschreiber aus seiner Jackeninnentasche. »Darf ich?«, fragt er, und bevor ich reagieren kann, beginnt er, Isabel auf dem Foto eine neue Frisur zu verpassen. Er malt ihr lange schwarze Haare.

»Wer besorgt diese Assistentinnen?«

»Reichweiler.«

»Und wie macht er das? Gibt er eine Anzeige im Hamburger Abendblatt auf?«

»Nein. Das geht über Mundpropaganda.«

»Dann wäre es doch gut möglich, dass er Isabel engagiert hat. Schließlich waren die beiden liiert.«

»Waren sie das?«, fragt er.

»Vielleicht waren Sie ja auch mit Isabel liiert?«, erwidere ich.

Von Sandleben lächelt kühl. »Da muss ich Sie enttäuschen.

Ich kannte die Frau ja noch nicht einmal.« Prüfend hält er das Bild von sich weg und betrachtet sein Werk mit zusammengezogenen Augenbrauen.

»Geht es bei diesen Treffen wirklich nur ums Zaubern?«, frage ich. »Oder spielen auch sexuelle Interessen eine Rolle? Erst wird gezaubert und dann – na, Sie wissen schon.«

Von Sandleben schüttelt langsam den Kopf. »Also, bei uns geht es wirklich nur um die Magie. Ich kann natürlich nicht ausschließen, dass auch mal Telefonnummern getauscht werden und das eine oder andere Mitglied unseres Clubs eine der jungen Damen privat trifft. Aber das wäre dann eher die Ausnahme.« Er tippt auf das übermalte Bild. »Es kann sein, dass sie in unserem Club gearbeitet hat. Das würde ich nicht mehr ausschließen. Aber sicher bin ich mir nicht.«

»Wissen Sie etwas über *women's help?*«, frage ich unvermittelt.

»Die Hilfsorganisation von Frau Reichweiler?«

Ich nicke.

»Nicht viel. Außer, dass sie junge Prostituierte unterstützt und ihnen beim Ausstieg hilft.«

»Sind je Frauen, die durch diesen Verein nach Deutschland gekommen sind, als Assistentinnen in Ihrem Zauberclub eingestellt worden?«

»Das kann ich mir nicht vorstellen«, sagt er. »Wie kommen Sie darauf?«

»War nur so eine Idee«, wiegele ich ab. »Wussten Sie«, sage ich und nehme ihm die Aufnahme aus der Hand, »dass Isabel schwanger war?«

»Nein.«

Sein Gesichtsausdruck bleibt unverändert. Die Information scheint keinerlei Gefühlsregung in ihm auszulösen.

»Nehmen wir mal an, Isabel hatte vielleicht nicht nur mit Reichweiler, sondern auch noch mit einem der anderen Zauberlehrlinge ein Verhältnis, mit jemandem, der verheiratet ist und eine Menge zu verlieren hat. So jemandem käme Isabels Tod doch sehr gelegen.«

»Keiner unserer Clubmitglieder würde so etwas tun. Da bin ich mir ganz sicher«, antwortet von Sandleben mit einer Schärfe in der Stimme, die ich nicht von ihm gewohnt bin. Anscheinend habe ich am Zauberer-Ehrenkodex gekratzt.

»Okay«, sage ich. »Dann verraten Sie mir wenigstens, wer diese Clubmitglieder sind. Wie heißen sie?«

»Houdini, Kellar, Dante, Goldin, Chung Ling Soo, Kalanag …«

»Ich wüsste gern die richtigen Namen.«

»Das geht nicht. Die sind geheim.«

Mit besorgter Miene kommt die Kellnerin an unseren Tisch. »Schmeckt es Ihnen nicht?«, fragt sie und deutet auf die unberührten Speisen.

»Doch, doch«, sage ich. »Vor lauter Reden haben wir ganz das Essen vergessen.«

Ich greife erneut nach Messer und Gabel und säbele ein Stück von der abgekühlten Wurst ab. »Dann wissen Sie wahrscheinlich auch nicht, wie der ominöse Cagliostro im wahren Leben heißt?«

»Keine Ahnung«, sagt von Sandleben und beobachtet mich, wie ich ein Stück Wurst zum Mund führe und anfange zu kauen.

»Schmeckt es Ihnen?«

»Lecker!«

»Wissen Sie eigentlich, was ein Metzger so alles in eine Currywurst hineintut?«

»Nein«, sage ich. »Ich will es auch gar nicht wissen.«

Doch das hält von Sandleben nicht davon ab, ins Detail zu gehen. Und es dauert nicht lange und ich schiebe den Teller von mir.

19

Wilsberg schläft zu wenig

Ich lauschte den Geräuschen, die von draußen hereindrangen. Ein paar Säufer zogen grölend durch die Straße, Autos fuhren knapp unterhalb des Hotelzimmers vorbei. Es war laut in Sankt Georg, selbst um drei Uhr nachts. Kein Vergleich zu meinem beschaulichen Kreuzviertel. Ich sehnte mich nach meinem eigenen Schlafzimmer, in dem ich die Fenster öffnen konnte. Ich vermisste mein Büro, den Cappuccino bei meinem Lieblingsitaliener, all die Gewohnheiten, die ich vor Kurzem noch hatte ändern wollen. So schlecht waren sie eigentlich gar nicht. Tausendmal besser, als in einem fremden Bett zu liegen, die Wand anzustarren und sich zu ärgern. Zum Glück gab es keine Minibar. Ich war nicht sicher, ob ich der Versuchung der kleinen bunten Fläschchen widerstanden hätte.

Am meisten ärgerte ich mich über Pia. Über Pia und Florian von Sandleben. Über Pias Geheimniskrämerei. Sie kannte von Sandleben und von Sandleben kannte Reichweiler. Wieso hatte sie mir das verheimlicht? Was bezweckte sie damit? Der schwarz gelockte Schönling war offenbar ein Freund des Reeders. Möglicherweise sogar ein Mitglied der Loge. Folglich für unseren Fall relevant. Unseren Fall? Den gab es nicht. Pia machte ihr eigenes Ding, teilte mir wichtige Informationen nicht mit und zog dann mit diesem Aufschneider ab.

Doch was ging das mich an? Es war ihre Sache, mit wem sie die Nacht verbrachte. Im Moment wollte ich einfach nur schlafen, die Gedanken stoppen und schlafen.

Ich stand auf und ging ins Badezimmer. Nahm eine Schlaftablette aus dem Kulturbeutel und schluckte sie mit etwas Leitungswasser. Warf einen Blick auf das Spiegelgesicht eines Mannes, der mit sich und seinem Leben unzufrieden war, und wartete auf die Segnungen der Chemie.

Neben meinem Kopf brummte ein lästiges Insekt. Es dauerte eine Weile, bis ich realisierte, dass das mein Handy war. Mit verklebten Augen tastete ich auf dem Nachttisch herum. Endlich erwischte ich die richtige Handytaste.

»Ja?«

»Er ist tot«, flüsterte eine Frauenstimme.

Die Stimme hörte sich nicht nach Pia an.

»Sind Sie noch dran?«

»Ja.« Ich versuchte, wach zu werden. »Wer ist tot?«

»Jason Sinclair.«

Wer, verdammt noch mal, war Jason Sinclair? Immerhin wusste ich jetzt, wer mit mir redete. Der Akzent verriet Anna Ortega. Und dann fiel es mir ein: Jason Sinclair war der Künstlername von Kemmer. »Kemmer ist tot?«

»Sage ich doch. Was ist mit Ihnen, Georg? Sind Sie krank?«

»Wie spät ist es?«

»Sieben Uhr.«

Das bedeutete, dass ich höchstens vier Stunden geschlafen hatte. In Kombination mit der Schlaftablettenkeule war das entschieden zu wenig. Ich riss die Augen auf. Durch die Ritzen der Jalousie sickerte das erste Tageslicht.

»Wo sind Sie?«

»In seinem Laden.«

»Wieso?«

»Wieso? Wieso?«, äffte sie mich nach und vergaß dabei das Flüstern. »Kommen Sie her, dann erzähle ich es Ihnen. Aber kommen Sie endlich! Rapido!«

»Okay.« Ich richtete mich auf. »Ich bin in fünf Minuten da.«

Während ich mir im Badezimmer Wasser ins Gesicht

spritzte, fragte ich mich, ob ich gerade dabei war, einen Fehler zu begehen. Normalerweise vertraute ich in solchen Situationen auf meine Intuition. Doch dafür war mein Gehirn viel zu träge. Ein Königreich für einen doppelten Espresso.

Ich musste es darauf ankommen lassen und stolperte die halbdunkle Straße entlang, die schon wieder voller Menschen war. Dann stand ich vor dem *Zauberkasten.*

Einen kurzen Moment zögerte ich, bevor ich die Stufen hinunterstieg und die Hand auf die Klinke legte. Die Tür war nicht verschlossen.

»Anna?«

Keine Antwort. Die Zweifel kamen zurück und steigerten sich zur Angst. Ich spürte eine Kälte, die sich im ganzen Körper ausbreitete. Endlich war ich wach. Ein paar Minuten zu spät. Sonst hätte ich an die Taschenlampe gedacht, die in meinem Hotelzimmer lag.

So musste ich warten, bis sich meine Augen an das durch die Souterrainfenster einfallende Dämmerlicht gewöhnt hatten. Im Kassenraum war alles so, wie ich es in Erinnerung hatte. Langsam tastete ich mich durch den Gang in den zweiten Raum. Der Weg kam mir vor wie ein Labyrinth. Ohne Fluchtmöglichkeit.

Auch im zweiten Raum war niemand. Blieb noch der Showroom. Es kostete mich eine Menge Überwindung, in die vollkommene Dunkelheit des nächsten Gangs einzutauchen. Schritt für Schritt, mit ausgestrecktem Arm, bewegte ich mich vorwärts. Nach einer kleinen Unendlichkeit berührten meine Fingerspitzen den Vorhang. Als ich ihn zur Seite zog, sah ich Licht. Rötliche Punktstrahler, die auf die Holzkiste in der Mitte des Raumes gerichtet waren. Und auf einen Kopf, der aus der seitlichen Öffnung ragte. Kemmers Kopf. Kemmer schaute mit leblosen Augen in den Strahler. Was den Magier getötet hatte, war unschwer zu erraten. An der Säge, die in der Mitte der Kiste steckte, klebte vermutlich kein Theaterblut, sondern echtes.

Ich hörte ein Rascheln.

»Anna?«

Schritte. Irgendwer kam direkt auf mich zu. Ich ballte die Fäuste, um mir selbst Mut zu machen. Bei der spärlichen Beleuchtung war unmöglich zu erkennen, wer sich mir näherte. Erst als sie vor mir stand, sah ich, dass es Anna Ortega war. Sie trug eine schwarze Lederjacke und ebensolche Jeans. Die perfekte Kleidung für eine abgedunkelte Bühne.

»Sie haben mich erschreckt.«

»Das wollte ich nicht.« Ihre Stimme klang ein wenig heiser.

»Was ist passiert?«

»Er war schon tot.«

»Wieso sind Sie überhaupt hier?«

»Jason wollte mit mir reden. Er hatte mich gebeten, nach Hamburg zu kommen.«

»Warum haben Sie mir nichts davon gesagt? Mein Hotel ist nur ein paar Schritte entfernt. Wir hätten gemeinsam zu ihm gehen können.«

»Er mochte Sie nicht. Er meinte, ich soll allein kommen. Es gäbe wichtige Informationen, die er nur mir mitteilen könne.«

Ich schaute zu Kemmers Leiche hinüber. Mir wurde bewusst, dass Stürzenbecher nicht ausgeschlossen hatte, dass Anna für den Tod ihres Mannes verantwortlich war. Und jetzt stand sie schon wieder neben einem Toten.

Anna schien meinen Gedanken zu erraten. »Ich war es nicht, Georg. Glauben Sie, ich kann einen Menschen töten?«

»Nun ja …«

»Sehen Sie, er ist massig und stark. Wie hätte ich ihn in diese Kiste legen sollen?«

Das war tatsächlich schwer vorstellbar. Es sei denn, Kemmer hatte sich freiwillig in den Holzkasten gelegt.

»Was machen wir jetzt, Georg?«

Eigentlich hätten wir sofort die Polizei verständigen müssen. Doch nach den Erfahrungen der letzten Nacht war ich mir nicht sicher, ob ich das wollte. Auf Lademanns Verdächtigenliste würden wir mit Sicherheit ganz oben stehen.

»Ich denke, wir sollten verschwinden«, sagte ich.

Sie nickte. »Gut. Dann gehen wir.«

Ein paar Minuten später saßen wir in dem Coffeeshop neben meinem Hotel. Bei einem Milchkaffee und morgendlichem Sonnenlicht verblassten die Schrecken des *Zauberkastens.* So unauffällig wie möglich hatte ich Annas Kleidung gemustert und zu meiner Erleichterung keine Blutspritzer entdeckt. Wer auch immer das Massaker in Kemmers Showroom veranstaltet hatte, der oder die Täter hatten sich mehr als nur die Hände schmutzig gemacht. Und obwohl mir in meinem bisherigen Leben einige übel zugerichtete Leichen begegnet waren, wollte ich lieber nicht darüber nachdenken, was es bedeutete, bei lebendigem Leib zersägt zu werden.

Anna hockte müde auf ihrem Stuhl. Nachdem wir den *Zauberkasten* verlassen hatten, war sämtliche Energie aus ihr gewichen. Ein mit Verzögerung eintretender Schock, vermutete ich. Auf einmal war es mir peinlich, dass ich mich vor ihr gefürchtet hatte.

»Wie funktioniert eigentlich die zersägte Jungfrau?«, fragte ich.

»Was?«

»Die Nummer haben Stefano und Sie doch auch in Münster vorgeführt.«

»Ach so.« Sie kehrte aus ihren Gedanken in die Gegenwart zurück. »Das ist ganz einfach. Haben Sie einen Schreiber?«

Ich gab ihr meinen Kugelschreiber und sie malte ein Rechteck auf ihre Serviette. »Das ist die Kiste. Sie besteht aus zwei Hälften.« Sie teilte das Rechteck mit einem Strich. »In der

Mitte ist ein Schlitz für die Säge. Wenn Stefano die Kiste schließt, rolle ich mich in der einen Hälfte zusammen.« Sie zeichnete ein verdrehtes Strichmännchen in das rechte Kästchen. »Comprende?«

»Soweit schon«, sagte ich. »Aber wir konnten die ganze Zeit Ihre Beine sehen. Hier!« Ich tippte auf den Rand des linken Kästchens. »Wie haben Sie das gemacht?«

»Das war nicht ich.« Sie lächelte verschmitzt. »Das waren Prothesen. Spezialanfertigungen nach meinen Beinen. Selbe Hautfarbe, selbe Schuhe. Sie zappeln, weil sie an eine Batterie angeschlossen sind. Man kann auch eine zweite Frau nehmen.« Sie malte ein zweites Strichmännchen in das linke Kästchen. »Sie verschwindet im Unterbau …«, das Rechteck bekam einen quadratischen Sockel, »… bevor die Kiste wieder geöffnet wird.«

»Verstehe«, sagte ich und lobte mich dafür, dass es mir gelungen war, Anna auf andere Gedanken zu bringen. »Wenn man's weiß, ist es wirklich einfach.«

»Jason Sinclair war zu dick, um sich zu rollen.« Anna schaute mich an. »Wer hat das getan, Georg?«

Ich erzählte ihr von der Theorie, die Pia und ich entwickelt hatten.

»Und warum hat mir Stefano kein Wort davon gesagt?«, protestierte Anna. »Das glaube ich nicht.«

»Weil er vor Reichweiler und seinen Logenbrüdern Angst hatte. Zu Recht, wie wir jetzt wissen. Er fürchtete wohl, Sie könnten in Gefahr geraten, wenn er Sie einweihen würde.«

»Einweihen? Was einweihen?«

»Ihnen alles erzählen würde.«

»Wie kann er …« Sie schlug so heftig auf den Tisch, dass die Kaffeetasse klirrte. Vom Nebentisch schaute ein junger Rucksacktourist herüber.

»Nicht so laut!«, bat ich.

Sie presste ihre Hände vors Gesicht.

»Stefano ist tot und Sie leben«, sagte ich. »Ist das nicht Grund genug?«

Ihre Augen waren feucht, als sie mich anschaute. »Sie denken, er wollte mich schützen?«

»Ja, das denke ich. Er wusste, dass man das, was in der Loge passiert ist, vertuschen würde. Wäre er zur Polizei gegangen, hätte das wahrscheinlich gar nichts gebracht.« Zumindest war das die Version, die es Anna erleichtern würde, Monettis Verhalten zu akzeptieren.

Anna dachte nach. »Als ich Stefanos Sachen durchsucht habe, habe ich etwas entdeckt: Er hatte diesmal mehr Geld als sonst aus Hamburg mitgebracht.«

»Sie wollten ihn in Sicherheit wiegen.«

»Nein.« Sie schüttelte ihre Locken. »Das ist nicht mein Stefano.«

Ich schwieg.

»Und wieso ...«, flüsterte sie heiser, »... wieso hat man ihn erst bezahlt und dann ...«

»Diese Leute gehen kein Risiko ein. Deshalb haben sie gewartet, bis Stefano zurück in Münster war. So fiel nicht auf, dass es eine Verbindung nach Hamburg gibt. Der Polizei fehlt das Wichtigste für einen Mord, nämlich das Motiv.«

»Maldita sea!« Sie griff sich an den Kopf. »Haben Sie ein Aspirin?«

Für den Notfall hatte ich immer ein kleines Depot in der Jackentasche. Die rosafarbene Kautablette verschwand zwischen ihren blütenweißen Zähnen. »Und warum wurde dann auch Sinclair getötet?«

»Weil er wusste, was in der Loge passiert ist. Von Stefano oder von einer anderen Quelle.«

»Das sind ganz viele Vermutungen«, sagte Anna.

»Ja«, erwiderte ich kleinlaut. »Bis jetzt ist es nur eine Theorie. Sie steht und fällt damit, dass wir herausfinden, wer zur Loge gehört und was an dem Abend bei der Zaubershow tatsächlich geschehen ist. Und, ehrlich gesagt, habe ich keine Ahnung, wie wir das anstellen sollen.«

Sie lächelte. »Aber ich.«

20

Pia Petry hat ein schlechtes Gewissen

Mir ist übel. Schuld daran ist die Currywurst. Was weniger an ihrer Qualität als an der Tatsache liegt, dass ich so spät abends fettiges Essen nicht sonderlich gut vertrage. Ein wenig hilft der Mojito, an dem ich nippe, während ich das Treiben im *Cucaracha* beobachte.

Nachdem ich mich von Florian von Sandleben verabschiedet hatte, wollte ich eigentlich nach Hause fahren. Am Fernsehturm habe ich mich dann aber falsch einsortiert, bin, anstatt geradeaus zu fahren, links abgebogen und irgendwie im Schanzenviertel gelandet. Da ich an Vorhersehung und Zeichen glaube, kam mir der Gedanke, dass mir diese Odyssee etwas sagen soll: In der Schanze wartet noch eine Aufgabe auf mich. Und als ich den Wagen in einer Parklücke am Schulterblatt abstelle, fällt mir auch wieder ein, welche das sein könnte.

Im Moment sieht es mit der Realisierung allerdings nicht gut aus. Weit und breit ist keine Juanita zu sehen. Dafür steht Miguel an der gegenüberliegenden Wand und ist völlig in den Anblick seiner Schuhspitzen vertieft.

Mit dem Glas in der Hand schlendere ich auf ihn zu. Als ich nur noch wenige Meter von ihm entfernt bin, hebt er den Kopf. Ich verharre mitten in der Bewegung, dann drehe ich ab, gehe zurück zum Tresen und klettere auf einen der Barhocker. Die Currywurst fängt wieder an, in meinem Magen zu rumoren, und ich kippe den Rest meines Mojitos hinunter. Doch die Wurst war nicht der Grund, warum ich umgedreht bin. Es war diese Bewegung, diese für einen Mann eigentlich viel zu anmutige, fast grazile Art, den Kopf zu heben, die mich irritiert und an etwas erinnert hat. Und zwar an den Gärtner in Reichweilers Rosenbeet. Als er mich am Fenster entdeckt und zu mir hochgesehen hat.

Während ich noch darüber nachgrübele, ob die Tatsache, dass Miguel für Isabels Liebhaber Gartenarbeiten verrichtet, irgendeine Bedeutung für den Fall haben könnte, entdecke ich Juanita, die eilig an mir vorbei Richtung Toilette läuft.

Ich folge ihr und fange sie ab, bevor sie in einer der Kabinen verschwinden kann. »Juanita!«

Sie dreht sich zu mir um. Und ich zucke zusammen. Irgendjemand hat ihr ein Veilchen verpasst. Die Haut um ihr linkes Auge herum ist geschwollen und grünlich verfärbt.

»Was ist denn passiert?«, frage ich erschrocken.

Sie presst die Lippen zusammen.

»Juanita!«

»Nichts«, sagt sie.

»Wer was das?«

»Ein Unfall.«

»Das glaube ich nicht.«

Sie zuckt mit den Schultern und strebt auf eine der Türen zu. Ich halte sie am Arm fest. »Juanita, wer war das?«

»Miguel«, sagt sie.

»Miguel? Der Miguel, der hier arbeitet?«

»Das hättest du nicht gedacht, nicht wahr?« Triumphierend sieht sie mich an. »Der nette, liebe Miguel, der gar nicht so nett und lieb ist, wie jeder meint.« Sie kämpft mit den Tränen. »Ich weiß nicht, was mit ihm los ist. Er hat zwei Gesichter. Wie Dr. Jekyll and Mr Hyde«, schluchzt sie.

»War das immer schon so?«, frage ich und kann nicht ganz glauben, was ich höre.

»Nein.«

»Hast du eine Idee, woran das liegt? Hat er irgendeinen Stress? Gibt es irgendwelche Probleme?«

Sie mustert mich böse, so als wäre ich an ihrer Verletzung schuld, und presst die Lippen wieder fest aufeinander.

Offensichtlich werde ich auf diese Frage keine Antwort erhalten. Ich versuche es mit einer anderen. »Seid ihr ein Liebespaar?«

»Waren! Wir waren ein Liebespaar. Aber auf die Machonummer habe ich keinen Bock. So lasse ich mich nicht behandeln. Von niemandem. Und außerdem …« Sie blinzelt gegen ihre Tränen an. »Außerdem ging es ihm anscheinend die ganze Zeit nur um Isabel.«

»Das verstehe ich nicht.«

»Isabel«, schnappt sie, »war eine Nutte. Die hat auf Kuba angeschafft. Sie ist nur von dort weg, weil ihr Zuhälter sie ständig verprügelt hat. Ich würde mich nicht wundern, wenn sie auch hier auf den Strich gegangen wäre. Und in so eine Schlampe verliebt er sich. Seit sie tot ist, tut Miguel, als wäre sie die tollste Frau der Welt gewesen. Da ist von ihrer Vergangenheit auf einmal keine Rede mehr … «

»Die Geschichte mit der Prostitution«, frage ich, »ist das eine Vermutung oder eine Tatsache?«

»Das hat Miguel mir selbst erzählt.«

»Hat er dich deshalb geschlagen? Weil du über Isabel anderer Meinung bist?«

Sie schüttelt den Kopf. »Nein. Das ist gestern Nacht passiert. Da fing er mich vor der Haustür ab und wollte im Flur …«

Sie bricht ab und kämpft schon wieder mit den Tränen. »So war er noch nie«, sagt sie leise. »So habe ich ihn noch nie erlebt.«

»Ging es um Sex?«, frage ich vorsichtig.

Die Tränen laufen jetzt hemmungslos über ihre Wangen. Ich greife nach ihrem Arm, will sie trösten. Aber sie schüttelt mich ab, dreht sich um und verschwindet in einer der Kabinen.

Unschlüssig bleibe ich zurück. Überlege, ob ich hinter ihr her und sie weiter unter Druck setzen soll. Doch dann höre ich sie so herzzerreißend schluchzen, dass ich es nicht über mich bringe, sie noch mehr zu bedrängen.

Als ich nach Hause komme, brummt mein Schädel. Die laute Musik und das Stimmengewirr im Club hallen wie eine nicht enden wollende Kakophonie in meinem Kopf nach. Hinzu kommt die Currywurst, die sich immer noch in regelmäßigen Abständen meldet.

Kein Wunder, dass ich nicht einschlafen kann und sämtliche Eindrücke und Gesprächsfetzen des Abends wiederkäue. Grauenhaft.

Ich mache das Licht noch einmal an und lese ein bisschen. Nach wenigen Buchseiten fallen mir die Augen zu. Doch kaum habe ich das Licht gelöscht, fährt mein Hirn wieder hoch und spult das gleiche Programm von vorn ab. Als ich endlich einschlafe, ist es vier Uhr morgens. Als der Wecker klingelt, ist es acht. Entsprechend schlecht gelaunt beginne ich den Tag.

Im Büro wartet eine Überraschung auf mich. Cornfeld ist schon da. Allerdings schläft er. Sein Kopf ist auf den Schreibtisch gesunken, sein Haar hängt ihm wirr ins Gesicht, sein Mund steht offen. Den Fremdenführer für russische Milliardärsgattinnen zu spielen, scheint ganz schön anstrengend zu sein.

Gerührt über so viel Arbeitseifer, betrachte ich sein Gesicht, das so jung und unschuldig wirkt, dass ich ihn am liebsten wach küssen würde. Doch verkneife ich mir das lieber und streiche ihm stattdessen eine Haarsträhne aus dem Gesicht.

Er zuckt zusammen und fährt in die Höhe. »Was? Michaela!«

»Michaela!«, rufe ich aus und meine Laune sinkt in den Keller. Seine Müdigkeit ist also kein Beleg für seinen Arbeitseifer, sondern die Folge einer vergnüglichen Nacht. Mit einer jener unzähligen jungen, zumeist sehr hübschen Frauen, die in seinem Leben genauso schnell auftauchen, wie sie wieder verschwinden.

»Michaela heißt sie also«, sage ich.

Cornfeld nickt und strahlt mich mit dem dümmlichen Gesichtsausdruck verliebter Männer an. Deutliches Zeichen einer fortgeschrittenen Hormonvergiftung.

»Und?«, frage ich. »Die große Liebe?«

»Mindestens.«

Es passiert, was ich kaum für möglich gehalten habe, er schafft es, noch drei Nuancen dämlicher auszusehen.

»Sie müssen ja echt Kondition haben. Den ganzen Tag Frau Gerassimov durch die Stadt kutschieren und nachts noch genügend Energie aufbringen, um die gute Michaela zu beglücken.«

Er grinst breit. »Aber jetzt bin ich echt hundemüde. Man wird ja auch nicht jünger.«

Kopfschüttelnd stehe ich vor ihm und frage mich, wie lange es diesmal wohl dauern wird. Eine Woche, zwei Wochen, drei Wochen? Wenn ich mich recht entsinne, liegt sein Rekord bei drei Monaten. Das ist aber auch nur ein Mal vorgekommen und war die absolute Ausnahme.

»Wie lange müssen Sie eigentlich noch das Kindermädchen für diese Ivana spielen?«

»Noch eine Woche. Dann kommt die Jacht wieder aus dem Dock.«

»Prima«, erwidere ich und krame den in ein Tempotaschentuch eingewickelten Tierknochen aus meiner Tasche. Ich wickle ihn vorsichtig aus und halte ihn Cornfeld auf der flachen Hand hin.

»Ich wüsste gern, von welchem Tier der stammt.«

»Warum?«, fragt Cornfeld und starrt mit angeekelter Miene auf die tierischen Überreste.

In aller Kürze berichte ich ihm von Wilsbergs und meinem Besuch im Zauberclub.

»Diese Magier scheinen bei ihren Tricks mit Tieren zu arbeiten, die die Vorführungen nicht überleben«, sage ich. »Wir haben ein Papageienpärchen dort gesehen, eine Menge leerer Käfige und einen Abfalleimer, in dem unter anderem dieser Knochen lag. Falls diese Typen für ihr dämliches Hobby Dutzende von Tieren umbringen, ist das eine Riesensauerei.«

»Mal sehen. Ich habe einen Freund, der Biologie studiert. Vielleicht kann der uns weiterhelfen«, antwortet Cornfeld und nimmt mir vorsichtig das Taschentuch mit dem Knochen aus der Hand. »Hinweise darauf, dass Frau Reichweiler einen schwungvollen Mädchenhandel betreibt, haben Sie aber nicht gefunden?«

»Nein. Nicht den geringsten. Und wie ist es bei Ihnen? Konnten Sie schon etwas in Erfahrung bringen?«

Er schüttelt den Kopf. »In den Foren hat noch nie jemand etwas von einem solchen Club gehört. Und die beiden Taxifahrer, mit denen ich gesprochen habe, konnten mir auch nicht weiterhelfen. Aber ich bleibe dran. Vielleicht kann mir ja der ein oder andere Wirt etwas erzählen.«

»Noch was«, sage ich. »Wenn sich mein Verdacht, dass die Magier bei ihren Zaubernummern Tiere töten, bestätigt, müssen wir diesen Idioten das Handwerk legen. Ich weiß aber noch nicht, wie …«

Cornfeld mustert mich nachdenklich. »Sie haben doch erzählt, dass es in diesem Club eine Kamera gibt.«

Ich nicke.

»Mit oder ohne Kabel?«

»Ohne.«

Er schnalzt mit der Zunge. »Also arbeiten die mit WLAN. Mit Funk.«

»Das klingt so, als hätten Sie eine Idee.«

Er grinst breit. »Richtig. Aber ich verrate sie Ihnen erst, wenn ich weiß, ob es auch klappt.«

»Geben Sie mir einen Tipp. Einen Hinweis. Irgendetwas«, bettele ich.

Doch er bleibt stur. Und da ich ihn kenne und weiß, dass er sich in solchen Situationen nicht erweichen lässt, gebe ich auf. Vorerst.

»Okay«, sage ich und gehe zur Tür. »Möchten Sie einen Kaffee?«

Cornfeld bejaht und ich mache mich auf den Weg in die Küche, als es klingelt.

»Kundschaft!«, rufe ich erfreut, laufe in den Flur und öffne die Tür.

Am liebsten würde ich sie gleich wieder zuschlagen. Wilsberg steht vor mir. Mit einer Frau im Schlepptau, die für meinen Geschmack viel zu hübsch ist. Die gute Nachricht ist: Ihr Outfit wirkt ein bisschen billig. Der Rock ist zu kurz, der Pulli zu eng, die Schuhe zu hoch. Die schlechte Nachricht ist: Sie kann es sich leisten. Sie hat eine super Figur, ein hübsches Gesicht und dichtes, leicht welliges dunkles Haar. Sogar ihre langen, im *French Style* lackierten Fingernägel sind perfekt. Doch meinem Laserblick entgeht nichts. Innerhalb von Sekunden habe ich ihre Schwachstelle entdeckt: Sie hat hässliche kleine Knubbelohren. Mitleidig sehe ich sie an und signalisiere ihr mit einem Blick: *Du bist keine Konkurrenz. Nicht für mich.*

Sie signalisiert zurück: *Wenn du dich da mal nicht täuschst.*

Das fängt ja gut an.

Ich habe ihnen die Tür natürlich nicht einfach vor der Nase zugeschlagen, sondern sie hereingebeten, ihnen einen Platz in meinem Büro angeboten und Cornfeld dazugerufen. Wie sich herausstellte, heißt Wilsbergs Begleiterin Anna Ortega, ist seine Auftraggeberin und Isabels Schwester. Cornfeld, dem Annas hässliche Ohren entweder nicht aufzufallen oder den sie nicht zu stören scheinen, ist von ihr derart hingerissen, dass ich ihn zwei Mal bitten muss, Kaffee für unsere Gäste zu holen, bevor er endlich das Büro Richtung Küche verlässt. Ich bin mir ziemlich sicher, dass Michaelas Marktwert gerade eine rasante Talfahrt erlebt. Wenn sich das Thema mit dem Auftauchen von Anna nicht ohnehin schon erledigt hat. Was mich aber noch mehr ärgert, ist, dass Wilsberg einen genauso verblödeten Eindruck macht. Wenn er Anna ansieht, strahlt er wie ein Honigkuchenpferd, seine Stimme klingt, als hätte er drei Nächte durchgesoffen, und seine Körpersprache signalisiert eine merkwürdige Mischung aus Aufgedrehtheit und Verlegenheit.

Und dann kommt's. Anna öffnet den Mund. »Wir haben eine Leiche gefunden«, sagt sie und blickt verstört.

Wie niedlich – sie hat einen spanischen Akzent … Was hat sie da gerade gesagt? Sie haben eine Leiche gefunden?

»Was habt ihr gefunden?«, frage ich.

»Kemmer«, erklärt Wilsberg. »Den Besitzer des Zauberladens. Er lag in seinem eigenen Geschäft in einem Holzkasten, der für den Trick mit der zersägten Jungfrau vorgesehen war …«

»Nein!«, sage ich entsetzt.

»Doch«, sagt Wilsberg. »Sie haben ihn in der Mitte durchgesägt.«

»Das ist ja grässlich«, höre ich Cornfelds Stimme, der gerade mit zwei Kaffeebechern in der Hand den Raum betritt. »Wer macht denn so was?«

»Ein Schwein macht so was«, sagt Anna mit Nachdruck. »Ich gehe da hin!«

Cornfeld und Wilsberg nicken in kollektiver Begeisterung. Doch dann scheinen ein paar von Wilsbergs Ganglien aus dem Liebeskoma zu erwachen.

»Nein! Sie gehen da nicht hin«, ruft er aus. Und an uns

gewandt: »Sie will sich allen Ernstes für den Job von Isabel bewerben.«

»Sonst kommen wir nicht weiter. Ich gehe auf jeden Fall da hin und werde es herausfinden.«

»Nein!«, rufen jetzt beide Männer. Vereint in ihrem Beschützerinstinkt. Oder aus Angst, das Objekt der Begierde könne vor dem Vollzug erotischer Abenteuer das Zeitliche segnen.

»Ich finde das gar keine so schlechte Idee«, sage ich langsam. »Von Sandleben hat mir erzählt, dass Reichweiler die Assistentinnen einstellt und dass diese Jobs nicht per Zeitungsinserat ausgeschrieben, sondern über Mundpropaganda besetzt werden. Das heißt, wir müssten für Anna einen Termin bei Reichweiler vereinbaren und sie könnte sich dann unter Bezugnahme auf Isabels Tod um den Job be…«

»Kommt ja überhaupt nicht infrage«, fällt mir Wilsberg ins Wort. »Was, wenn Reichweiler tatsächlich ein Mädchenhändler ist und Anna auf Nimmerwiedersehen in irgendeinem Puff verschwindet?«

»Wir können uns absichern«, rede ich ungerührt weiter. »Wir könnten die entsprechende Abhörtechnik besorgen, Anna verkabeln und Cornfeld zu ihrem Schutz mitschicken. Als ihren Agenten. Dann ist sie vor Ort nicht allein. Und wir beide«, ich zeige auf Wilsberg und mich, »sitzen im Auto, hören alles mit an und können im Notfall eingreifen.«

»Ich bin dagegen«, sagt Wilsberg. »Der Plan birgt viel zu viele Risiken.«

»Tut er nicht«, antworte ich. »Denn wenn Anna den Job bekommt, kann sie sich wahrscheinlich frei in dem Club bewegen und hat gute Chancen, an wichtige Informationen zu kommen.«

Anna nickt mir zu. »Exactamente!«

Wir lächeln uns an. Getragen von einer Art Frauensolidarität.

Doch es gibt ein Haar in der Suppe. Ich kämpfe mal wieder mit meinem schlechten Gewissen. Denn ich bin mir nicht sicher, ob ich bei einer weniger attraktiven, bei den Männern weniger beliebten Frau nicht doch größere Skrupel haben würde. Den Gedanken schiebe ich ganz schnell zur Seite.

»Wir kriegen das schon hin«, sage ich und nicke Anna aufmunternd zu.

21

Wilsberg hat einen Anruf frei

Der Gedanke, Anna in die Höhle des Löwen zu schicken, behagte mir überhaupt nicht. Dass Cornfeld sich bereit erklärt hatte, ihre Leibwache zu spielen, war keine große Beruhigung. Was konnte Pias smarter Assistent schon ausrichten, wenn es wirklich ernst wurde? Doch Anna und Pia hatten sich durchgesetzt und meine Bedenken beiseite gewischt. Falls es brenzlig werden würde, konnten wir allerdings immer noch die Polizei rufen. Zumindest in diesem Punkt waren wir halbwegs auf der sicheren Seite. Denn die Davidwache befand sich, wie ich ja mittlerweile aus eigener Erfahrung wusste, nicht weit vom Hanse-Theater entfernt.

Nach unserer Besprechung und einem schnellen Mittagessen war ich in mein Hotel zurückgekehrt, um das Schlafdefizit der letzten Nacht auszugleichen und am Abend fit zu sein. Es blieb beim Versuch. Sobald ich im Bett lag und die Augen schloss, drehten sich meine Gedanken im Kreis und produzierten ein Horrorszenario nach dem anderen. Das, was mit Kemmer passiert war, hatte mir einen ziemlichen Schrecken eingejagt. Wer so etwas machte, würde nicht zögern, einen weiteren Mord zu begehen. Und Anna vertraute vielleicht zu sehr auf das Funkgerät, das sie am Leib trug.

Der Klingelton meines Handys beendete den Gedankengang.

»Hast du eine Ahnung, wo sich Anna Ortega aufhält?«, fragte Hauptkommissar Stürzenbecher.

»Warum willst du das wissen?«

»Ich habe noch ein paar Fragen an sie.«

»Das heißt, ihr habt die Ermittlungen nicht eingestellt?«

»Scharf kombiniert, Wilsberg. Einige Künstler und Bühnenarbeiter des Varietés haben ausgesagt, dass Stefan Hubertus am Abend vor seinem Auftritt ungewöhnlich nervös und fahrig war. Fast so, als habe er Angst gehabt. Außerdem hatte Hubertus seinen Agenten angewiesen, das nächste Engagement abzusagen, er sei ausgebrannt und brauche dringend einen Urlaub.« Stürzenbecher machte eine erwartungsvolle Pause, doch ich verzichtete darauf, ihm eine Erklärung anzubieten.

»Was ist mit der Pistole?«, fragte ich.

»Irgendein Depp vom LKA hat beim Auseinandernehmen einen Fehler gemacht und sie können das Teil nicht mehr zusammenbauen. Jetzt müssen sie einen Mitarbeiter der Herstellerfirma kommen lassen. Das dauert also noch eine Weile.« Stürzenbecher hustete. »Ehrlich gesagt, Wilsberg, tendiere ich dazu, die Unfallthese fallen zu lassen. Du weißt, was das bedeutet.«

»Ich würde dir ja gerne helfen, aber ich habe Anna Ortega seit längerer Zeit nicht mehr gesehen.«

»Das habe ich befürchtet«, sagte Stürzenbecher und beendete das Gespräch.

Da an Schlaf nun erst recht nicht mehr zu denken war, quälte ich mich aus dem Bett und schleppte mich ins Badezimmer. Eine kalte Dusche wirkte manchmal Wunder.

In dem Moment, in dem ich den Regler aufdrehte, klopfte es an der Zimmertür. Wahrscheinlich Daniela Hansen, die mich wegen der verschmähten Frühstücke zur Rede stellen wollte. Oder wegen meiner ungewöhnlichen Schlafzeiten. Vielleicht wollte sie auch einfach nur mal wieder mit mir plaudern.

Mit umgebundenem Handtuch stapfte ich durchs Zimmer. Es klopfte erneut, diesmal heftiger.

»Komme ja schon.« Ich riss die Tür auf.

Lademann und Petersen, ein paar Meter dahinter, mit vorwurfsvoller Miene, Daniela Hansen.

Lademann machte einen Schritt nach vorn, damit ich die Tür nicht zuschlagen konnte. »Wir dürfen doch reinkommen?«

»Sie sind schon drin«, sagte ich und drehte mich um. »Hat sich Reichweiler die Sache noch mal überlegt und einen Rückzieher vom Rückzieher gemacht?«

»Es geht nicht um Reichweiler.«

»Nein? Weswegen sind Sie dann hier?«

»Wegen Herbert Kemmer.«

Ich ließ mir nichts anmerken. »Wer ist das?«

»Der Besitzer des *Zauberkastens,* gleich hier um die Ecke. Sie haben ihn besucht, Herr Wilsberg, erinnern Sie sich?«

»Ach der!« Ich bemühte mich immer noch, möglichst gleichmütig zu klingen. »Ich kannte ihn als Jason Sinclair. Er war der Lehrer von Stefan Hubertus alias Stefano Monetti, Sie wissen schon, der Magier, der in Münster ums Leben kam. Was ist mit Kemmer?«

»Er ist ermordet worden. Wann haben Sie ihn zuletzt gesehen?«, fragte Lademann.

»Gestern. Gestern Morgen. Er hat in einem Café am Hansaplatz gefrühstückt und wir sind zusammen zu seinem Laden gegangen.«

»Danach nicht mehr?«

»Nein«, sagte ich und schüttelte nachdrücklich den Kopf.

»Nicht vielleicht heute Morgen? In der Frühe?«

Mein Nacken wurde steif und ich fröstelte. Die eisblauen Augen des Hauptkommissars spießten mich auf.

»Da habe ich geschlafen«, sagte ich. »Tief und fest.«

»Sind Sie sich sicher?«

Für sein überlegenes Grinsen konnte es nur einen Grund geben: Jemand hatte mich vor oder im *Zauberkasten* gesehen. Weiter zu leugnen, war also sinnlos.

»Na schön, ich war in Kemmers Laden.«

»Aha. Und weiter?«

»Nichts weiter. Er ist nicht erschienen und ich bin wieder gegangen.«

»Sie haben sich nicht ein bisschen umgesehen, zum Beispiel im Hinterraum des Ladens, dort, wo Kemmer seine Bühnenrequisiten aufgebaut hat?«

»Nein.«

Lademann zog ein Foto aus der Innentasche seiner Jacke. Es zeigte die zersägte Jungfrau mit Säge und Blutlache. Aber ohne Leiche.

Ich setzte ein Pokerface auf, um meine Verwirrung zu verbergen. »Mehr haben Sie nicht?«

Der Hauptkommissar rieb seine Nase. »Was haben Sie erwartet?«

»Eine Leiche. Haben Sie nicht von Mord gesprochen. Das hier«, ich tippte auf das Foto, »könnte auch Theaterblut sein.«

»Ist es aber nicht. Blut und Gewebereste, sowohl an der Säge wie auf dem Boden, stammen zweifelsfrei von Kemmer, wie unsere Laboruntersuchung ergeben hat. Kemmer kann das unmöglich überlebt haben. Woraus ich schließe, dass der Mörder die Leiche beseitigt hat.«

»Hmm.« Ich setzte mich auf mein Bett. »Da stehen Sie vor einem Problem. Oder hat jemand beobachtet, wie ich diesen Zwei-Zentner-Mann aus dem Laden getragen habe?«

Petersen gab einen empörten Laut von sich.

»Noch mal von vorne.« Lademann baute sich vor mir auf. »Wieso sind Sie zu dem Laden gegangen?«

»Kemmer und ich waren verabredet«, sagte ich. »Er wollte sich umhören. Wegen der Zaubererloge.«

»Und das wurde ihm zum Verhängnis?« Blanke Ironie.

»Sieht so aus.«

»Hören Sie auf, die Unschuld vom Land zu spielen, Wilsberg! Für die Rolle haben Sie ein zu langes Vorstrafenregister.«

»Das liegt so weit zurück, dass ich selbst mich nicht mehr daran erinnern kann.«

»Ich habe mit Münster geredet. Mit einem Kollegen namens Stürzenbecher. Scheint einen Narren an Ihnen gefressen zu haben.« Lademann schaute mich kurz an, als erwartete er einen Kommentar. »Stürzenbecher hat sich klar geäußert. Im Fall Hubertus ist nur eine Person als Täterin verdächtig. Hubertus' Partnerin auf der Bühne, Anna Ortega. Wer, sagten Sie, ist Ihr Auftraggeber?«

»Ich sagte gar nichts.«

»Anna Ortega hat die gleiche Hautfarbe wie ihre Schwester, nehme ich an.«

Langsam wurde mir klar, worauf er hinauswollte. Der Zeuge, der sich an die Polizei gewandt hatte, hatte nicht nur mich, sondern auch Anna beschrieben.

»Spielt Hautfarbe für Sie eine besondere Rolle, Herr Hauptkommissar?«

Lademanns Augen verengten sich. »Wo befindet sich Anna Ortega im Moment?«

»Keine Ahnung. Fragen Sie sie doch selbst!«

»Das würden wir ja gerne. Aber sie ist ohne Angabe eines Ziels aus Münster abgereist.«

Ich zuckte mit den Schultern.

Lademanns Gesicht blieb ausdruckslos. »Ziehen Sie sich etwas an!«

»Und dann?«

»Fahren wir zum Präsidium.«

»Haben Sie einen Haftbefehl?«

»Den brauche ich nicht.«

Das fehlte mir gerade noch, dass mich Lademann einkassierte. Und Pia, Anna und Cornfeld die Sache womöglich allein durchzogen. Ich musste die drei stoppen, und zwar sofort.

»Muss mal telefonieren«, sagte ich und griff zu dem Handy, das auf dem Nachttisch lag.

»Mit wem?«

»Mit meiner Anwältin.«

»Das können Sie später, im Präsidium.«

»Verdammt noch mal!«, fuhr ich ihn an. »Sie haben kein Recht …«

»Geschenkt.« Lademann streckte seine Hand aus. »Geben Sie mir das Gerät!«

Ich drückte auf die Taste mit dem roten Telefon, bis sich das Display verabschiedete. Ohne PIN-Code würde er nicht so schnell an die gespeicherten Telefonnummern herankommen.

Der Hauptkommissar steckte das Handy in seine Jackentasche. »Und jetzt sollten Sie sich anziehen. Sonst nehmen wir Sie im Handtuch mit.«

22

Pia Petry gerät in Panik

Wilsberg ist nicht gekommen. Und ich weiß nicht, ob ich ihn verfluchen oder bedauern soll. Während ich mir ein Horrorszenario nach dem anderen ausmale, mir vorstelle, wie er eingeklemmt in einem verunglückten Taxi sein Leben aushaucht, trommelt der Regen immer heftiger auf das Autodach. Ich habe schon zig Mal versucht, ihn auf seinem Handy zu erreichen. Aber das Einzige, was ich höre, ist die automatische Stimme seiner Mailbox. Und das in einer Situation, in der ich ohnehin schon viel zu viel Adrenalin produziere.

Mittlerweile schüttet es wie aus Kübeln. Was immerhin den Vorteil hat, dass ich in meinem Wagen, der schräg gegenüber des Hanse-Theaters steht, nicht so leicht gesehen werde. Aus dem mobilen Empfänger, den ich in der Hand halte und der vom Aussehen her an die erste Handygeneration erinnert, quakt Annas Stimme. Sie trägt einen Minisender von der Größe einer Streichholzschachtel am Körper und eine rothaarige Perücke auf dem Kopf. Zusammen mit Cornfeld sitzt sie in der Lobby des Hanse-Theaters, wo sie darauf wartet, zu Reichweiler vorgelassen zu werden. Bis jetzt ist nichts Dramatisches passiert. Und ich hoffe, das bleibt auch so.

Wieder höre ich Anna und diesmal auch Cornfeld, die sich miteinander unterhalten und, im Gegensatz zu Wilsberg und mir vor zwei Tagen, nicht den Fehler machen, ihre wahre Identität zu verraten. Ihre Stimmen sind klar und deutlich zu verstehen. Was daran liegt, dass die Abhörgeräte dem technisch neuesten Stand entsprechen und laut Eigenwerbung beste Voraussetzungen für die drahtlose Raumüberwachung und den Personenschutz bieten. Um den Empfang zu verbessern, hat Cornfeld sogar noch eine Kfz-Mini-Magnetfußantenne besorgt, die ich auf dem Autodach befestigt habe.

Langsam lässt der Regen etwas nach, meine Sicht verbessert sich und ich versuche mal wieder, Wilsberg zu erreichen. Aber auch diesmal meldet er sich nicht. Da schert ein dunkelblauer BMW mit quietschenden Reifen direkt vor dem Hanse-Theater in eine Parklücke ein. Ein Kerl im schwarzen Anzug mit der Statur eines Kleiderschranks steigt aus, eilt auf das Theater zu und verschwindet durch die Drehtür im Inneren.

Annas Stimme dringt wieder an mein Ohr.

»Anna Vega«, scheint sie sich jemandem vorzustellen.

»Bernstein«, höre ich meinen Assistenten.

»Kommen Sie bitte mit!«, sagt eine Frauenstimme.

Dann vernehme ich einen tiefen Männerbass. »Lassen Sie ruhig, Frau Meyerhöfer. Ich bringe die beiden zu Herrn Reichweiler.«

Mich beschleicht das ungute Gefühl, dass ich gerade die Stimme des Mannes höre, der soeben seinen blauen BMW nur wenige Meter von mir entfernt eingeparkt hat. Das gefällt mir nicht. Hat Reichweiler etwa schon Verdacht geschöpft? Hat er Verstärkung angefordert? Ich setze mich auf und halte Ausschau nach Wilsberg. Wo steckt der Typ bloß? Dass dieser Bodyguard hier auftaucht, sieht nach Ärger aus. Nach Falle. So als sei unsere Deckung längst aufgeflogen. Ich greife nach meinem Handy. Doch bevor ich erneut versuchen kann, Wilsberg zu erreichen, schaltet sich der Empfänger ein.

»Guten Tag. – Setzen Sie sich bitte!« Das ist Reichweiler. »Was kann ich für Sie tun?«

»Ich suche eine Arbeit«, sagt Anna.

»Was können Sie denn?«

»Ich habe lange Jahre als Assistentin für einen Zauberkünstler gearbeitet …«

»Dann müssten Sie sich erst einmal einen Zauberkünstler besorgen, bevor Sie bei uns anfangen können«, kommt es spöttisch zurück.

»Wir haben gehört«, meldet sich Cornfeld zu Wort, »dass Sie auch Jobs für Assistentinnen anbieten, die gerade kein Engagement bei einem Magier haben.«

»Und wer sind Sie, wenn ich fragen darf?«

»Der Manager von Frau Vega.«

»Der Manager«, wiederholt Reichweiler und seine Stimme trieft vor Ironie. »Von wem haben Sie denn gehört, dass wir Zauberassistentinnen suchen?«

»Von einer Freundin«, sagt Anna. »Sie hat mir das einmal erzählt.«

»Wie heißt denn diese Freundin?«

»Isabel Ortega.«

Daraufhin höre ich gar nichts. Erst nach einer Weile redet wieder Reichweiler. »Frau Ortega wurde ermordet …«

»Ja«, sagt Anna. »Ich weiß. Da ist doch ihr Job jetzt frei.«

Reichweiler zieht die Luft ein. »Sie sind ja eine ganz toughe.«

»Ich habe in Kuba eine Familie zu ernähren«, antwortet Anna. Und zum ersten Mal kommt es mir so vor, als ob ihre Stimme zittern würde. »Da kann man nicht wählerisch sein.«

»Was hat Ihnen Frau Ortega denn über ihre angebliche Arbeit bei uns erzählt?«

»Dass es hier einen exklusiven Club für Magier gibt, die sich regelmäßig zum Zaubern treffen und bei ihren Vorführungen Assistentinnen benötigen.«

»Das war alles?«

»Dass die Arbeit gut bezahlt wird. Und die Leute nett sind«, fährt Anna fort.

»Tatsächlich?«

»Stimmt das denn nicht?«, fragt Cornfeld.

»Doch, das stimmt«, antwortet Reichweiler. »Und es stimmt auch, dass diesem Club einflussreiche und wohlhabende Geschäftsleute angehören, die nicht möchten, dass etwas über ihren Zauberzirkel nach außen dringt.«

»Warum?«, fragt Cornfeld. »Da ist doch nichts dabei.«

»Ist es auch nicht. Trotzdem legen diese Leute keinen Wert darauf, dass ihr Hobby in der Öffentlichkeit bekannt wird. Aus Angst, dann in ihrem jeweiligen Arbeitsumfeld nicht mehr ernst genommen zu werden. Die Zauberei hat in bestimmten Kreisen leider keinen allzu guten Ruf.«

»Das ist der einzige Grund?«, hakt Cornfeld nach.

»Natürlich. Daher wundert es mich auch, dass Frau Ortega über unseren Club gesprochen hat. Das war ihr nämlich strengstens untersagt.«

»Sie hat ja nicht viel erzählt«, verteidigt Anna ihre Schwester. »Sie hat keine Namen genannt.«

»Hat sie nicht?«, fragt Reichweiler scharf.

»Wie sieht es denn jetzt aus? Können Sie Frau Vega eine Arbeit anbieten?«, mischt sich Cornfeld ein. »Sie ist eine hervorragende Show-Assistentin, die den Job schon seit Jahren erfolgreich macht. Ich kann Ihnen gerne eine Liste ihrer Arbeitgeber und Engagements geben, ebenso wie eine Anzahl ganz exzellenter Referenzen. Wir haben Videoaufnahmen …«

»Das interessiert mich eigentlich weniger«, sagt Reichweiler. »Ich würde mich gern persönlich davon überzeugen, was sie kann.«

»Wie meinen Sie das?«

»Unsere Clubräume sind oben. Ich würde vorschlagen, Frau Vega kommt mit und zeigt mir auf der Bühne, was sie draufhat.«

»Das können wir natürlich gerne machen …«, sagt Cornfeld.

»Ich rede von Frau Vega. Nicht von Ihnen. Sie bleiben hier.«

»Das kommt überhaupt nicht infrage ...«

Verdammt! Jetzt passiert genau das, was ich auf gar keinen Fall wollte: Anna und Cornfeld werden getrennt. Es hilft alles nichts, ich muss da jetzt rein. Zur Not eben allein. Dass Wilsberg noch auftauchten wird, glaube ich mittlerweile nicht mehr. Irgendetwas ist passiert. Irgendetwas, was ihn daran hindert, hierherzukommen.

Ich greife nach dem Telefon, um einen letzten Versuch zu starten. Da dröhnt wieder der tiefe Männerbass aus dem Empfänger.

»Ganz ruhig, Jungchen. Du bleibst schön hier sitzen, bis die Erwachsenen wiederkommen.«

Cornfelds Antwort kann ich schon nicht mehr verstehen, anscheinend hat Anna das Zimmer verlassen. Ich starre an der Hausfassade hoch und überlege, wo Cornfeld wohl stecken könnte, wo er festgehalten wird, als ich hinter einem der Fenster eine Bewegung bemerke.

Dann höre ich Reichweilers Stimme. »Wenn Sie so versiert sind, Frau Vega, dann dürfte die zersägte Jungfrau doch kein Problem für Sie darstellen. Wir hätten hier einen sehr schönen Holzkasten ...«

Mir stellen sich alle Haare zu Berge. Die Nummer mit der zersägten Jungfrau hat Kemmer schon nicht überlebt. Falls Reichweiler Lunte gerochen hat, würde Anna sie auch nicht überleben. Ich muss da jetzt rein.

Wieder spricht Reichweiler. Doch diesmal klingt seine Stimme alarmiert: »Was sagen Sie da, eine Magnetfußantenne auf dem Dach? Ja, natürlich. Aber sofort.«

Nach einer kurzen Schrecksekunde wird mir klar, wer gemeint ist. Offensichtlich hat der Kleiderschrank mein Auto entdeckt. Ich starte den Motor, lege den Rückwärtsgang ein – da klingelt mein Handy. Wilsberg, denke ich unendlich erleichtert.

Doch es ist eine Frauenstimme, die sich meldet.

»Wie war Ihr Name?«, frage ich.

»Franka Holtgreve. Ich bin die Anwältin von Herrn Wilsberg.«

»Wo ist er?«, rufe ich in das Handy.

»Er wurde von der Polizei festgenommen und hat mich gebeten, Ihnen zu sagen, dass Sie die Aktion …«

Leider ist es mir nicht möglich, den Ausführungen von Frau Holtgreve weiter zu lauschen. Der Gorilla steht neben meinem Auto, reißt die Tür auf und will mir das Telefon entwinden. Während ich mit der linken Hand versuche, den Typen abzuwehren, fahnde ich mit der rechten nach dem Reizgas in meiner Tasche. Als der Kerl den Fehler macht, einen Moment locker zu lassen, werfe ich mein Handy nach hinten und reiße die Dose aus der Tasche.

Schon die erste Ladung trifft ihn mitten ins Gesicht. Das verschafft mir genau die Zeit, die ich brauche, um rückwärts aus der Parklücke zu stoßen, den ersten Gang einzulegen und mit quietschenden Reifen davonzurasen. Im Rückspiegel beobachte ich den fluchenden Bodyguard, der sich beide Hände vors Gesicht schlägt und laut aufjault. Eine gewisse Schadenfreude kann ich mir angesichts des Veitstanzes, den er aufführt, nicht verkneifen. Allerdings hält sie nur so lange an, bis mir wieder einfällt, dass Anna mit Reichweiler allein in den Clubräumen ist. Ich muss Kontakt zu Cornfeld aufnehmen.

Im Zirkusweg lenke ich mein Auto in die erste Parklücke, die ich entdecke, klettere nach hinten und suche nach meinem Mobiltelefon. Als ich es gefunden habe, muss ich feststellen, dass es den Flug quer durch das Auto nicht überlebt hat. Es macht keinen Mucks mehr. Dafür höre ich Annas Stimme aus dem Empfänger, der bei dem kleinen Kampfeinsatz im Fußraum des Beifahrersitzes gelandet ist.

Sie schreit. Laut und gellend.

23

Wilsberg bekommt Unterstützung

»Du siehst beschissen aus«, sagte Franka.

»Danke. Ich fühle mich auch so. Hast du mit Pia Petry gesprochen?«

»Ja. Aber nur kurz. Das Gespräch wurde plötzlich unterbrochen.«

Ich schaute auf den Boden des kleinen Besprechungsraums, in den man mich gebracht hatte. Mein Magen war ein harter, schmerzender Klumpen.

»Georg«, sagte Franka sanft, »wenn ihr etwas zugestoßen wäre, hätte ich es in den Nachrichten gehört.«

»Es geht nicht nur um Pia, es geht auch um Anna.« Ich berichtete von Annas Idee, sich für den Job ihrer Schwester zu bewerben.

Franka schüttelte den Kopf. »Das ist doch Wahnsinn.«

»Ich war ja dagegen, aber …«

»Soll ich mich bei der Polizei erkundigen?«

»Nein, die dürfen nicht erfahren, dass Anna in Hamburg ist.«

»Warum nicht?«

Ich erzählte ihr auch den Rest. Stürzenbechers neue Erkenntnisse. Kemmers blutiges Ende in der Holzkiste. Und dass ausgerechnet Anna die Leiche gefunden hatte, die anschließend auf wundersame Weise verschwunden war.

»Verstehst du jetzt?«, sagte ich. »Sie ist verdächtiger als ich.«

»Sie ist sogar ziemlich verdächtig«, stimmte Franka zu. »Bist du dir sicher, dass es sich lohnt, sie zu schützen?«

»Hundertprozentig. Okay, neunundneunzigprozentig.«

»Hör zu!« Franka legte ihre Hand auf meine. »Wir machen Folgendes: Zuerst hole ich dich hier raus und dann suchen wir Pia und Anna.«

Ich nickte. Nach der zweiten Nacht, in der ich kaum geschlafen hatte, fühlte ich mich ausgelaugt und schlapp. Und so mutlos, dass ich fast alles gemacht hätte, was Franka für richtig hielt.

Sie stand auf. In ihrem grauen Hosenanzug, zu dem sie eine Perlenkette und dezentes Make-up trug, sah sie aus wie das Idealbild einer seriösen Anwältin. Dass sie mitten in der Nacht aus dem Bett gestiegen war oder es erst gar nicht aufgesucht hatte, merkte man ihr nicht an. Genauso gut hätte sie geradewegs aus einem erholsamen Wochenende kommen können. Vor zwanzig Jahren, als ich ungefähr in Frankas Alter war, wäre mir das vielleicht auch gelungen. Inzwischen brauchte ich jeden Morgen ein bisschen länger, um den Schrecken des Tages ins Auge blicken zu können. Und manchmal, wie an diesem Morgen, glückte es gar nicht.

Franka lächelte. »Ich werde mal diesen Lademann auftreiben.«

Lademann würde sicher den Fehler begehen, Franka zu unterschätzen. Wer das tat, bekam es mit einem messerscharfen Verstand und einer gehörigen Portion Schlagfertigkeit zu tun. Und das war alles, worauf ich im Moment hoffen konnte.

Eine halbe Stunde später saßen wir in Lademanns Büro. Petersen war heute nicht da, dafür eine Kriminalbeamtin mit quadratischer Kopfform und sehr kurzen blonden Haaren. Sie trug ihr Pistolenholster über dem Sweatshirt. Eine Gemeinsamkeit mit Petersen gab es dennoch, auch sie schwieg fast die ganze Zeit – während sie hauptsächlich Franka musterte.

»Herr Wilsberg verhält sich sehr unkooperativ«, sagte Lademann. »Anstatt mit der vollen Wahrheit rauszurücken, tischt er uns irgendwelche wirren Theorien auf. Zum Beispiel, dass die Hilfsorganisation von Frau Reichweiler dazu genutzt würde, kubanische Prostituierte nach Deutschland zu schaffen. Wir haben uns die Mühe gemacht, dem nachzugehen, und sind auf keinerlei Hinweise im Zusammenhang mit gewerbsmäßiger Prostitution und Hanse-Theater gestoßen.«

»Und wenn schon«, entgegnete Franka. »Es ist nicht verboten, Verdächtigungen zu äußern. Wenn Sie nicht mehr gegen meinen Mandanten vorzubringen haben, erwarte ich, dass Sie ihn sofort freilassen.«

»Zuerst will ich wissen, wer die Frau in seiner Begleitung war«, konterte Lademann.

»Da war keine Frau«, sagte ich.

»Sie lügen. Sie wurden gesehen, wie Sie zusammen mit einer dunkelhäutigen Frau den Zauberladen verlassen haben.«

»Wer hat mich eigentlich gesehen?«

»Kemmers Angestellte.«

Das erklärte wenigstens, warum Lademann so schnell auf mich gekommen war.

»Zurück zu meiner Frage«, sagte Lademann. »Handelte es sich bei der Frau um Anna Ortega?«

»Nein.«

»Um wen dann?«

»In der Langen Reihe laufen zu jeder Tages- und Nachtzeit eine Menge Menschen herum«, sagte ich. »Gelbe, weiße, braune und manchmal sogar violette. Möglich, dass mir dort eine dunkelhäutige Frau begegnet ist. Aber ich kann mich nicht an sie erinnern.«

Lademann starrte mich an.

»Haben Sie einen Beweis, dass Kemmer einen physischen Schaden erlitten hat?«, fragte Franka.

Der Hauptkommissar schwenkte das Fadenkreuz seines Blickes langsam zu meiner Anwältin. »Was meinen Sie?«

»Ohne Leiche kein Mord. Ist das nicht eine alte Kriminalistenregel?«

»Das ist doch Unsinn«, fuhr Lademann auf. »In der Kiste und auf dem Boden befanden sich zirka zwei Liter Blut. Ein solcher Blutverlust ist für jeden Menschen tödlich.«

»Schon mancher Totgeglaubte ist Jahre später wieder aufgetaucht.«

»Das ist eine sehr gewagte Hypothese«, bemerkte Lademann.

Franka lachte kurz auf. »Ihre ist nicht minder gewagt. Oder haben Sie irgendwelche Indizien oder Zeugen, mit denen Sie belegen können, dass mein Mandant Kemmer ermordet und die Leiche weggeschafft hat? Die Spurensicherung hat den Laden und das Hotelzimmer meines Mandanten gründlich untersucht. Ein derart blutiges Verbrechen hinterlässt zwangsläufig Spuren. Darf ich fragen, was Sie gefunden haben?«

»Nicht das Geringste«, sagte die Kriminalbeamtin. Sie hatte eine dunkle, angenehme Stimme und schien sich nichts daraus zu machen, dass sie ihrem Chef in die Parade gefahren war.

Lademanns Augen wurden einen Moment glasig, dann hatte er sich wieder im Griff. »Auch ohne Indizien …«

»Entschuldigen Sie!«, unterbrach ihn Franka. »Das Einzige, was Sie meinem Mandanten vorhalten können, ist die Tatsache, dass er sich gestern Morgen gegen sieben Uhr im *Zauberkasten* aufgehalten hat. Aber das ist nicht strafbar.«

»Kemmers Leiche liegt wahrscheinlich auf dem Grund der Elbe«, sagte Lademann in einem Ton, in dem bereits die Niederlage mitschwang. »Es kann Tage, wenn nicht Wochen dauern, bis sie wieder an die Oberfläche kommt.«

»Wollen Sie das der Staatsanwaltschaft vortragen?«, trumpfte Franka auf. »Und sich damit lächerlich machen?«

Der Hauptkommissar blieb stumm.

Vor dem Polizeipräsidium nahm ich Franka in den Arm und drückte ihr einen Kuss auf die Stirn. »Danke. Wenn ich

Kemmers Leiche nicht mit eigenen Augen gesehen hätte, hättest du mich beinahe überzeugt.«

»Gern geschehen.« Franka verzog das Gesicht zu einem aufmunternden Grinsen. »Wohin zuerst?«

»Zu Pias Büro. Nach Pöseldorf.«

Zehn Minuten später kurvten wir an der Außenalster entlang.

Während Franka den Anweisungen ihres Navigators folgte, versuchte ich, Pia oder Anna ans Handy zu bekommen. In beiden Fällen erzählte mir eine mechanische Frauenstimme, dass sie vorübergehend nicht erreichbar seien. Bei Pias Wohnungsanschluss sprang der AB an und Cornfelds Nummer hatte ich leider nicht gespeichert. Es war zum Verzweifeln.

»Nicht schlecht«, sagte Franka. »Hat Pia einen reichen Papa?«

»Wieso?«

Sie deutete auf die hellen Jugendstilvillen, die den Straßenrand säumten. »Wer hier wohnt, dürfte keine Geldprobleme haben.«

»Oder hat gerade deswegen welche.«

Mit einem zischenden Geräusch sog Franka Luft ein. »Hätte ich mir denken können, dass die Frau über ihre Verhältnisse lebt.«

»Im Moment interessiert mich mehr, ob sie überhaupt lebt«, sagte ich eine Spur barscher, als ich beabsichtigt hatte. Prompt war Franka eingeschnappt.

Nach einigen langen Schweigesekunden entdeckte ich das Haus, in dem sich die Büroräume der Agentur P-Quadrat befanden. An einen regulären Parkplatz war natürlich nicht zu denken. Wir hielten mit eingeschaltetem Warnlicht in der zweiten Reihe und hasteten zum Eingang hinauf. Die Klingel war zu hören. Aber sie brachte niemanden dazu, die Tür zu öffnen.

»Was hast du erwartet?«, fragte Franka. »Wenn sie da wären, würden sie ans Telefon gehen.«

»Und was schlägst du vor?«, fuhr ich sie an. »An die Alster setzen und Schiffe zählen?«

»Okay.« Sie seufzte. »Was jetzt?«

»Pias Wohnung in Eppendorf.«

»Und wenn sie da auch nicht sind?«

»Fahren wir zu Lademann zurück und erzählen ihm alles. Franka, diese Leute haben drei Menschen auf dem Gewissen ...«

»Das vermutest du nur.«

»Es ist eine begründete Annahme. Und wer drei Menschen töten kann ...«

»... lässt auch die nächsten drei einfach verschwinden«, ergänzte Franka ironisch. »Übertreibst du nicht ein bisschen, Georg? Wenn ihr recht habt, sind das keine durchgeknallten Psychos, sondern gestandene Geschäftsleute. Oder habe ich was falsch verstanden?«

Von der Straße drang ein empörtes Hupkonzert zu uns herauf.

»Nach Eppendorf!«, sagte ich.

Auf der Husumer Straße in Eppendorf war die Parkplatznot ähnlich groß wie in Pöseldorf. Immerhin gab es in einer Nebenstraße ein paar freie Plätze im eingeschränkten Halteverbot. Doch noch bevor wir die Haustür erreichten, zerbröselte der Rest Hoffnung, den ich mir eingeredet hatte. Pia war nicht der Typ, der sich in seiner Wohnung verschanzte und nicht ans Telefon ging. Irgendetwas Furchtbares musste passiert sein. Wahrscheinlich war Annas Legende aufgeflogen oder jemand hatte ihr Funkgerät entdeckt. Und anstatt die Polizei zu rufen, hatten Pia und Cornfeld versucht, ihr zu helfen. Und sich damit selbst ausgeliefert.

Ich drückte auf die Klingel. Drei Mal. Nichts.

»Lademann?«, fragte Franka.

Wäre ich bei klarerem Verstand gewesen, hätte ich den schwarzen BMW auf der anderen Straßenseite schon viel früher bemerkt. Denn der BMW gehörte Pia. Sie war also gar nicht zum Hanse-Theater gefahren. Oder anschließend wieder zurück.

Während ich noch darüber nachdachte, was das bedeutete, richtete sich hinter dem BMW ein Mann auf. Nicht allzu groß, mit jugendlicher Statur, schwarzen Haaren und olivfarbener Haut. Offenbar ein Latino. Der Mann schaute sich um, als wollte er sich vergewissern, dass ihn niemand beobachtete. Er reagierte sofort, als sich unsere Blicke kreuzten. Wie jemand, der ertappt worden war, entfernte er sich mit schnellen Schritten.

»He!«, rief ich über die Straße. »Sie da!«

Der Latino begann zu joggen und bog in die nächste Seitenstraße ein. Sinnlos zu versuchen, ihn zu verfolgen, er würde mich locker abhängen.

»Georg!«, sagte Franka.

Ich schaute dem Latino hinterher. »Was ist?«

»Dreh dich mal um!«

Auf dem Bürgersteig näherten sich drei Menschen, die sich angeregt unterhielten. Pia, Cornfeld und Anna. Pia und Anna schienen die letzte Nacht unversehrt überstanden zu haben. Nur Cornfeld nicht. Auf seinem rechten Auge blühte ein violettes Veilchen.

24

Pia Petry bekommt anonyme Post

»Was freue ich mich, dich zu sehen. Wo ich doch schon seit Stunden versuche, dich zu erreichen«, knurrt Wilsberg, während sein Blick immer wieder zu Cornfelds geschwollenem Auge wandert.

»Wir waren frühstücken«, antworte ich leichthin und mustere unauffällig die Frau, die neben Wilsberg steht. Irgendwie kommt sie mir bekannt vor.

Ich sperre die Haustür auf und dirigiere meine Besucher die Treppe hoch in meine Wohnung.

»Setzt euch«, sage ich im Wohnzimmer und deute auf die weiße Couch. »Ich mache Kaffee.«

Als ich den Keramikfilter aus dem Schrank nehme, kommt Wilsberg in die Küche. »Was ist eigentlich mit deinem Handy los?«, fragt er und nun fällt mir auf, wie blass er ist. Ob vor Sorge oder vor Wut, kann ich nicht recht einschätzen.

»Es ist kaputt.« Ich drehe mich zu ihm um. »Weißt du, als ich da ganz allein auf der Reeperbahn in meinem Auto saß, händeringend darauf wartete, dass mein geschätzter Kollege aus Münster auftauchen würde, hat so ein Gorilla versucht, mich aus dem Auto zu zerren. Dabei ist leider mein Handy zu Bruch gegangen.«

»Das ist doch typisch«, schimpft Wilsberg leise. »Ich bin also wieder an allem schuld. Ich konnte nicht kommen. Die Polizei hat mich festgesetzt.«

»Ach nein«, sage ich. »Und da konntest du mich nicht anrufen. Oder haben die Bullen kein Telefon? Trommeln die noch?«

»Dein Freund, dieser Herr Lademann, hat mir mein Handy abgenommen …«

»Ich breche gleich in Tränen aus. Du armer kleiner Kerl. Er hat dir einfach dein Spielzeug weggenommen?«

»Pia. Es reicht!«

»Tut es nicht«, gifte ich ihn an. »Anna hätte hopsgehen können. Reichweiler hat sie in eine Kiste gesperrt und gedroht, sie da so lange drinzulassen, bis sie blau anläuft, wenn sie ihm nicht erzählt, weshalb sie wirklich gekommen ist und wer sie geschickt hat. Eine Viertelstunde später wäre sie wahrscheinlich schon auf dem Weg in den nächsten Puff gewesen.«

Wilsberg räuspert sich. »Das glaube ich nicht«, sagt er. »Lademann hat mir erzählt, dass es keinerlei Verbindungen zwischen Reichweiler beziehungsweise von Sandleben und dem Rotlichtmilieu gibt. Das Hanse Theater liegt mitten auf St. Pauli. Der ganze Stadtteil wird von albanischen Zuhältern kontrolliert. Und die würden es kaum zulassen, dass ihnen da irgendeiner in ihrem eigenen Revier Konkurrenz macht.«

»Wie dem auch sei«, sage ich. »Anna war auf jeden Fall in Gefahr.«

»Und du hast sie dann gerettet«, fällt mir Wilsberg ins Wort.

»Nein, Cornfeld hat sie gerettet. Und ich habe die beiden dann vor dem Theater aufgesammelt und in Sicherheit gebracht.«

»Und dabei hat sich Cornfeld sein blaues Auge eingefangen.«

»Genau«, sage ich. »Wie auch immer man es dreht, mein Lieber: Du hast dich nicht gerade mit Ruhm bekleckert. Wir sind kein bisschen weitergekommen. Die ganze Aktion war ein voller Reinfall. Wenn es brisantes Filmmaterial von dem Abend gibt, dann ist es spätestens jetzt gelöscht oder in irgendeinem Safe verschwunden. Und wer ist überhaupt diese Frau, die du da angeschleppt hast?«

Verdutzt sieht er mich an. »Das ist Franka Holtgreve,

meine Rechtsanwältin. Hast du sie nicht schon einmal in Münster gesehen?«

»Und die hast du extra kommen lassen?«

»Ganz recht. Wenn ich in juristischen Schwierigkeiten stecke, lasse ich sie immer kommen. Schließlich ist sie meine Anwältin. Und eine ziemlich clevere dazu.«

Ich verziehe das Gesicht.

»Magst du sie nicht?«

»Ich kenne sie doch gar nicht.«

Wilsberg greift nach meinem Arm und zieht mich an sich. »Lass uns aufhören zu streiten. Ja?«

Nur pro forma leiste ich Widerstand. Allerdings keinen allzu großen. Auf jeden Fall nicht genügend, um zu verhindern, dass er mir eine Haarsträhne hinters Ohr streicht, mit seinen Lippen meine Stirn, meine Nasenspitze, meinen Mund berührt. »Ich habe mir wahnsinnige Sorgen gemacht. Ich hatte wirklich Angst, dir wäre etwas passiert. Das hätte ich nicht ...«

Sacht verschließe ich seine Lippen mit meinem Mund. Und küsse ihn, lasse mich gegen seinen Oberkörper sinken, umschlinge ihn mit beiden Armen und genieße dieses Gefühl unendlicher Geborgenheit – da ertönt eine scharfe weibliche Stimme hinter uns.

»Ist der Kaffee immer noch nicht fertig?«

Wilsberg und ich fahren auseinander. Franka Holtgreve steht in der Tür und mustert mich mit dem Blick einer gereizten Raubkatze. Und eins ist sofort klar: Das ist ganz bestimmt nicht der Anfang einer wunderbaren Frauenfreundschaft.

Ein paar Minuten später trage ich vier dampfende Kaffeebecher ins Wohnzimmer. Cornfeld ist gerade dabei, Wilsberg und Franka von seinen Heldentaten zu berichten. Anna, die neben Cornfeld sitzt, und zwar sehr nah neben ihm sitzt, hängt geradezu an seinen Lippen. Er ist an der Stelle, als er in die Clubräume stürmte und mit Reichweilers Faust kollidierte. Danach ging er kurz zu Boden, rappelte sich wieder hoch und konnte seinen Angreifer mit einem gezielten Faustschlag gegen das Kinn außer Gefecht setzen. Kaum war der Gegner erledigt, eilte unser junger Held zum Holzkasten und befreite die liebe Anna. Damit findet Cornfelds Geschichte ihr heroisches Ende. Beglückt strahlt er Anna an, die seinen Blick aufs Innigste erwidert. Was für ein schönes Paar. Wenn man mal von Cornfelds ramponierter Physiognomie absieht.

Amüsiert nippe ich an meinem Kaffee und beobachte Wilsberg. Tja, im Moment sieht es so aus, als ob die Anna-Front am Bröckeln wäre. Meinem Assistenten sei Dank. Wilsberg bemüht sich um einen neutralen Gesichtsausdruck, dennoch kann er nicht verhehlen, dass ihm diese Entwicklung nicht wirklich behagt.

Aber wo Cornfeld dran ist, da ist er auch bald drin, denke ich bösartig.

»Cornfeld«, sage ich. »Haben Sie eigentlich noch etwas wegen Reichweilers Zuhälterambitionen herausgefunden?«

»Nein. Nichts. Überhaupt gar nichts. Ich habe noch drei weitere Taxifahrer interviewt und ein halbes Dutzend Wirte. Niemand hat je etwas von einem Puff mit kubanischen Frauen auf dem Kiez gehört. Auch nicht gerüchteweise.«

Wilsberg wirft mir einen ironischen Blick zu. Seiner Meinung nach ist mit Lademanns Erkenntnissen die Mädchenhändler-These längst vom Tisch.

Es klingelt. Widerwillig erhebe ich mich, mache mich auf den Weg in den Flur und öffne die Tür. Aber da ist niemand. Vielleicht Kinder, die sich einen Scherz erlaubt haben.

Ich will schon wieder gehen, als ich den kleinen, braunen Briefumschlag doch noch sehe. Mitten auf meinem Fußabtreter. *Pia Petry* steht in großen dunkelblauen Blockbuchstaben darauf. Sonst gar nichts. Kein Absender, keine Adresse, nichts. Mit spitzen Fingern hebe ich den Umschlag hoch und lausche. Tickt da etwas? Ist da eine Briefbombe drin?

Zurück im Wohnzimmer schwenke ich den Briefumschlag gut sichtbar für alle über dem Kopf. »Anonyme Post. Tickt aber nicht.«

Sofort gehört mir die volle Aufmerksamkeit aller Anwesenden. Cornfeld kann sich sogar von Annas Anblick losreißen. »Seien Sie bloß vorsichtig«, sagt er und steht auf.

Auch Wilsberg wirkt beunruhigt. »Zeig mal.« Er nimmt mir den Umschlag aus der Hand. Erwartungsvoll und angespannt stehen wir um ihn herum.

»Ihr geht jetzt alle mal raus«, übernimmt Wilsberg das Kommando. »Es reicht, wenn einer verletzt wird.«

»Spiele nur nicht den Helden«, sage ich und mich beschleicht der Verdacht, Wilsberg will Cornfeld seinen Rang als Frauenretter und Heilsbringer streitig machen. »Ich habe mal gelesen, dass Briefbombenbauer den Auslöser so anbringen, dass man ihn beim Öffnen des Briefes aktiviert. Und sie positionieren den Auslöser dort, wo man normalerweise einen Brief öffnet. Nämlich an der Längsseite«, doziere ich.

»Das weiß ich!«, erwidert Wilsberg gereizt. »Seid ihr so lieb und geht jetzt bitte in den Flur.«

Mangels einer Alternative verziehen wir uns auf den Gang.

»Tür zu«, ruft Wilsberg und dann hören wir erst einmal nichts mehr.

»Vielleicht sollten wir vom Eingang weggehen«, sagt Cornfeld, als Wilsbergs Stimme wieder ertönt: »Ihr könnt reinkommen.«

Vorsichtig schiebe ich die Tür auf. »Alles okay?«

»Alles okay!«

Er hält eine kleine silberne Scheibe in einer durchsichtigen Plastikhülle hoch. »Gibt es hier einen DVD-Player?«

»Aber klar doch«, sage ich und nehme ihm die Disc aus der Hand.

Der Film startet mitten in einer Zaubervorführung, die im Theater der Zauberloge stattfindet. Das erkenne ich an den verspiegelten Wänden, den vor der Bühne aufgebauten Tischen und Stühlen, dem ausladenden Lüster und dem roten Samtvorhang. Alle Plätze sind besetzt und schwarz gekleidete Kellner zwängen sich mit schwer beladenen Tabletts durch die enge Bestuhlung.

Mitten auf der Bühne steht Isabel Ortega in einem knappen silbrigen Glitzerbikini, von mehreren Scheinwerfern dramatisch angeleuchtet. Neben ihr befindet sich ein großes, mit Wasser gefülltes Glasbassin. Der Magier, ein dunkelhaariger, korpulenter Mann im roten Frack, fesselt sie mit einem Seil, das er ihr um die Fußknöchel, die Knie, die Hüfte, die Schultern und den Hals schlingt. So verknotet, kann sie sich nicht mehr rühren. Ein Zuschauer wird auf die Bühne gebeten, der mit Kennermiene Seil und Knoten prüft und dem Publikum mit nach oben gerecktem Daumen signalisiert, dass die Dame fest verschnürt ist. Kaum hat er die Bühne verlassen, tauchen zwei Männer in weißen Anzügen auf der Bühne auf, heben Isabel hoch und lassen sie in das Glasbassin gleiten, in das sie sich gerade eben hineinhocken kann. Als sie ihren Kopf seitlich auf die angezogenen Knie legt, ist sie komplett mit Wasser bedeckt. Sie lächelt. So als wäre es nicht weiter dramatisch, sich gefesselt in einem randvoll mit Wasser gefülltem Kasten zu befinden. Ich würde das keine Sekunde aushalten.

Die beiden Männer legen eine Glasplatte auf das Behältnis und ziehen ein schwarzes Tuch darüber. Das Bassin schwebt langsam in die Höhe. Die Kamera bewegt sich nach rechts, zu einem mannshohen Käfig, der an einer Kette von der Decke hängt. Dann schwenkt sie wieder zurück. Der Zauberer unterhält währenddessen sein Publikum mit ein paar Witzchen, die aufgrund der schlechten Tonqualität nicht zu verstehen sind, offensichtlich ihre Wirkung aber nicht verfehlen. Die Zuschauer lachen und das gleich mehrmals. Als der Behälter circa einen halben Meter unterhalb der Decke hängt, setzt ein Trommelwirbel ein, der dramatisch anschwillt und auf dessen Höhepunkt der Zauberer die Arme hochreißt, nach dem Tuch greift und es mit einem Ruck herunterzieht. Kurz kommt der Käfig ins Bild, der aber leer bleibt. Dann ist wieder das Bassin zu sehen. Isabel hockt immer noch gefesselt im Wasser. Doch sie lächelt nicht mehr. Ihre Augen sind vor Entsetzen geweitet, ihr Mund aufgerissen. Ein Tumult bricht los. Der Behälter wird eilig nach unten gelassen, die Glasplatte entfernt, Isabel aus dem Wasser gezogen und auf den Boden gelegt. Einer der Männer beugt sich über sie und versucht, sie mit einer Mund-zu-Mund-Beatmung zu reanimieren. Ob er Erfolg hat, lässt sich nicht feststellen, da die Zuschauer auf die Bühne stürmen, sodass Isabel hinter einer Wand schwarz befrackter Männerrücken verschwindet. Damit brechen die Filmaufnahmen ab.

Wie erstarrt stehen wir vor meinem Computer. Anna schluchzt auf und schlägt sich die Hände vors Gesicht. Worauf Cornfeld den Arm um sie legt und mit ihr das Zimmer verlässt.

»Hattet ihr nicht gesagt, sie ist erdrosselt worden?«, fragt Franka leise.

»Als ich sie gefunden habe, hatte sie Strangulationsmale am Hals«, sage ich.

»Sie war in diesem Bassin gefesselt«, erwidert Wilsberg nachdenklich. »Und das Seil lag auch um ihren Hals …«

»Wenn sie versucht hat, sich zu befreien, und die Knoten nicht lösen konnte, dann hat sie an ihren Fesseln gezerrt«, überlege ich laut.

»Und hat sich dabei unter Umständen selbst stranguliert.

Vielleicht sogar, noch bevor Wasser in ihre Lungen dringen konnte«, greift Franka den Gedanken auf.

»Ich glaube«, sage ich nachdenklich, »es wäre nicht schlecht, wenn wir ein Standfoto hätten. Sicher ist sicher.«

»Du hast doch den Obduktionsbericht gelesen. War da irgendwo die Rede von Ertrinken?«, fragt Wilsberg.

Ich ziehe den Schreibtischstuhl zu mir, setze mich an den Computer und mache einen Screenshot. »Nein. Nicht dass ich wüsste. Aber ich habe das meiste ja sowieso nicht verstanden. Bei dem ganzen Fachchinesisch«, sage ich, während ich die Qualität der Aufnahme überprüfe. Danach betätige ich die Print-Taste.

»Eins scheint jedenfalls sicher«, sagt Wilsberg. »Isabel ist im Club gestorben. Dennoch wurde ihre Leiche trocken und bekleidet in ihrer Wohnung gefunden. Also hat man sie nach Hause gebracht, um es wie einen Mord aus Leidenschaft aussehen zu lassen.«

Ich nicke und beobachte die Seite, die sich langsam aus dem Drucker schiebt. »Warum haben die nicht die Polizei gerufen? Es war doch ganz offensichtlich ein Unfall«, frage ich.

»Weil das einen Riesenskandal gegeben hätte«, sagt Cornfeld, der gerade wieder das Zimmer betreten hat.

»Wieso?«, will ich wissen.

Cornfeld greift mir über die Schulter und startet den Film erneut, dann aktiviert er den Schnelldurchlauf, bis zu dem Moment, als das Wasserbassin nach oben gezogen wird und man den Magier auf der Bühne kurz von vorn sehen kann. Mein Assistent deutet auf das unscharfe Gesicht.

»Darf ich vorstellen: Dieter Rosenberg. Seines Zeichens Senator für Wirtschaft und Arbeit in Hamburg.«

Wilsberg zieht scharf die Luft ein. »Das erklärt natürlich vieles.«

»Wo ist Anna?«, frage ich, als mir auffällt, dass sie nicht mit Cornfeld zusammen ins Zimmer zurückgekommen ist.

»In der Küche. Ich habe ihr ein Glas Wasser gegeben.«

Doch in der Küche ist sie nicht. Auch nicht im Bad und nicht im Schlafzimmer.

»Anna ist nicht mehr da!«, rufe ich, laufe in den Hausflur hinaus und beuge mich über das Treppengeländer. Weit und breit ist niemand zu sehen und niemand zu hören. Wilsberg und Cornfeld folgen mir.

Ich drehe mich zu ihnen um. »Sie ist weg!«

25

Wilsberg weiß nicht, was er glauben soll

Bevor Franka nach Münster zurückfuhr, setzte sie mich vor meinem Hotel in der Langen Reihe ab. Anna war nicht wieder aufgetaucht. Wir hatten darüber diskutiert, ob wir sie suchen sollten. Oder ob es nicht verständlich sei, dass sie eine Weile allein sein wollte. Schließlich hatte sie den Tod ihrer Schwester miterleben müssen.

»Ich kümmere mich um Anna«, sagte Cornfeld und stand auf.

»Und wo wollen Sie suchen?«, fragte Pia.

»Wenn ich das wüsste, wäre es keine Suche«, gab ihr Assistent zurück und stiefelte zur Tür.

Da waren wir nur noch drei.

»Tut mir leid, dass ich euch nicht helfen kann«, sagte Franka, »aber ich habe Termine in Münster. Ich muss dringend zurück.«

Ich schaute zu Pia. Der brüske Abgang ihres Assistenten hatte eine Zornesfalte auf ihrer Stirn hervorgerufen. Das nächste Zusammentreffen der beiden würde sicher nicht sehr harmonisch verlaufen.

»Wir sollten mit dem Wirtschaftssenator reden«, schlug ich vor.

Pia kehrte aus ihren Gedanken zurück. »Und was versprichst du dir davon?«

»Er kann dem Spuk ein Ende bereiten. Wenn wir ihn zwingen, gegen Reichweiler und seine Freunde auszusagen, werden nicht nur die Morde aufgeklärt, auch Anna und wir sind dann aus dem Schneider. Solange Reichweiler glaubt, damit durchzukommen, stehen wir möglicherweise alle auf der Abschussliste.«

Pias Augen verengten sich. »Du denkst ...«

»Was glaubst du denn? Dass ihr Reichweiler entkommen seid, bedeutet doch nicht, dass er sich eingräbt und auf die Lawine wartet. Er wird etwas unternehmen und dem müssen wir zuvorkommen.«

Mir fiel der junge Latino ein, der sich an Pias Auto zu schaffen gemacht hatte. Aber vielleicht sah ich auch Gespenster.

»Warum geht ihr nicht mit der DVD zu Lademann?«, fragte Franka.

»Weil ich dem Kerl nicht traue«, sagte ich. »An Reichweiler wollte er sich schon nicht die Finger verbrennen. Das wird bei Rosenberg nicht anders sein.«

»Die DVD ist ein Beweis, der sich nicht leugnen lässt.«

Ich winkte ab. »Irgendein Fachmann wird sich finden, der behauptet, wir hätten das zusammengeschnitten oder am Computer manipuliert. Videoaufnahmen sind heutzutage genauso wenig ein Beweis wie Fotos.«

»Georg hat recht. Wir müssen den Wirtschaftssenator dazu bringen, die Wahrheit zu sagen«, sagte Pia und ging zum Drucker. »Und das Standfoto kann uns vielleicht dabei helfen. Wir können zumindest einmal testen, wie Rosenberg darauf reagiert.«

Danach schnappte sie sich das Telefonbuch und hatte ein paar Minuten später die persönliche Referentin des Senators am Ohr. Die Erwähnung von Isabel Ortegas Namen wirkte ähnliche Wunder wie einige Tage zuvor bei Reichweiler, noch für den späten Vormittag gewährte uns Rosenberg eine persönliche Audienz. Bis dahin hatte ich gerade noch Zeit, mich zu duschen und die Kleidung zu wechseln.

Als ich die Tür zur Hoteletage öffnete, stand Daniela Hansen schon im Flur. Innerlich machte ich mich darauf gefasst, dass sie meinen sporadischen Aufenthalt in ihrer Herberge mit einem Rauswurf beenden würde. Die Polizei anzulocken, war ein Vergehen, das man sich als Hotelgast normalerweise nicht erlauben durfte.

Ich zuckte mit den Schultern. »Tut mir leid …«

Sie kam näher und betrachtete mich mit einem Blick, der mir beinahe fürsorglich erschien. »Man hat Ihnen doch nichts getan?«

»Nein, ich …«

»Die Hamburger Polizei ist unmöglich.« Sie warf den Kopf in den Nacken. »Hier im Viertel war früher einiges los. Demonstrationen, Straßenschlachten. Und ich mitten dabei. Ich kann Ihnen sagen, ich habe schon mehr als einen Polizeiknüppel abbekommen.«

»Tatsächlich?«

»Ja. Ich war früher eine ganz Wilde. Aber das ist lange her.« Das Lächeln verschwand von ihrem Gesicht und sie wurde ernst. »Sie haben sich doch hoffentlich gewehrt?«

»Klar. Sicher. Aber …« Ich zeigte auf meine Zimmertür. »Ich muss gleich wieder weg. Und vorher …«

»Wir können ja später weiterreden«, rief sie mir nach.

Ich schloss die Tür von innen ab und lehnte mich mit dem Rücken dagegen.

Eine halbe Stunde später gabelte mich Pia vor dem Hotel auf.

»Hast du was von Cornfeld gehört?«, fragte ich, als sich der BMW in Bewegung setzte.

»Nein. Und ich werde ihn bestimmt nicht anrufen.« Die Entschiedenheit, mit der sie das sagte, erübrigte jede Nachfrage.

Dass Annas Handy immer noch ausgeschaltet war, hatte ich vor wenigen Minuten selbst getestet.

»Ist der Frau eigentlich zu trauen?« Pia schaute auf den Verkehr, der rund um den Hauptbahnhof mehr kroch als floss. »Sie war bei Kemmer. Und jetzt ist sie plötzlich verschwunden. Mir gefällt das nicht.«

»Du solltest dich mit Franka zusammentun. Die ist genauso misstrauisch.«

»Vielleicht, weil wir Frauen unsere Geschlechtsgenossinnen objektiver sehen als ihr Testosteronsklaven. Cornfeld und du seid doch von Annas Busen und ihrem Po so hingerissen, dass ihr keinen klaren Gedanken mehr fassen könnt.«

»Geht das schon wieder los? Ich dachte, wir wären über die Phase gegenseitiger Vorwürfe hinaus.«

»Weil ich dich beinahe geküsst habe?« Pia setzte zu einem riskanten Überholmanöver an. »Da irrst du dich, mein Lieber.«

»Nur beinahe? Das habe ich anders in Erinnerung.«

Sie scherte wieder ein. »Im Moment rede ich von einer potenziell Verdächtigen. Rein beruflich.«

»Und rein beruflich sage ich dir, dass ich Anna für unschuldig halte. Natürlich wäre es für sie möglich gewesen, ihren Mann zu töten. Aber ich kann kein Motiv entdecken. Und Kemmers Leiche hat sie mit Sicherheit nicht weggeschafft, denn ich war den ganzen Morgen mit ihr zusammen.«

Wir fuhren über eine Brücke. »Da drüben ist Rosenbergs Reich.« Pia deutete auf einen monströsen Zweckbau. »Die Behörde für Wirtschaft und Arbeit.«

Nachdem wir den Wagen in einem Parkhaus abgestellt hatten, gingen wir zum Haupteingang des elfstöckigen Gebäudes. Ich griff nach Pias Hand. »Vorhin, in der Küche …«

»Das darfst du nicht so ernst nehmen.« Sie schüttelte meine Hand ab. »Das ist aus einer Laune des Augenblicks passiert.«

»Ein sehr schöner Augenblick.«

»Vorläufig bedeutet das gar nichts.«

Immerhin, das Wort ›vorläufig‹ hatte einen hoffnungsvollen Schimmer.

Der Aufzug katapultierte uns in den obersten Stock und wenige Minuten später saßen wir Dieter Rosenberg gegenüber. Der Senator, ein Mann von Mitte fünfzig mit schwammigen Wangen und Hüften, begrüßte uns mit jener jovialen Freundlichkeit, die bei wichtigen Politikern zum Standardverhalten im Umgang mit gewöhnlichen Sterblichen gehört. Doch sein Lächeln reichte nicht bis zu den wachsamen Augen, in denen ich einen Funken Angst zu erkennen glaubte. Er wusste, dass wir etwas wussten, und er ahnte, dass es ihn in Schwierigkeiten bringen würde.

»Ich hoffe, Sie vergeuden nicht meine Zeit«, sagte er mit einer lässigen Handbewegung. »Was ist mit dieser ermordeten Frau, die ich angeblich gekannt haben soll?«

Pia griff in ihre Handtasche und legte den Computerausdruck auf den Schreibtisch. Die Standbildaufnahme des Zauberclub-Videos war ziemlich unscharf. Doch mit ein bisschen Fantasie ließen sich Rosenberg und Isabel Ortega identifizieren.

Der Senator nahm das Bild in seine breiten Hände und betrachtete es lange. Dann legte er es auf den Tisch zurück. »Man könnte meinen, dass ich die Person rechts bin.«

»Sie sind es«, sagte Pia. »Und die Frau neben Ihnen heißt Isabel Ortega.«

»Und wenn schon.« Er lächelte abschätzig. »Ich bin fast jede Woche zu einer festlichen Veranstaltung eingeladen. Das Foto kann irgendwann bei irgendeiner Gelegenheit geschossen worden sein. Mag sein, dass Frau Ortega mal zufällig neben mir gestanden hat. Was bedeutet das schon?«

»Wir haben den ganzen Film«, sagte Pia ruhig. »Er zeigt, wie Sie Isabel Ortega mit einem Seil fesseln und in einem Wasserbassin versenken. Und auch das tragische Ende der missglückten Zaubernummer.«

Die Selbstsicherheit des Senators zerfloss wie Schmelzkäse in einer Raclettepfanne.

»Von wem haben Sie die Aufnahme?«, fragte er mit heiserer Stimme.

»Das spielt keine Rolle«, antwortete Pia. »Tatsache ist, dass Sie für den Tod Isabels verantwortlich sind.«

»Es sollte ganz anders laufen.«

»Das ist uns auch klar. Aber Sie standen auf der Bühne. Deshalb können Sie sich nicht rausreden.«

Rosenberg schüttelte den Kopf. »Die Wahrheit werden Sie sowieso nicht glauben …«

»Es käme auf einen Versuch an.«

»Das alles sah sehr echt aus. Ich weiß nicht, wie sie es geschafft hat …«

»Wovon reden Sie?«, fragte ich.

»Davon, dass Isabel nicht gestorben ist. Jedenfalls nicht an diesem Abend.«

»Was?«, fragten Pia und ich gleichzeitig.

»Am nächsten Tag hat mich ein Mann angerufen.« Rosenberg hob den Kopf. »Der Mann hat seinen Namen nicht genannt, aber er wusste, was sich bei der Vorstellung abgespielt hat. Er sagte, Reichweiler habe Isabel benutzt, um mich reinzulegen. In Wahrheit sei Isabel im Wasserbassin mit Sauerstoff versorgt worden und habe sich anschließend tot gestellt.«

»Und wie soll das funktioniert haben?«, fragte ich.

»Indem Isabel durch einen durchsichtigen Schlauch geatmet hat«, erklärte Rosenberg. »Den könnten die Assistenten durch einen Spalt zwischen Wasserbehälter und Abdeckung geführt haben, nachdem das Bassin mit einem Tuch bedeckt wurde.«

»Eine schöne Geschichte«, sagte ich. »Sie hat nur einen Haken: Isabel Ortega *ist* tot. Und von dem Telefongespräch weiß außer Ihnen niemand etwas.«

»Das ist der Punkt.« Rosenberg lächelte wehmütig.

»Was ich nicht verstehe«, sagte Pia, »warum haben Sie

nicht gleich die Polizei gerufen? Angesichts der Umstände hätte man Ihnen allenfalls fahrlässige Tötung vorwerfen können. Inzwischen geht es um Mord.«

»Diese Frage stelle ich mir selbst. Seit Tagen. Natürlich war es ein Fehler, nicht die Polizei zu rufen. Aber versetzen Sie sich in meine Lage. Ich war geschockt. Da lag diese Frau, die ich für tot hielt. Gleichzeitig gingen mir tausend Dinge durch den Kopf. Meine Familie, meine Karriere, die Verantwortung für die Stadt. Alles wäre auf einen Schlag vernichtet worden. Ich selbst hätte mit der Schande und dem öffentlichen Trubel vielleicht noch leben können, aber meine Frau und meine Kinder wären auch betroffen gewesen. Ich wollte sie schützen, ich wollte auch den Senat und meine Partei schützen. Einen solchen Skandal hat es in Hamburg noch nicht gegeben. Das hat Reichweiler einkalkuliert. Er hat auf mich eingeredet, ich sollte es ihm überlassen, die Angelegenheit zu regeln, er würde mich aus allem raushalten. Und ich war ihm in diesem Moment dankbar, so einfach ist das. Und so falsch.«

»Sie behaupten also, die Nummer war ein abgekartetes Spiel«, sagte ich. »Um Sie zu erpressen.«

»So ist es«, stimmte Rosenberg zu. »Reichweiler hat das von langer Hand vorbereitet. Isabel war natürlich eingeweiht und der Magier, der mich unterstützt hat …«

»Monetti.«

»Richtig. Der war ebenfalls involviert. Ob noch andere aus der Loge, kann ich nicht sagen.«

»Geht es in diesem Zauberclub eigentlich wirklich nur ums Zaubern? Oder steckt da noch etwas anderes dahinter?«, fragte ich.

»Uns eint die Vorliebe für das Ausgefallene, Exotische«, antwortete Rosenberg. »Für Autos und Fußball interessieren sich fast alle Männer. Unsere Interessen sind eben etwas anders gelagert.«

»Reden Sie von exotischen Frauen?«

»Unsinn«, sagte Rosenberg ärgerlich. »Unsere Loge ist doch kein Bordell.«

»Wie haben Sie reagiert, als Sie von Isabels Überleben erfahren haben?«, fragte Pia.

»Ich war erleichtert. Einerseits. Und wütend. Auf Reichweiler.«

»Sie haben ihm von dem Anruf erzählt?«

Der Senator sackte noch ein paar Zentimeter tiefer in seinen Sessel. In seinem Blick spiegelte sich Verzweiflung. »Das war das Schlimmste, was ich tun konnte. Das ist mir heute auch klar.«

Ich warf Pia einen Blick zu und spürte, dass sie ebenso unsicher war wie ich, ob wir gerade Zeugen eines grandiosen Schauspiels oder einer echten Beichte wurden.

»Als ich von Isabels Tod in der Zeitung las«, redete Rosenberg weiter, »hat es mich umgehauen. Nie hätte ich damit gerechnet, dass Reichweiler so skrupellos sein könnte.«

»Aber zur Polizei sind Sie immer noch nicht gegangen«, warf ich ein. »So viel Selbstbeherrschung haben Sie aufgebracht.«

»Was hätte das genutzt?« Er richtete sich auf und starrte mich an. »Mit dem Video, das Sie ja kennen, ist Reichweiler gegen jede Beschuldigung gefeit. Wer glaubt schon, dass man einen Menschen zwei Mal töten kann?«

»Ihre Feigheit hat nicht nur Isabel das Leben gekostet«, sagte ich scharf. »Auch Monetti ist tot.«

»Mein Gott!« Der Senator griff sich an den Kopf.

»Und es können noch mehr Tote werden«, sagte Pia. »Was will Reichweiler eigentlich von Ihnen?«

»Er hat noch keine konkreten Forderungen gestellt. Aber, in nächster Zeit stehen mehrere Projekte an, deren Entscheidung ich beeinflussen kann. Zum Beispiel die Privatisierung des Hafens. Die Vergabe von Aktien …«

»Geht es um die HHLA?«, fragte Pia.

Rosenberg nickte. »Die HHLA wird wahrscheinlich demnächst an die Börse gehen. Und da dieses Unternehmen wirtschaftlich und strategisch enorm wichtig ist, gibt es sehr viele Interessenten …«

»… die eine Menge tun würden, um ein solches Aktienpaket zu ergattern«, sagte Pia.

»Und warum ist diese Firma so wichtig?«, fragte ich.

Rosenberg lachte laut auf. »Der Hamburger Hafen ist der drittgrößte Europas. Und die Hamburger Hafen und Logistik AG sitzt mittendrin. Die schlagen jährlich zig Millionen Standardcontainer um und machen mit ihren Logistikfirmen, ihren Immobilien und Transportketten einen Umsatz von einer Milliarde Euro. Das ist eine richtige Cashcow.«

Ich war beeindruckt.

»Sie sind doch Privatdetektive, nicht wahr?«, wechselte Rosenberg unvermutet das Thema. Er schaute uns lauernd an. Vermutlich witterte er eine Chance, ohne große Blessuren davonzukommen. »Ich bin bereit, Sie in allem zu unterstützen. Auch finanziell. Wenn Sie Reichweiler zur Strecke bringen.«

»Da machen Sie es sich aber ziemlich einfach«, konterte ich. »Wir erwarten nämlich, dass *Sie* Reichweiler zur Strecke bringen.«

»Wie das?«

»Durch eine umfassende Aussage. Ohne Ausflüchte. Um es ganz klar zu sagen: Entweder Sie gehen freiwillig zur Polizei …«

»Oder?«

»Oder wir verkaufen die Videoaufnahme meistbietend an einen privaten Fernsehsender.«

Schweigen. Zehn Sekunden lang war nur Rosenbergs schnaufender Atem zu hören.

Dann sagte er: »Geben Sie mir Zeit bis morgen früh. Ich

möchte vorher noch einige persönliche Angelegenheiten regeln.«

Pia und ich schauten uns an.

»Einverstanden«, sagte Pia.

Wie konnte ich da widersprechen?

26

Pia Petry hat Angst vor Engeln

Auf dem Rückweg fängt es wieder an zu regnen. Ein Platzregen, der in kürzester Zeit das ganze Parkdeck unter Wasser setzt. Da mein Wagen auf der obersten Ebene im Freien steht, müssen wir die letzten Meter laufen. Außer Atem lassen wir uns auf die Sitze fallen.

Wilsberg greift nach seinem Gurt. »Glaubst du Rosenberg?«

»Keine Ahnung.« Ich streiche mir eine feuchte Haarsträhne aus dem Gesicht. »Entweder er lügt, um sich aus der Sache rauszuwinden, oder aber er sagt die Wahrheit – dann hat Reichweiler nicht nur diesen Unfall fingiert, sondern ist auch ein kaltblütiger Mörder.«

»Da ist was dran«, sagt Wilsberg nachdenklich. »Wenn Rosenberg diesen Anruf tatsächlich erhalten hat, hätte Isabel noch gelebt. Und dann hätte sie eine Zeit lang untertauchen müssen.«

»Dazu würde auch der gepackte Koffer in ihrer Wohnung passen«, stelle ich fest.

»Dann bleibt nur noch die Frage: Wer hat angerufen?«

»Auf jeden Fall ein Insider«, sage ich.

»Was hältst du von Kemmer?«, fährt Wilsberg fort. »Monetti kann es nicht gewesen sein. Dessen Stimme hätte Rosenberg wahrscheinlich erkannt. Die haben ja bei der Vorführung zusammengearbeitet.«

»Und Kemmer ist ermordet worden. Vielleicht genau aus diesem Grund. Der alte Zauberer hat Rosenberg angerufen und Rosenberg hat Reichweiler darüber informiert, dann musste Reichweiler nur noch eins und eins zusammenzählen. Und da er kein weiteres Risiko eingehen wollte, hat er

Kemmer ins Jenseits befördert beziehungsweise befördern lassen.«

Wilsberg nickt und sieht mich von der Seite an. »Findest du es eigentlich eine gute Idee, Rosenberg noch eine Galgenfrist einzuräumen?«

»Er tat mir irgendwie leid. Er hat ja nichts verbrochen. Außer dass er im falschen Moment den falschen Mann angerufen hat. Er ist doch auch nur ein Opfer. Und wenn er diese Zeit braucht, warum sollte man sie ihm nicht gewähren? Oder hast du Angst, er setzt sich ab?«

»Der Mann steht mit dem Rücken zur Wand. Sein ganzes Leben geht gerade den Bach runter.«

»Das glaube ich nicht«, sage ich. »Der ist Jurist. Irgendeine Kanzlei in Hamburg wird ihn schon nehmen. Schließlich hat er im Laufe seiner politischen Karriere eine Menge interessanter Kontakte knüpfen können. Um den müssen wir uns bestimmt keine Sorgen machen.«

Entschlossen schnalle ich mich an, drücke mit dem Ellenbogen die Türverriegelung nach unten und stecke den Schlüssel ins Zündschloss. Plötzlich hält Wilsberg mein Handgelenk fest.

»Was ist das?«

»Was ist was?«

»Dieses Geräusch?«

Regungslos sitzen wir nebeneinander und lauschen.

»Meinst du dieses Zischen?«

»Genau das.«

»Das kommt von hinten.«

Ich knie mich auf meinen Sitz und spähe hinter die Rücklehnen. Am Boden entdecke ich etwas, was definitiv nicht in meinen Wagen gehört: eine Gasflasche.

»Was fährst du denn da spazieren?«

»Die gehört mir nicht. Ich weiß nicht, wie die hier hereingekommen ist.« Fassungslos starre ich die Flasche an. »Wer macht denn so etwas? Ich meine, welcher Idiot ...?« Dann fällt mir etwas ein. »Wenn die Flasche offen ist, dann tritt Gas aus. Und wenn sie schon längere Zeit offen ist, ist unter Umständen das ganze Auto voll davon.«

Wilsberg nickt.

»Dann besteht die Gefahr einer Vergiftung. Wir müssen hier raus!«

Doch bevor meine Fingerspitzen auch nur in die Nähe des Türgriffs kommen können, legt sich Wilsbergs Hand wie eine eiserne Klammer um meinen Unterarm.

»Rühr dich nicht von der Stelle! Und fass nichts an!«

»Spinnst du?«, reagiere ich erbost auf seinen unverschämten Ton.

Hart fasst er mich an beiden Schultern und dreht meinen Oberkörper zu sich, sodass wir uns direkt in die Augen sehen.

»Wenn der Wagen voll Gas ist, besteht die Möglichkeit, dass wir in die Luft fliegen.«

»Solange du dir kein Zigarillo anzündest, wird schon nichts passieren.«

»Der kleinste Funke genügt. Und wenn der Wagen anspringt, dann gibt es einen Funken. Verstehst du?«

»Ich bin ja nicht blöd«, antworte ich gereizt.

Er lässt mich los, beugt sich zwischen den beiden Rücklehnen nach hinten und dreht die Gasflasche zu. Das Zischen hört auf.

»Ich wollte den Wagen nicht starten, ich wollte einfach nur aussteigen«, rechtfertige ich mich.

»Du hast die Türen verriegelt, Pia. Wenn du sie jetzt öffnest, können wir ebenfalls in die Luft fliegen. Ein Fünkchen genügt.«

»Als wir eingestiegen sind, ist doch auch nichts passiert.«

»In der Zwischenzeit ist aber jede Menge Gas ausgeströmt. Ich würde das nicht riskieren.«

»Und was, wenn wir längst an einer Vergiftung gestorben sind, bevor der Wagen in die Luft fliegt?«

»Das müssen wir wohl oder übel in Kauf nehmen.«

»Was ist mit den Fenstern?«, schlage ich vor.

»Der Wagen hat elektrische Fensterheber, die zu betätigen, ist viel zu gefährlich.«

»Was macht dich so sicher?«

»Ich habe erst kürzlich in der Zeitung von einem ähnlichen Fall gelesen. Der Mann saß stundenlang in seinem Auto, bevor die Feuerwehr ihn befreien konnte.«

»Dann rufen wir eben die Feuerwehr an.«

Ich krame in meiner Tasche nach dem Handy. Als ich es in der Hand halte, fällt mir wieder ein, dass es bei dem kleinen Handgemenge vor dem Hanse-Theater eine unschöne Bruchlandung gemacht und seither keinen Pieps mehr von sich gegeben hat.

»Meins ist kaputt. Du musst telefonieren.«

Wilsberg schüttelt den Kopf. »Sorry. Aber ich habe so oft versucht, Anna zu erreichen, dass mein Akku leer ist.«

Das wird ja immer schöner. Der Regen trommelt heftig auf das Autodach. Und mir ist kalt. Meine Füße stecken in dünnen Lederstiefeln. Und meine feuchte Jacke wärmt auch nicht gerade.

»Wir wissen doch gar nicht, um welches Gas es sich handelt und wie lange es ausgeströmt ist«, sage ich. »Was, wenn es Helium ist? Dann kriegen wir eine Piepsstimme, und wenn wir lange genug warten, steigt der Wagen in die Luft und fliegt mit uns davon.«

»Ich glaube nicht, dass es sich um Helium handelt«, sagt Wilsberg.

»Wieso?«

»Weil ich eine Idee habe, wer die Flasche hier deponiert haben könnte.«

Erstaunt sehe ich ihn an.

»Als ich mit Franka vor deiner Haustür gewartet habe, hat sich so ein Typ an deinem Auto zu schaffen gemacht.«

»Wie hat er ausgesehen?«

»Nicht sehr groß, schmal, dunkle Haut. Ein Latino, glaube ich.«

»Miguel!«, rufe ich.

»Miguel?«

»Mein Tanzpartner, mit dem zusammen ich die Leiche gefunden habe«, erkläre ich. »Aber wenn die Flasche schon seit heute Morgen im Auto liegen würde, hätten wir das doch gemerkt.«

»Vielleicht habe ich diesen Miguel ja heute Morgen gestört. Und er ist uns gefolgt und hat die Flasche dann hier auf dem Parkplatz in den Wagen gelegt«, sagt Wilsberg.

»Wenn es überhaupt Miguel war«, erwidere ich.

»Auf jeden Fall bin ich mir ziemlich sicher, dass diese Gasflasche hinter uns kein Joke ist. Sondern der perfide Versuch, uns in die Luft zu jagen. Wer immer uns dieses Ei gelegt hat, hat mit ziemlicher Wahrscheinlichkeit etwas mit Isabels Ermordung zu tun. Deshalb ist es vermutlich kein Helium.«

»Du meinst, es handelt sich um Butan- oder Propangas, wie es die Camper zum Grillen benutzen?«

Wilsberg nickt.

»Das heißt, wir haben jemanden rebellisch gemacht. Wir sind ihm zu nah auf die Pelle gerückt!«

Mein Kollege sieht mich von der Seite an. »Was heißt hier ›wir‹? Ich kenne diesen Miguel nicht. Also bist wahrscheinlich du ihm zu nahe auf die Pelle gerückt. Wann hast du ihn das letzte Mal gesehen?«

»Als ich mit Juanita gesprochen habe. Kurz vorher habe ich ihn …«

»Juanita?«, fragt Wilsberg.

»Die Chefchoreografin im *Cucaracha.* Sie ist mit Miguel

liiert und hat mir erzählt, dass er eigentlich in Isabel verliebt war. Und dass Isabel auf Kuba anschaffen gegangen und nach Deutschland geflüchtet ist, weil sie von ihrem Zuhälter ständig verprügelt wurde. Miguel hat sich anscheinend nach Isabels Tod sehr zu seinem Nachteil verändert, neigt zur Brutalität. Wenn ich Juanitas Andeutungen richtig interpretiere, hat er sie sogar vergewaltigt.«

»Ach. Wie lange weißt du das schon?«

»Keine Ahnung. Schon eine ganze Weile.«

»Super. Du bist wirklich eine tolle Partnerin. Das verstehst du also unter Zusammenarbeit? Gibt es vielleicht noch mehr Erkenntnisse, von denen du mir nichts erzählt hast?«, wird Wilsberg jetzt laut.

Sein Ton gefällt mir nicht. »Ich habe dir die Infos doch nicht mit Absicht vorenthalten. Ich habe es schlicht und ergreifend vergessen. In den letzten Tagen ist so viel passiert ...«

»Ja klar«, sagt er und wendet sich beleidigt ab.

Da kann ich dir jetzt auch nicht helfen, denke ich. Und unternehme keine weiteren Versuche, ihn zu befrieden.

Schweigend beobachten wir die Regentropfen, die vom böigen Wind gegen die Glasscheiben getrieben werden. Der Regen wird auch noch vom Himmel fallen, wenn wir längst ohnmächtig sind oder der Wagen explodiert ist und die geborstenen Trümmer und unsere verkohlten Überreste über den ganzen Parkplatz verstreut liegen. Er wird das Feuer löschen, falls die Feuerwehr und die Polizei ihm genügend Zeit dazu lassen.

Wilsberg atmet tief durch. »Verdammt«, sagt er. »Ich will nicht sterben. Nicht hier und nicht jetzt und nicht so.«

»Du wirst schon nicht sterben. Es sterben immer nur die, um die es schade ist.«

»Danke schön. Ich wollte eigentlich das Thema wechseln und den Ton.«

»Sorry. – Aber ich habe eine Idee.«

»Ja?«, fragt er hoffnungsvoll.

»Wir drücken die Windschutzscheibe raus.«

Wilsberg schnalzt anerkennend mit der Zunge. »Das ist nicht schlecht, das wäre machbar. Allerdings gibt es auch da ein Problem.«

»Das wäre?«

»Hat der Wagen eine Alarmanlage?«

»Ist das wichtig?«

Er zieht die Augenbrauen hoch.

»Lass mich raten«, sage ich. »Der berühmte Funke?«

Er nickt. »Genau der.«

»Ehrlich gesagt, weiß ich es nicht. Ich habe den Wagen gebraucht gekauft. Aber wenn ich so darüber nachdenke, dann glaube ich, er hat keine.«

Wilsberg verdreht die Augen. »Glauben ist in diesem Zusammenhang ein bisschen vage. Meinst du nicht?«

Eine Weile überlegen wir hin und her. Da sich auf den Seitenfenstern keine Hinweisschilder auf ein Sicherheitssystem befinden, das Auto ein älteres Modell und von der Ausstattung her nicht unbedingt zu der Kategorie gehört, die für Autodiebe interessant ist, entscheiden wir uns, mutig und verfroren, wie wir sind, uns von der Frontscheibe zu trennen. Wir stemmen unsere Füße gegen das Glas und Wilsberg zählt bis drei. Sechs Anläufe brauchen wir, bis die Scheibe anfängt zu knirschen. Am oberen Rand entsteht ein Riss, der quer über die Front verläuft. Dann springt die rechte untere Ecke aus der Halterung. An einer statisch wichtigen Stelle seines Halts beraubt, gerät das Glas in Schieflage, löst sich aus den restlichen drei Ecken, sodass wir es für Sekundenbruchteile frei schwebend auf den Sohlen balancieren, und beginnt dann, seitlich wegzukippen. Fast zeitgleich stoßen wir zu. Die Scheibe rutscht von unseren Füßen, schlittert über die Motorhaube und landet krachend auf dem asphaltierten Boden des Parkplatzes.

Völlig ruhig, fast starr bleiben wir im Auto sitzen. So als warteten wir auf etwas, als horchten wir auf das Unausweichliche, das sich Zeit lässt, uns hinhält und narrt, um in dem Augenblick zuzuschlagen, in dem wir uns in Sicherheit wähnen. Doch außer den Regentropfen, die der Wind jetzt in das Innere des Wagens wirbelt, außer der kalten Luft, die ungehindert an meinen Haaren zerrt und mir die Tränen in die Augen treibt, ist keine Veränderung feststellbar.

»Hast du einen Knall gehört?«, frage ich.

»Nein.«

»Siehst du hier irgendwelche Wesen mit langen blonden Haaren, wallenden Gewändern und großen weißen Flügeln?«

»Nein, auch keine schwarz gekleideten Herren mit kleinen Hörnchen auf dem Kopf.«

»Gut, das beruhigt mich.«

Wilsberg lächelt mich liebevoll an. »Scheint so, als hätten wir es überlebt.«

»Scheint so«, sage ich und steige aus.

27

Wilsberg beißt auf Granit

Ich hielt es für keine gute Idee, aber Pia war nicht davon abzubringen. Sie wollte unbedingt und sofort zu Miguel und ihn zur Rede stellen. Dass jemand, der gerade eine geöffnete Gasflasche in einem Auto platziert hatte, sich vor einem unbewaffneten Detektivpaar nicht zu Tode erschrecken würde, ließ sie nicht gelten. Sie vertraute auf ihr Reizgas und vermutlich, obwohl sie es nicht erwähnte, darauf, dass mir im entscheidenden Moment etwas einfallen würde. Ich war da skeptischer. Doch mit dem Argument, dass sie eben allein fahren würde, falls ich nicht mitkäme, entschied Pia die Diskussion für sich und das Risiko.

Ein Taxi brachte uns ins Schanzenviertel. Widerwillig schaute ich aus dem Fenster. Der Regen hatte nachgelassen, aber der Himmel war immer noch grau verhangen. Kein Wetter, um das Schicksal herauszufordern. Einmal Todesangst pro Tag sollte in meinem Alter eigentlich reichen.

»Woran denkst du?«, fragte Pia.

»An die Unvernunft der Frauen.«

»Ich habe mit ihm getanzt. Ich habe ihn vor der Polizei beschützt. Ich will wissen, warum er das getan hat.«

»Verstehe«, sagte ich. »Hoffentlich erklärt er uns das, bevor er sein Messer zieht.«

»Du …«

»Schon gut«, würgte ich sie ab. »Wir haben ja heute unseren Glückstag.«

Der Taxifahrer setzte uns auf der Stresemannstraße ab. Pia führte mich in eine schmale Seitenstraße. »Isabel hat dort drüben gewohnt.«

Sie zeigte auf ein, abgesehen von den Schmierereien am

Sockel, grünes Jugendstilhaus. »Miguel muss in einem der Nachbargebäude wohnen.«

Von irgendwo näherte sich Sirenengeheul. Wir passierten eine Toreinfahrt und hörten eine Stimme, die etwas brüllte. Pia und ich blieben gleichzeitig stehen. Die Stimme, die durch den Widerhall des Innenhofes hinter der Einfahrt verstärkt wurde, kannten wir beide nur zu gut.

»Lademann«, sagte ich.

Wir liefen durch den Torbogen, vorbei an Fahrrädern und Graffiti. Der kleine Innenhof diente in erster Linie als Abstellplatz für Müllsäcke, ein einziges, kümmerliches Bäumchen kämpfte dazwischen um Licht und Leben. Wir blickten nach oben. Lademann stand an einem Fenster im zweiten Stock und redete auf einen Mann ein, der außen an der Hauswand klebte.

»Miguel«, erklärte Pia.

Der Mauervorsprung, auf dem Miguel balancierte, bot ausreichend Platz für eine Taube oder eine tollkühne Katze. Für Menschen war er viel zu schmal. Ich spürte, dass meine Fußsohlen kribbelten. Schon vom bloßen Hinsehen bekam ich Höhenangst.

»Scheiße«, murmelte Pia. Und lauter: »Miguel! Bist du verrückt?«

Mit angstverzerrtem Gesicht starrte er zu uns herab. »Pia!«

Ich bemerkte, dass seine Beine zitterten.

»Nicht nach unten gucken!«, rief Pia. »Drück dich gegen die Wand!«

Lademann wedelte mit dem Arm. »Verschwinden Sie da!«

»Wir kommen rauf.« Bevor der Hauptkommissar etwas erwidern konnte, rannte Pia los. Und ich hinterher.

Vor dem Haus stoppten gerade zwei Streifenwagen. Die Haustür war nicht verschlossen. Wir stürzten die Treppe hinauf. Im zweiten Stock mussten wir nicht lange suchen, eine der Wohnungstüren hing nur noch auf dem unteren

Zapfen. Wir drückten uns an dem demolierten Türblatt vorbei und kamen in einen schmalen, mit Kisten und anderem Gerümpel vollgestellten Flur. Rechts eine große Küche mit Bergen von schmutzigem Geschirr, links ein Zimmer mit Bett und Schreibtisch. Es roch nach Männer-WG. Das zweite Zimmer auf der rechten Seite schien Miguel zu gehören, Lademann und Petersen standen vor dem einzigen Fenster. Als sie uns hörten, drehte sich Lademann kurz um und zischte seinem Untergebenen einen Befehl zu.

Petersen kam uns mit ausgebreiteten Armen entgegen. »Sie dürfen hier …«

»Weg da!«, fauchte Pia ihn an.

Resigniert ließ der junge Kriminalbeamte die Arme sinken. Ich tat ihm den Gefallen und blieb in der Mitte des Raumes stehen. Am Fenster war ohnehin nur Platz für zwei.

Zwischen Pia und Lademann entspann sich ein kurzer Wortwechsel, in dem Pia behauptete, erheblich geeigneter zu sein, Miguel zur Rückkehr in die Wohnung zu bewegen. Lademann schnaubte ein paarmal und gab dann nach: »Meinetwegen. Versuchen Sie es!«

Ich lächelte Petersen an. »Warum haben Sie nicht geklopft, bevor Sie die Tür eingetreten haben?«

»Das haben wir.«

»Aber irgendetwas muss Miguel heftig verschreckt haben.«

»Wahrscheinlich die Aussicht, wegen Mordes angeklagt zu werden.«

»Er war es also?«

»Ich kann …«

»Sie dürfen mir nichts sagen, schon klar.« Ich schaute mich um. Über dem Bett, das an der Seitenwand stand, hingen Fotos. Aufnahmen im Postkartenformat, die mit Heftzwecken an der Tapete befestigt waren.

Petersen registrierte meinen Blick. »Fassen Sie bloß nichts an! Am besten …«

»Petersen!«, knurrte Lademann.

»Ja, Chef?«

»Wo bleibt die verdammte Feuerwehr? Die sollen endlich ein Scheißsprungtuch aufspannen.«

Petersen drehte sich um. »Die müssen jeden Moment hier sein.«

»Wir haben keine Zeit mehr. Der Typ ist am Ende.«

Ich trat näher an die Fotos heran. Sie waren offenbar in Kuba entstanden, im Hintergrund konnte ich ärmliche Häuser mit abblätternden, pastellfarbenen Hausanstrichen oder Palmen erkennen. Im Vordergrund Isabel Ortega, mal allein, mal mit Freundinnen. Auf einem Foto hatte Miguel sie besitzergreifend an sich gezogen und grinste breit in die Kamera.

Petersen zog mich zurück. »Habe ich nicht gesagt …«

Ich zeigte auf die Fotos. »Ist das das Mordmotiv? Eifersucht?«

»Sieht so aus. Vermutlich hat Miguel Lopez von Isabels Affäre mit Reichweiler erfahren. Zwei Haare, die wir an Isabels Leiche gefunden haben, konnten wir eindeutig Lopez zuordnen.«

»Und wie sind Sie auf Miguel gekommen?«

»Wir haben alle Leute aus Isabels Umfeld überprüft, auch ihre Kollegen mussten Speichelproben abgeben. Und das Ergebnis war eindeutig.«

»Petersen!«, brüllte Lademann. »Was treiben Sie da?«

»Nichts«, sagte ich.

»Halten Sie endlich die Klappe!«, fauchte Pia den Hauptkommissar an. Dann beugte sie sich wieder aus dem Fenster. »Nur noch drei Schritte, Miguel. Komm, das schaffst du! Ja, so ist es gut.«

»Lassen Sie mich mal ran!« Lademann schob Pia zur Seite und streckte seinen Arm aus. »Greif nach meiner Hand, Junge! … Okay, ich habe dich.«

Ein Schrei. Lademann wurde nach vorn gerissen und landete mit dem Bauch auf dem Fensterbrett. Dann ein dumpfer Aufprall.

»Scheiße! Scheiße!«, kam es von Lademann.

»Miguel!« Pia zwängte sich neben den Kripomann. »Miguel!«

Noch ein Schrei. Ein Schmerzensschrei diesmal, der in ein Stakkato von Schmerzlauten überging. Miguel lebte.

»Einen Krankenwagen!« Lademann gewann seine Form zurück. »Muss ich mich denn um alles selber kümmern, Petersen?«

»Ist angefordert, Chef.«

Ich ging zu Pia und legte ihr einen Arm um die Schulter.

»Er ist Gott sei Dank auf die Müllsäcke gefallen«, flüsterte Pia.

»Schaffen Sie diese Leute raus!« Lademann winkte den beiden uniformierten Polizisten, die in der Zimmertür standen. »Die haben hier nichts verloren.«

Ich wandte mich zu ihm um. »Sie haben nicht zufällig seine Hand losgelassen? Um das Problem aus der Welt zu schaffen?«

»Lecken Sie mich, Wilsberg! Sie sind längst nicht aus dem Schneider. Für den Mord an Kemmer habe ich Anna Ortega zur Fahndung ausgeschrieben. Und Sie kommen immer noch als Komplize infrage.«

Während der Taxifahrt schwiegen wir beide. Daraus, dass sie dem Taxifahrer als Ziel ihre Wohnungsadresse genannt hatte, schloss ich, dass Pias Bedarf an Aufregung vorläufig gedeckt war. Mir kam das sehr entgegen. Für den Rest des Nachmittags und den Abend hatte ich keine weiteren Pläne, als auf Pias Sofa zu sitzen und vielleicht das eine oder andere Glas Rotwein zu leeren. Nach der Nacht in Polizeigewahrsam und den Ereignissen des bisherigen Tages fühlte ich mich so schlapp wie ein Fahrradschlauch, der Bekanntschaft mit einem Haufen Glasscherben gemacht hat. Und Pia erging es offenbar nicht anders.

»Ich verstehe das nicht«, sagte sie leise. »Dieser Typ soll mir eine Gasflasche ins Auto gelegt haben? Hast du seine Augen gesehen? Wie er mich angeguckt hat? Das passt doch nicht zusammen.«

Ich zuckte mit den Schultern. »Er hatte Angst um sein Leben. Wahrscheinlich wollte er sich nicht umbringen, sondern flüchten, als die Polizei an die Tür geklopft hat. Ist kopflos aus dem Fenster geklettert und merkte plötzlich, dass es kein Vor und Zurück gab. In solchen Situationen werden auch Mörder zu hilflosen, mitleiderregenden Wesen.«

»Ich kann mir nicht vorstellen, dass er mich töten wollte.«

»Aber er hat es versucht. Zumindest ist Miguel derjenige, den ich heute Morgen neben deinem Auto gesehen habe.«

Das Taxi hielt auf der Husumer Straße und wir stiegen die Treppe zu Pias Wohnung hinauf. Sie nahm den Schlüssel aus der Tasche und wollte ihn ins Türschloss stecken, als sie plötzlich verharrte.

»Was ist?«, fragte ich.

Sie legte den Zeigefinger vor den Mund. »Sie könnten noch drin sein.«

Jetzt sah ich es auch. Die Kratzer neben dem Schloss deuteten darauf hin, dass es aufgebrochen worden war. Pia stieß mit der Fingerspitze gegen das Holz, die Tür schwang widerstandslos ein paar Zentimeter nach innen.

»Wir sollten die Polizei anrufen«, flüsterte ich.

Pia lauschte. »Ich höre nichts.«

»Aber …«

»Die können mich mal.« Sie schlug so fest gegen die Tür, dass diese gegen die Wand krachte. »Die Polizei ist unterwegs.« Selbst im letzten Winkel der Wohnung musste ihre Stimme zu vernehmen sein. »Wer auch immer hier ist, sollte lieber keinen Gedanken daran verschwenden, seinen Arsch zu retten.«

Niemand antwortete.

Der oder die Einbrecher waren längst verschwunden. Und sie hatten gefunden, was sie gesucht hatten: Die DVD mit den Aufnahmen aus dem Zauberclub war ebenso weg wie die Computerfestplatte, auf der Pia das Standfoto gespeichert hatte. Alles andere hatten die Eindringlinge gründlich durchsucht. Die Fußböden sämtlicher Räume waren übersät mit dem Inhalt von Schubladen und Regalen. Einiges war mutwillig zerstört worden. Das reinste Chaos.

»Verdammte Scheiße!« Pia wischte sich mit dem Handrücken über die Augen. »Ich habe keinen Bock mehr.«

»Die sind uns immer einen Schritt voraus«, stimmte ich zu. »Es war einfach zu blöd von uns, die Sachen hierzulassen. Wir hätten sie in ein Schließfach bringen sollen.«

»Tolle Idee, Georg.« Sie ließ sich auf das Sofa fallen. »Warum bist du nicht früher darauf gekommen?«

»Polizei! Drehen Sie sich um! Ganz langsam!«

Ich drehte mich um.

In der Tür standen zwei uniformierte Polizisten, die ihre Pistolen auf uns richteten.

»Was machen Sie hier?«, fragte der Wortführer der Dunkelblauen.

»Ich wohne hier«, antwortete Pia. »Obwohl es im Moment nicht so aussieht.«

»Können Sie sich ausweisen?«

»Natürlich kann ich das.« Pia stand auf und griff zu ihrer Handtasche.

»Nicht so schnell!«, fuhr der Polizist sie an.

»Aber das ist doch Frau Petry.« Ein schwabbeliger Endfünfziger mit rudimentärem Haarwuchs, der seinen Körper in einem Ballonseidenanzug ausführte, schob sich zwischen den Polizisten hindurch. »Tut mir leid wegen der Unannehmlichkeiten, Frau Petry. Ich habe die aufgebrochene Tür gesehen und die Polizei alarmiert. Das war doch in Ihrem Sinne, oder?«

»Das war sehr umsichtig von Ihnen, Herr Rebbelmeier«, sagte Pia mit eiskaltem Lächeln.

Ein wenig enttäuscht über die entgangene Festnahme, steckten die Polizisten ihre Pistolen in die Holster zurück. »Ich nehme an, Sie wollen Anzeige erstatten?«, erkundigte sich der Wortführer geschäftsmäßig.

»Nein, das möchte ich nicht. Vielen Dank für Ihre Bemühungen.«

Auf der Stirn des Polizisten kräuselte sich ein Fragezeichen. »Und die Verwüstung? Kennen Sie etwa denjenigen, der das getan hat?«

»Wenn Sie jetzt bitte gehen würden!« Pias Nerven lagen blank.

Rebbelmeier verfolgte den Abgang der Polizisten mit einem jovialen Grinsen, das noch anhielt, als er sich Pia zuwandte. »Falls Sie Hilfe brauchen …« Er rieb seine fleischigen Hände. »Beim Aufräumen, meine ich.«

»Sie auch!«

»Was?«

»Gehen! Machen Sie die Tür von außen zu! Soweit das möglich ist.«

Der Ballonseidenträger schloss sich der Karawane der Beleidigten und Gekränkten an.

Als wir unter uns waren, sagte ich: »Dieser Rebbelmeier …«

»Die größte Nervensäge weit und breit.«

»… stand vor ein paar Tagen im Hauseingang auf der anderen Straßenseite. Als ich dich angerufen habe, weil ich dachte, er sei einer von Reichweilers Leuten.«

»Richtig, Georg. Hat dir die Nacht auf meiner Couch nicht gefallen?«

Ich steckte die Spitze weg. »Ernsthaft, Pia: Ich sollte

hierbleiben. Die könnten noch mal zurückkommen. Und die Tür lässt sich nicht verriegeln.«

»Ich werde einen Schrank vor die Tür schieben.«

»Der lässt sich doch ganz einfach zur Seite drücken«, widersprach ich.

Ihre Stimme bekam einen hysterischen Unterton. »Hast du es immer noch nicht begriffen? ICH WILL ALLEIN SEIN. VERDAMMT NOCH MAL!«

Meine Lebenserfahrung sagte mir, dass jede weitere Diskussion zwecklos war.

Pia riss sich zusammen, bis ich die Wohnungstür erreichte. Dann hörte ich ihr Schluchzen.

28

Pia Petry hört Nachrichten

Am nächsten Morgen werde ich von meinem Radiowecker aus dem Schlaf gerissen. Es ist acht Uhr und Radio Hamburg sendet die Nachrichten. Aus weiter Ferne dringt die Stimme des Sprechers an mein Ohr und ich bin kurz davor, wieder einzuschlafen. Da fällt ein Name: ROSENBERG.

... Rosenberg verunglückte in den frühen Morgenstunden auf der Willy-Brandt-Straße. Aus ungeklärter Ursache verlor der Wirtschaftssenator die Kontrolle über seinen Wagen und raste ungebremst gegen einen Brückenpfeiler. Rosenberg starb noch am Unfallort ...

Ich sitze senkrecht im Bett. Was?

Rosenberg ist tot.

Meine erste Reaktion ist Entsetzen, meine zweite ein massives Schuldgefühl. War das mein Fehler? Hätte ich ihm keine Galgenfrist einräumen dürfen? Hat er mit den persönlichen Angelegenheiten, die er noch regeln wollte, seinen Freitod gemeint, oder habe ich seinem Mörder genau die Zeit verschafft, die er brauchte, um den Politiker aus dem Weg zu räumen? Vielleicht war es ja tatsächlich ein Unfall, versuche ich mir einzureden. Doch das glaube ich nicht.

Ich schwinge die Beine über die Bettkante, stehe auf und setze mich gleich wieder hin. Das Chaos in meiner Wohnung habe ich völlig vergessen. Zwar habe ich gestern noch notdürftig aufgeräumt, aber immer noch stapeln sich jede Menge Bücher auf dem Boden. Auch liegen aufgeschlitzte Polster und Kissen herum und einiges ist zu Bruch gegangen, von dem ich hoffe, dass man es wieder kleben, flicken oder sonst wie reparieren kann. Meine zertrümmerten Schätze habe ich zu kleinen kläglichen Häufchen auf dem Teppichboden sortiert. Ihr Anblick ist zutiefst deprimierend. Obwohl ich sicher bin, dass die Einbrecher relativ schnell gefunden haben, was sie suchten, sind sie wie die Vandalen über meine Wohnung hergefallen. Aus reiner Bosheit.

Arschlöcher, sage ich leise und hebe eine Glasscherbe auf, die meinem Staubsauger gestern Abend entgangen ist. Nachdenklich betrachte ich das funkelnde Stückchen Glas. Wer hat mir diese DVD geschickt? Und wer hat sie geklaut?

Ich muss telefonieren, denke ich und krame mein Handy aus der Tasche. Ein nagelneues Nokia, das ich mir gestern Abend noch am Hauptbahnhof besorgt habe. Die alte SIM-Karte ist Gott sei Dank noch intakt, sodass es kein Problem ist, Wilsbergs Nummer zu finden.

Gegen zehn Uhr komme ich ins Büro. Von Cornfeld ist weit und breit nichts zu sehen. Dafür klingelt das Telefon, kaum dass ich meinen Mantel aufgehängt habe.

»Detektei P-Quadrat, Pia Petry, guten Tag.«

»Wo ist Herr Cornfeld?«, bellt mir jemand ins Ohr.

»Das weiß ich nicht …«

»Dann richten Sie ihm bitte Folgendes aus: ER IST ENTLASSEN! Er sollte heute Morgen Herrn Gerassimov zu einem wichtigen Termin beim Bürgermeister bringen. Und er ist nicht erschienen. Herr Gerassimov kam eine Viertelstunde zu spät. Das ist eine Katastrophe und wird ein Nachspiel haben. Und den Cayenne, den bringt Ihr Kollege auch zurück. Und zwar noch heute!«

Ich vernehme ein dumpfes Geräusch und anschließend den mir nur zu bekannten Dauerpiepston. Der gute Mann hat aufgelegt. Scheiße, denke ich. Das hört sich nicht gut an.

Ich gehe in mein Büro. Zu meiner Überraschung entdecke ich auf meinem Schreibtisch einen Computerausdruck, an dem ein Post-it mit einer Notiz von Cornfeld klebt. Offenbar ist er zwischenzeitlich hier gewesen und hat sogar Zeit gefunden, ein bisschen zu arbeiten. Angesichts seines turbulenten Privatlebens ausgesprochen erstaunlich. Allerdings brauche ich eine Weile, bis ich seine Schrift entschlüsselt habe: *Der Knochen stammt von einem Komodowaran*, steht da. *Infos anbei.* Dann sehe ich mir den Ausdruck an.

aus Wikipedia, *der freien Enzyklopädie:*

Komodowaran
Klasse: Reptilien (Reptilia)
Ordnung: Schuppenkriechtiere (Squamata)
Familie: Warane (Varanidae)
Gattung: Warane (Varanus)
Art: Komodowaran
Wissenschaftlicher Name: Varanus komodoensis (Ouwens, 1912)

Der Komodowaran ist die größte lebende Art der Echsen (Unterordnung Lacertilia). Er kommt nur auf einigen zu Indonesien gehörenden Inseln vor. Zum Schutz der Art wurde 1980 der Komodo-Nationalpark gegründet.
Der Komodowaran wird bis zu drei Meter lang. Mit leerem Magen wird er zwar selten schwerer als 50 kg; da er aber in kurzer Zeit bis zu 80 Prozent seines Körpergewichts an Nahrung aufnehmen kann, sind in vollgefressenem Zustand Gewichte um 100 kg möglich. Er hat einen schweren graubraunen bis olivgrünen Körper, einen langen, dicken Schwanz und gut entwickelte Gliedmaßen mit klauenartigen Nägeln. Die Zähne sind groß und spitz, die Zunge ist gegabelt und kann schnell aus dem Maul herausgestreckt und wieder eingezogen werden. Trotz seiner Größe ist er ein guter Kletterer, der sich sowohl auf dem Land als auch im Wasser, in dessen Nähe er oft lebt, schnell fortbewegen kann. Er kann eine Geschwindigkeit

von bis zu rund 30 km/h erreichen. Seine Lebensdauer wird auf 30 bis 50 Jahre geschätzt. Komodowarane haben einen äußerst unangenehmen Eigengeruch, der auf faulende Aasreste in ihrem Maul zurückgeführt wird.

Handschriftlich hat Cornfeld noch ein paar Anmerkungen hinzugefügt:

Giftiger Speichel enthält Bakterien, die Wundbrand oder Blutvergiftung auslösen. Wird ein Mensch gebissen, müssen die betroffenen Gliedmaßen meistens amputiert werden. Bestand bedroht. Durch innenpolitische Probleme Indonesiens vielerorts Vernachlässigung von Naturschutzgesetzen. Mit dem Ergebnis, dass in großem Ausmaß gewildert und geplündert wird.

Perplex starre ich auf den Zettel. Das klingt nicht so, als könne dieser Waran die Taube oder das Kaninchen in einer Zaubershow ersetzen. Auch wenn Rosenberg behauptet hat, die Magier dieser ominösen Zauberloge liebten das Ausgefallene und Exotische, werden sie wohl kaum ihr Leben oder das ihrer Assistentinnen riskieren. Oder ist das der eigentliche Kick? Zaubertricks mit gefährlichen Tieren? Und wenn sie zu gefährlich werden, müssen sie entsorgt werden. Deshalb die leeren Käfige und der stinkende Abfall.

Ein Geräusch an der Wohnungstür reißt mich aus meinen Gedanken. Ich laufe in den Flur und stehe Cornfeld und Anna gegenüber, die gerade hereingekommen sind.

»Schön, dass Sie auch schon da sind«, schnauze ich meinen Assistenten an.

»Wir haben …«

»Sie sollten heute Morgen Herrn Gerassimov abholen.«

Cornfeld schnappt nach Luft. »Ich habe seinen Bodyguard angerufen und ihm auf der Mailbox hinterlassen, dass ich einen Unfall hatte, ins Krankenhaus muss und heute Morgen nicht zur Verfügung stehe.«

»Sie hatten einen Unfall?«

Verlegen betrachtet er seine Schuhspitzen. Und Anna, die hinter ihm steht, wird tatsächlich rot. Zumindest kommt es mir so vor.

Ich atme einmal tief durch. »Der Unfall war ein Zusammenstoß und hat in Ihrem Bett stattgefunden«, sage ich und merke, dass ich richtig sauer werde. »Das kann doch wohl nicht sein, dass wir wegen Ihrer Libido den einzig lukrativen Auftrag, den wir zurzeit haben, verlieren!«

»Anna ging es nicht so gut«, erwidert Cornfeld. »Da habe ich …«

Es klingelt. Cornfeld nutzt seine Chance und läuft zur Tür. Kurze Zeit später kehrt er mit Wilsberg zurück.

»Na prima. Da wären wir ja wieder alle versammelt«, sage ich und gehe in mein Büro.

»Dicke Luft?«, fragt Wilsberg und folgt mir genauso wie Cornfeld und Anna.

»Anna hat die Nacht in Cornfelds Bett verbracht«, kann ich mir nicht verkneifen, Wilsberg ins Bild zu setzen. »Und zwar mit Cornfeld. Was dazu geführt hat, dass er heute Morgen leider vergessen hat, Herrn Gerassimov zum Bürgermeister … Was will der eigentlich beim Bürgermeister?«

»Geschäfte«, sagt Cornfeld.

»Was für Geschäfte?«, fragt Wilsberg.

»Ich glaube, es geht um irgendwelche Aktien.«

»Und was hat der Bürgermeister damit zu tun?«, will ich wissen.

»Es ist immer gut, wenn man Politiker auf seiner Seite hat. Die können einem bei vielen Geschäften von Nutzen sein«, doziert Cornfeld. »Der Bürgermeister, der Wirtschaftssenator …«

»Der ist tot«, sage ich.

»Der ist tot?«, fragt Cornfeld erstaunt.

»Ja. Der hat sich totgefahren. Das kam heute Morgen in den Nachrichten. Aber da lagen Sie nach der anstrengenden Nacht wahrscheinlich noch im Tiefschlaf …«

»Damit haben wir unseren wichtigsten Zeugen verloren«, stöhnt Wilsberg: »Diese ganze Farce mit Isabel hat Reichweiler doch nur inszeniert, um Rosenberg unter Druck zu setzen.«

»Was heißt hier Farce? Dieses Schwein hat meine Schwester umgebracht!«, geht Anna hoch.

»Hat er wahrscheinlich nicht.« Ich erzähle ihr, was wir gestern noch herausgefunden haben.

Und dann passiert etwas Seltsames: Anna lächelt.

»Was macht Sie so glücklich?«, frage ich irritiert.

»Wenn Isabel bei der Zaubervorführung nicht gestorben ist, dann trägt mein Mann keine Schuld an ihrem Tod.«

»Es ist doch gar nicht sicher, dass Ihr Mann dabei war.«

Sie nickt heftig. »Ich habe ihn gesehen. Auf dem Film.«

»Wo?«, fragen Wilsberg und ich fast gleichzeitig.

»Der Mann aus dem Publikum, den der Zauberer auf die Bühne gebeten hat, um die Knoten zu überprüfen, das war mein Mann.«

»Der ist mir gar nicht aufgefallen«, sagt Wilsberg.

»Wenn sie an dem Abend nicht gestorben ist, sondern erst einen Tag später, wer hat sie dann umgebracht?«, fragt Anna.

»Die Polizei glaubt, dass es Miguel war. Ein Kollege von Isabel …«

»Miguel Lopez?«, unterbricht mich Anna. Sie starrt mich mit großen Augen starrt an.

»Ja«, sage ich. »Kennen Sie ihn?«

»Natürlich. Aus Kuba. Aber Miguel würde Isabel nie im Leben etwas antun. Sie kennen sich seit vielen Jahren. Das glaube ich nicht.«

»Die Kripo sieht das anders. Miguel ist gestern bei der

Flucht vor der Polizei aus einem Fenster gestürzt. Und liegt jetzt im Universitätsklinikum Eppendorf ...«

Anna scheint mir nicht mehr zuzuhören. Sie sitzt auf meiner kleinen schwarzen Couch und starrt vor sich hin. Als würde sie über irgendetwas ganz intensiv nachdenken.

»Anna«, sage ich und greife nach ihren Händen. »Anna. Ich muss Ihnen noch etwas sagen.«

Sie sieht hoch und mich an. Aber eigentlich sieht sie durch mich hindurch.

»Anna«, sage ich und nehme innerlich Anlauf. »Anna, Isabel war schwanger, als sie starb.«

Ihr Blick ist immer noch auf unendlich gestellt. Und dann scheint das, was ich gerade gesagt habe, langsam in ihr Bewusstsein vorzudringen. Ihre Augen füllen sich mit Tränen.

»Anna«, sage ich. »Könnte Miguel der Vater sein?«

Doch ich bekomme keine Antwort. Sie schlägt sich die Hände vor das Gesicht und schluchzt laut auf.

Während der Taxifahrt zu Reichweilers Büro stehen Wilsberg und ich immer noch unter dem Eindruck von Annas Gefühlsausbruch. Sie hat sich auf der Toilette eingesperrt, laut geweint und weder auf unser Rufen noch auf unser Klopfen reagiert. Selbst Cornfeld konnte sie nicht dazu bringen, herauszukommem. Also haben wir sie in Ruhe gelassen, in der Hoffnung, dass sie sich irgendwann beruhigt. Ich konnte gut nachvollziehen, wie schlimm die Vorstellung für sie sein musste, nicht nur die Schwester, sondern auch die Nichte beziehungsweise den Neffen verloren zu haben.

Wilsberg, der neben mir im Fond des Taxis sitzt, hängt seinen Gedanken nach. Als ich ihn heute Morgen anrief, haben wir lange über Rosenberg geredet. Wilsberg hat mich beruhigt und mir meine Schuldgefühle ausgeredet. Was ich sehr lieb und in dieser Situation als sehr hilfreich empfand.

Für einen kurzen Moment war tatsächlich so etwas wie Nähe entstanden. Wir waren ohne spitze Bemerkungen, Verdächtigungen und Unterstellungen ausgekommen. Ein ausgesprochener Fortschritt.

Aber dass er jetzt so ruhig und in sich gekehrt dasitzt, gefällt mir nicht. Worüber denkt er nach? Über unseren Fall? Oder über die Tatsache, dass Anna die Nacht mit Cornfeld verbracht hat? Und schon wieder ist es da, dieses dumpfe, nagende Gefühl, ihm nicht vertrauen zu können. Ich überlege, ob ich ihm das Ergebnis der Knochenanalyse mitteilen soll. Entschließe mich dann aber, es nicht zu tun. Wahrscheinlich hat der Waran sowieso nichts mit Isabels Tod zu tun.

Reichweilers Sekretärin macht uns keine großen Hoffnungen, ohne Termin bei ihrem Chef vorgelassen zu werden. Immerhin greift sie zum Telefonhörer.

Nachdem sie wieder auflegt hat, lächelt sie uns herablassend an. »Herr Reichweiler hat leider keine Zeit.«

Mit einem manierierten Gesichtsausdruck wendet sie sich ihren Unterlagen zu, als hinter Reichweilers geschlossener Bürotür ein Riesenkrach losbricht. Ein Mann und eine Frau schreien sich an. Der Mann ist eindeutig Reichweiler, die Frauenstimme kann ich nicht zuordnen.

Wilsberg und ich werfen uns einen kurzen Blick zu, dann stürmen wir zur Tür, reißen sie auf und stehen Frau und Herrn Reichweiler gegenüber, die sich so zoffen, wie das nur langjährige Ehepaare können. Die Sekretärin, die uns gefolgt ist, versucht, mit aufgeregt quietschender Stimme unser unbefugtes Eindringen zu erklären. Mit einer genervten Handbewegung bedeutet Reichweiler ihr, das Zimmer zu verlassen.

»Was wollen Sie?«, fragt er barsch.

Seine Frau zieht sich an eines der Fenster zurück und bleibt dort, gegen das Fensterbrett gelehnt, stehen.

»Eigentlich hätten wir uns ganz gern mit Ihnen allein unterhalten.«

»Wenn Sie sich hier mit jemandem unterhalten wollen, dann müssen Sie sich schon mit uns beiden unterhalten«, sagt Frau Reichweiler. In einem erstaunlich leisen und ruhigen Ton, wenn man bedenkt, wie laut sie vor wenigen Sekunden noch geschrien hat.

»Okay«, sage ich. »Es geht um die Ermordung beziehungsweise den Selbstmord von Herrn Rosenberg ...«

»Herr Rosenberg ist bei einem Unfall ums Leben gekommen«, erwidert Reichweiler scharf.

»Auf jeden Fall ist er tot«, sagt Wilsberg. »Und ohne ihn wird es für Sie sehr viel schwieriger, in Hamburg Geschäfte zu machen. Vor allem, wenn es um die Privatisierung des Hafens geht.«

»Die *Northsea Shipping GmbH* ist eine der erfolgreichsten Reedereien Hamburgs ...«

»Trotzdem kann es nichts schaden, einen Wirtschaftssenator an seiner Seite zu haben. Zumal wenn man an HHLA-Aktien interessiert ist. Und sollte er sich nicht vor den Karren spannen lassen, kann man ihn ja ein bisschen erpressen.«

»Das haben wir nicht nötig ...«

»Und ob Sie das nötig haben«, sage ich und lege das unscharfe Standfoto auf den Tisch. »Es existieren Filmaufnahmen, auf denen eindeutig zu erkennen ist, dass Isabel bei einer Zaubernummer, die Rosenberg vorgeführt hat, ums Leben kam.«

Reichweiler greift nach dem Foto. An seinem Handgelenk blitzt ein silberner Manschettenknopf auf. Ein winzig kleines Messer und eine ebenso winzig kleine Gabel, die gekreuzt übereinander liegen.

»Isabel ist nicht bei dieser Zaubernummer gestorben«, sagt Frau Reichweiler leise. »Das war alles inszeniert.«

»Und weshalb?«

»Wir wollten Rosenberg einen Schrecken einjagen. Das war so eine Art Initiationsritual. Das haben wir danach sofort aufgeklärt«, behauptet ihr Mann.

»Das haben Sie nicht«, fährt Wilsberg ihn an. »Sie haben ihn im Glauben gelassen, eine Frau getötet zu haben. Erst als er am nächsten Tag einen anonymen Anruf bekam, hat er erfahren, dass man ihn reingelegt hat.«

»Und dieser Anruf hat all Ihre Pläne zunichte gemacht«, sage ich. »In dem Moment war Rosenberg aus dem Schneider. Die Erpressung funktionierte nicht mehr. Der ganze Aufwand war umsonst gewesen.«

»Von wem haben Sie diese Aufnahme?«, unterbricht mich Frau Reichweiler.

»Keine Ahnung. Auf dem Umschlag stand kein Absender. Vielleicht war es ja jemand, der Ihren Mann belasten wollte.«

»Für den Zeitpunkt von Isabels Ermordung hat mein Mann ein wasserdichtes Alibi. Das hat die Polizei längst überprüft.«

»Vielleicht wurde jemand mit dem Mord beauftragt?«, schlägt Wilsberg vor.

»Passen Sie auf, was Sie da reden!«, wird Reichweiler laut. »Für Ihre Beschuldigungen brauchen Sie Beweise. Und wenn Sie die nicht haben, kann ich Sie wegen übler Nachrede anzeigen. Und das werde ich auch tun. Darauf können Sie sich verlassen.«

»Es ist besser, wenn Sie jetzt gehen«, sagt seine Frau. »Wir müssen zu einem Termin.«

Reichweiler erhebt sich und schiebt den Bürostuhl mit so viel Schwung zurück, dass er gegen die Wand stößt. Schnell greife ich nach dem Foto, das auf seinem Schreibtisch liegt, aus Angst, Reichweiler könne es verschwinden lassen. In dem Moment fällt mir etwas auf.

»Was wird da eigentlich serviert?«, frage ich und deute auf

einen der Kellner, der am Bildrand über seinem Kopf ein Tablett balanciert.

Reichweiler wird blass. »Keine Ahnung.«

»Das sieht aus wie eine Kröte.« Ich gehe mit der Nasenspitze ganz dicht an den Ausdruck heran.

»Die ist aus Gelatine«, erklärt Reichweiler und greift nach seiner Jacke, die hinter ihm über der Stuhllehne hängt.

»Und daneben auf dem Teller …«

»… liegen Froschschenkel«, mischt sich jetzt Frau Reichweiler ein. Und so wie sie das sagt, ist offensichtlich, dass sie den Geschmack ihres Mannes nicht teilt.

»Und wenn schon«, sagt Reichweiler und fixiert seine Frau mit hartem Blick, »es ist nicht verboten, Froschschenkel zu essen. Und es geht auch niemanden etwas an.«

Problemlos hält sie seinem Blick stand. »Aber es ist widerlich. Absolut widerlich.«

29

Wilsberg verschwindet

Während wir vor dem Gebäude der *Northsea Shipping GmbH* standen und auf das Taxi warteten, dachte ich darüber nach, wie unsere bisherigen Erkenntnisse zusammenpassten, wer wen aus welchem Grund ermordet hatte. In dem Puzzle fehlten noch eine Menge Teilchen.

»Eines scheint jedenfalls klar«, sagte ich. »Miguel hat Isabel ermordet.«

»Hast du nicht gehört, was Anna gesagt hat?«, meinte Pia. »Sie kann sich genauso wenig wie ich vorstellen, dass Miguel ein Mörder ist.«

»Die Polizei hat Miguels DNS an Isabels Leiche identifiziert. Er muss es gewesen sein.«

Pia guckte mich überrascht an. »Seit wann weißt du das?«

»Seit gestern. Petersen hat es mir erzählt.«

»Und das sagst du erst jetzt?«

»Ich wollte es ja ...«

»Aber?«

»Aber dann hast du mich aus deiner Wohnung geworfen. Erinnerst du dich?«

»Das ist wohl ein Witz, Georg?« Sie schnaubte.

»Nun mach mal halblang, Pia! Du hast mir einige Informationen bewusst vorenthalten. Ich habe das in dem Trubel schlicht vergessen.«

Sie holte tief Luft.

Ich wartete auf eine neue Attacke.

Stattdessen sagte sie in ruhigem Ton: »Vielleicht wollte ich es die ganze Zeit nicht wahrhaben. Miguel war in Isabel verliebt. Dann erfährt er, dass sie eine Affäre mit Reichweiler hat. Er geht wütend zu ihr. Der Streit eskaliert, Miguel dreht durch und bringt Isabel um. Das erklärt auch, warum das Foto von Isabel und Reichweiler unter dem Bett lag.«

»Die Tat eines enttäuschten Liebhabers«, stimmte ich zu. »Komisch ist nur, dass der Mord exakt zu dem Zeitpunkt passierte, der Reichweiler sehr gelegen kam. Denn nachdem Rosenberg erfahren hatte, dass Isabel lebt, war die Erpressung erst einmal hinfällig. Was sich in dem Moment änderte, in dem Isabel tatsächlich starb.«

»Könnte jemand Miguel einen Tipp gegeben haben?«, schlug Pia vor.

»Du meinst Reichweiler selbst? Das wäre sehr perfide. Lässt die eigene Geliebte vom Nebenbuhler beseitigen, weil ihm das geschäftlich in den Kram passt.«

»Hast du eine bessere Erklärung?«

»Nein. Denn das Gleiche gilt für Monetti und Kemmer. Monetti wusste ja, dass Isabel die Zaubernummer überlebt hatte. Hätte er von der neuen Entwicklung erfahren, wäre er wahrscheinlich zur Polizei gegangen. Also musste Reichweiler dafür sorgen, dass Monetti nichts vom Ableben seiner Schwägerin mitbekam. Und Kemmer hatte durch Monetti Kenntnis darüber, wie die Nummer in der Loge tatsächlich abgelaufen war, er stellte deshalb für Reichweiler ebenfalls eine Gefahr dar – wenn unsere Theorie stimmt, dass Kemmer der Anrufer bei Rosenberg war.«

»Reichweiler steckt also hinter allem«, schloss Pia. »Das Dumme ist nur, dass wir es nicht beweisen können.«

Das Taxi hielt vor unseren Füßen.

»Auf Dauer wird es etwas teuer, ständig mit dem Taxi zu fahren«, sagte Pia, während wir die Stufen zu ihrem Büro hinaufschritten.

»Kennst du niemanden, der dir ein Auto leiht?«

»Nein. Aber du kannst Anna Ortega einen Mietwagen in Rechnung stellen.«

»Na ja …«

Pia grinste. »Du bezweifelst, dass sie die Rechnung bezahlt?«

»Ein bisschen schon.«

Cornfeld war allein im Büro. Die Konzentration, mit der er seine Computertastatur bearbeitete und uns ignorierte, wirkte irgendwie verdächtig.

»Wo ist Anna?«, fragte ich.

»Weg.«

»Wie weg?«

»Weg wie fort. Nicht mehr anwesend. An einem anderen Ort.«

»Und Sie sind immer noch hier?«, erkundigte sich Pia süffisant. »Warum haben Sie sich nicht auf die Suche gemacht?«

Cornfeld wurde rot. »Das ist nicht witzig, Pia. Und nein, ich werde sie vorläufig nicht suchen.«

»Entschuldigung«, sagte sie mit unaufrichtigem Augenaufschlag. »Ich wollte nicht in einer offenen Wunde stochern.«

»Wieso ist sie verschwunden?«, lenkte ich die beiden von ihrem Geplänkel ab.

»Weiß ich nicht«, antwortete Cornfeld patzig. »Als ich auf der Toilette nachschaute, war sie auf einmal weg.«

»Kommt mir irgendwie bekannt vor«, sagte Pia. »Nennt man das nicht Déjà-vu?« Sie schaute Cornfeld über die Schulter. »Was machen Sie da eigentlich?«

»Ich bin an dieser WLAN-Geschichte dran. Wegen des Warans.«

»Was für ein Waran?«, fragte ich.

»Cornfeld hat den Tierknochen analysieren lassen, den wir im Zauberclub gefunden haben. Es handelt sich um die Überreste eines Komodowarans«, antwortete Pia und reichte mir einen Ausdruck, den ich schnell überflog.

»Klingt ja nicht gerade nach einem Schmusetier.«

Sie schüttelte den Kopf.

»Und apropos vertrauensvolle Zusammenarbeit: Seit wann weißt du *das?*«, fragte ich und deutete auf das Blatt Papier, das ich immer noch in der Hand hielt.

Das Klingeln des Telefons ersparte ihr die Antwort. Cornfeld nahm das Gespräch an und reichte den Hörer an Pia weiter: »Herr von Sandleben.«

Der Glanz in Pias Augen gefiel mir nicht. Auch nicht das Gurren in ihrer Stimme, als sie die üblichen Begrüßungsfloskeln austauschte. Dann wurde sie ernst: »Heute? Ich weiß nicht ...« Und etwas später: »In der Post? Ich bin in den letzten Tagen nicht dazu gekommen.« Schließlich: »Ich melde mich bei Ihnen.«

Nachdem sie das Gespräch beendet hatte, fixierte sie Cornfeld mit einem bohrenden Blick.

»Kann sein, dass da ein Brief gekommen ist. Liegt alles auf Ihrem Schreibtisch«, gab der Assistent zu.

»Das hätten Sie mir auch schon früher sagen können.«

»Wann denn? Sie sind doch kaum noch im Büro.«

»Jetzt übertreiben Sie nicht so maßlos. Es hätte genügend Gelegenheiten gegeben, mir von diesem Brief zu erzählen.«

Pia verließ den Raum und kehrte nach kurzer Zeit mit einem Umschlag zurück, aus dem sie eine schwarze Karte zog. »Von Sandleben lädt mich zu einer privaten Zaubervorstellung ein. In seinem Haus.«

»Heute?«, fragte ich.

»Sie wollen doch nicht etwa hingehen?«, erkundigte sich Cornfeld.

»Warum nicht?«, gab Pia zurück.

»Weil der Typ nicht sauber ist.«

»Woher wollen Sie das wissen, Sie kennen ihn doch gar nicht.«

»Erstens gehört er, nach allem, was Sie erzählt haben, zur Zauberloge und zweitens habe ich ihn schon mal gesehen, in einem anderen Zusammenhang.«

»Wo?«

»Bei Gerassimov. Mit einer ganzen Horde von Anzugträgern. Und da ging es um handfeste Geschäfte. Da war die Rede von Aktien und von sehr, sehr viel Geld. Und die Typen sind ziemlich sauer geworden, als sie merkten, dass ich noch im Zimmer war.«

Pia öffnete den Mund und schloss ihn wieder. Dann murmelte sie: »Dieser kleine Scheißer! Er hat mich schon wieder belogen. Von wegen keinerlei persönliches Interesse an Geschäften.« Sie straffte den Rücken. »Gerade deshalb sollte ich hingehen.«

»Haben Sie vergessen, was beinahe mit Anna im Hanse-Theater passiert wäre?«, protestierte Cornfeld. »Allein bei einer Zaubervorstellung aufzukreuzen …«

»Wieso allein?«, schnitt ihm Pia das Wort ab. »Georg wird mich bestimmt gern begleiten.«

»Ach so.« Cornfelds Mundwinkel sackten nach unten.

»Um wie viel Uhr?«, fragte ich.

»Um acht. Holst du mich um sieben zu Hause ab – mit einem Auto?«

Pia sah schick aus in ihrem weinroten Hosenanzug, über dem sie einen leichten Mantel trug. Für meinen Geschmack ein wenig zu elegant, wenn man bedachte, dass sie sich nicht für mich, sondern für Herrn von Sandleben aufgebrezelt hatte.

»Hast du nichts Besseres auftreiben können?«, fragte sie mit einem hörbaren Naserümpfen, als ich vor dem Mietwagen stehen blieb.

»Er fährt, er hat zwei Sitze und er war das Preisgünstigste, was die Firma im Angebot hatte.«

»Smart an sich ist ja okay«, sagte Pia, während ich aus der Parklücke ausfädelte. »Aber musste es ein orangefarbener sein?«

»Wir wollen doch niemanden verfolgen. Er soll uns lediglich zu dem kleinen Landhaus deines Millionärs bringen.«

»Mein Millionär?«

»Er baggert dich an. Ist dir das noch nicht aufgefallen?«

»Manche jungen Männer flirten eben gern mit älteren Frauen.«

»Und manche ältere Frauen lassen sich das gern gefallen.«

»So alt bin ich nun auch wieder nicht«, reagierte sie prompt eingeschnappt. »Soll ich dir was verraten, Georg? Männer, die so gut aussehen wie von Sandleben und die über ein Vermögen verfügen, das sie wahrscheinlich nur mithilfe ihres Finanzberaters überblicken können, üben auf fast jede Frau eine gewisse Attraktion aus.«

»Touché«, sagte ich. »Da kann ich natürlich nicht mithalten.«

»Dafür hast du andere Qualitäten.«

Ich blinzelte zu ihr hinüber. »Im Ernst?«

Sie lachte. »Nein. Übrigens hättest du gerade rechts abbiegen müssen.«

»Und woher sollte ich das wissen? Ein Navigationsgerät hätte zehn Euro mehr pro Tag gekostet.«

Da Pias Orientierungssinn eher unterdurchschnittlich ausgeprägt war, verbrachten wir eine gewisse Weile damit, einen Weg zur Autobahn zu finden. Als wir die A 7 endlich erreicht hatten, bekam Pia einen Anruf von Cornfeld. Ihrem Gesprächsanteil entnahm ich, dass die Verbindung sehr schlecht war, sie aber immerhin so viel verstand, dass Cornfeld Anna gefunden hatte und sie irgendwohin unterwegs waren.

Dann nahm der Feierabendverkehr meine Aufmerksamkeit in Anspruch, sodass wir schon auf der Landstraße fuhren, die uns nach Pias Auffassung zu Sandlebens Haus führen sollte, als ich das Gespräch wieder auf unseren Gastgeber brachte.

»Wie privat ist die Vorstellung eigentlich, zu der von Sandleben dich eingeladen hat?«

»Das werden wir ja gleich sehen«, sagte Pia. »Wir sind da.«

Im Dämmerlicht des zu Ende gehenden Tages tauchte auf der rechten Seite ein reetgedecktes Fachwerkhaus auf.

Ich ließ den Wagen auf der schmalen Auffahrt ausrollen. Weit und breit standen keine anderen Autos herum. Offenbar hatte von Sandleben an eine sehr private Show gedacht.

Noch bevor wir auf den Klingelknopf drücken konnten, wurde die Tür von einer ebenholzfarbigen Schönheit geöffnet, die uns wortlos begrüßte und dann mit einem federnden Gang vor uns herschritt, in der sicheren Annahme, dass wir es nicht wagen würden, vom vorgegebenen Pfad abzuweichen.

Pia flüsterte mir zu, dass es sich um Sandlebens Haushälterin handelte, aber ich konnte mir das Wesen vor uns beim besten Willen nicht mit einem Putzlappen oder an einem Herd vorstellen. Allenfalls war sie als Aufseherin eines Heeres von Putz- und Kochsklaven denkbar – in irgendeinem mittelalterlichen arabischen Palast.

Nachdem wir einen Fußmarsch quer durch das Haupthaus zurückgelegt hatten, blieb unsere Führerin neben einer geöffneten Tür stehen. Mit einer dezenten Verbeugung deutete sie an, dass wir das Ziel erreicht hatten. Wir betraten einen mit viel Geld und Geschmack umgebauten Stall, der eine lichte Höhe von mindestens zehn Metern bis zum hölzernen Dachfirst aufwies. Und etwa in der Mitte des riesigen Saales, vor einem merkwürdigen Gebilde, das einer überdimensionalen Kuckucksuhr nicht unähnlich sah, stand der Maestro höchstselbst. Sein Strahlen wirkte etwas angestrengt, als er bemerkte, dass Pia nicht allein erschienen war, sondern einen Bodyguard mitgebracht hatte, doch darüber hinaus ließ er sich seine Enttäuschung nicht anmerken.

»Pia! Ich freue mich. Und der Herr Wilsberg ist auch gekommen.« Er küsste Pia auf die Wangen und schüttelte meine Hand ein wenig länger, als nötig gewesen wäre.

»Pia hat mich gebeten, sie zu begleiten«, sagte ich. »Sie haben doch hoffentlich nichts dagegen.«

»Nicht das Geringste. Zauberei ist die Kunst der Improvisation.«

»Und was steht auf dem Programm?«, fragte Pia munter.

»Wollen wir nicht erst einen Drink nehmen?« Von Sandleben machte eine Handbewegung.

Ohne dass ich ihr Kommen bemerkt hätte, stand die sogenannte Haushälterin hinter uns. Auf den gespreizten Fingern ihrer rechten Hand balancierte sie ein silbernes Tablett mit drei Martini-Gläsern, in denen eine rosafarbene Flüssigkeit schimmerte, garniert mit aufgespießten Kirschen.

»Was ist das?«, fragte ich die Frau.

Entgegen meiner Erwartung, dass sie entweder taubstumm oder des Deutschen nicht mächtig sei, antwortete sie vollkommen akzentfrei: »Unser Hausaperitif.«

»Und woraus besteht der?«

»Ein bisschen aus diesem und ein wenig aus jenem.«

Ich wartete, bis von Sandleben den ersten Schluck genommen hatte. Wer Kröten aß, trank ja vielleicht auch Tollkirschensaft.

Er bemerkte mein Zögern und lächelte herablassend. »Die Zutaten sind in jedem gut sortierten Supermarkt erhältlich.«

Das Getränk schmeckte fruchtig, mit einem Hauch Alkohol und einem leicht bitteren Abgang, wie ein Date mit einer Angebeteten, bei dem sich herausstellt, dass sie einen anderen liebt.

»Haben Sie das extra für uns gebaut?«, fragte Pia mit Blick auf die etwa drei Meter hohe Konstruktion, die auf einer Plattform ruhte. Die Seitenwände bestanden, soweit ich das erkennen konnte, aus braun gemaserten Holzimitaten, die ein etwa drei mal drei Meter großes Podest umgaben. Auf der Vorderseite befand sich eine Tür und direkt daneben, in Kopfhöhe, ein kleines, mit einem pergamentähnlichen Material verkleidetes Sprossenfenster, hinter dem es in allen Farben des Spektrums abwechselnd leuchtete. Der Hit des Hexenhäuschens war allerdings das windschiefe, spitz zulaufende Dach, auf dem eine mechanische Eule thronte, die ihren Kopf in verschiedene Richtungen drehte und dabei mit den Augen blinzelte.

»Gefällt es Ihnen?«, fragte von Sandleben.

»Es ist amüsant«, antwortete Pia ausweichend.

»Auf dem Jahrmarkt könnten Sie damit bestimmt kleine Kinder erschrecken«, sagte ich.

»Warten Sie ab! Vielleicht gelingt es mir, sogar Sie zu verblüffen.« Von Sandleben zeigte zwei Reihen blendend weißer Zähne. »Doch zuvor möchte ich Ihre Aufmerksamkeit schärfen.«

Während wir zu einem Tisch gingen, der neben einem riesigen weißen Sofa stand, veränderte sich das Deckenlicht fast unmerklich. Hatte zuvor das Häuschen am hellsten geleuchtet, so war es jetzt der Tisch, der von oben angestrahlt wurde. Obwohl ich außer dem Hausherrn und seiner sonderbaren Haushälterin niemanden bemerkt hatte, nahm ich an, dass es hinter den Kulissen weitere hilfreiche Geister gab, die den Meister bei seiner Arbeit unterstützten. Ein Aspekt, der nicht zu unterschätzen war, wenn es zu Schwierigkeiten kommen sollte.

Von Sandleben zog ein Kartenspiel, das auf dem Tisch lag, aus seiner Verpackung und ließ die Karten von einer Hand in die andere gleiten.

»Haben Sie vom Tod des Wirtschaftssenators gehört?«, fragte Pia.

»Ja, ein tragischer Unfall.«

»Falls es einer war. Rosenberg hätte Ihrem Freund Reichweiler eine Menge Ärger machen können.«

»Inwiefern?«

»Indem er über eine Zaubernummer geredet hätte, bei der scheinbar jemand zu Tode kam. Jene Isabel Ortega, an die Sie sich nicht erinnern konnten. Dabei war die Nummer mit dem Wasserbassin doch ziemlich eindrucksvoll.«

»Ach, das war Frau Ortega. Tut mir leid, aber das wusste ich nicht. Im Club hieß sie Valentina.«

»Ist Erpressung nicht ein Verstoß gegen die Regeln Ihrer Zauberloge?«, fragte ich.

Von Sandlebens Gesicht blieb unbewegt. »Von einer Erpressung ist mir nichts bekannt.«

»Und das sollen wir Ihnen glauben?«, fragte Pia.

»Ich sagte Ihnen doch bereits, um solche Dinge kümmere ich mich nicht.«

»Es sei denn, es geht um Kungeleien mit russischen Oligarchen«, warf ich ein.

Der Magier lachte. »Gerassimov und ich kennen uns seit Ewigkeiten. Aber unsere gemeinsamen Interessen beschränken sich auf Boote und Frauen.« Er zeigte uns die Vorderseite der Karten, es handelte sich um ein ganz normales Kartenset. Dann mischte er die Karten erneut und warf sie einzeln auf den Tisch, ein Ass nach dem anderen. »Allerdings kann es nicht schaden, das eine oder andere Ass im Ärmel zu haben.«

»Wie haben Sie das gemacht?«, fragte Pia.

»Ein uralter Trick«, sagte er leichthin. »Der Schauspieler und Regisseur Orson Welles, selbst ein Amateurzauberer, zählte die Zauberei zu den Theaterkünsten. Wenn zehn Leute den gleichen Trick zeigen, sieht es aus wie zehn verschiedene Tricks. Worauf es ankommt, ist die Persönlichkeit, der Stil, die Ausführung.« Er legte die Karten auf eine dreiteilige Unterlage, klappte diese zusammen und wieder auf, eine aus Spielkarten bestehende Miniaturausgabe des Hexenhäuschens erhob sich auf der Unterlage.

»Faszinierend«, sagte Pia. »Ist das Haus Ihre eigene Kreation?«

»Es gibt Vorbilder«, wich von Sandleben aus. »Nennen wir es Geisterhaus. Ein Haus, das Wünsche möglich macht. Einen Wunsch sehe ich Ihnen geradezu an.« Er schaute ihr in die Augen. »Sie möchten mich fesseln, stimmt's?«

»Aber Sie werden sich befreien, habe ich recht?«

»Möglich.« Er schnipste mit den Fingern und die Haushälterin, durch ein Glitzerkostüm zur Showassistentin mutiert, brachte ein weißes Kleidungsstück herein, das sich beim Auseinanderfalten als Zwangsjacke entpuppte. Sie half dem Meister, die Jacke anzulegen, dann bat er Pia und mich, seine an den Hüften angelegten Hände auf dem Rücken mit Schnüren zu verknoten. Wir taten ihm den Gefallen, wobei ich den Knoten extra fest zusammenzog, sodass die Schnüre an den Handgelenken schmerzen mussten.

Von Sandleben bewahrte die Contenance und lächelte. »Es macht Ihnen Spaß, wie ich merke.«

»Leicht kann jeder«, sagte ich.

»Werfen Sie ruhig einen Blick hinein!« Zwangsverschnürt schritt er zum Geisterhaus.

Die namenlose Assistentin öffnete die Tür. Bis auf einen Stuhl, auf dem der Magier Platz nahm, war das Innere leer.

»Vielleicht möchten Sie einmal um das Haus herumgehen?«

Da ich kein Spielverderber sein wollte, schlenderte ich einmal um die Konstruktion herum. Weit und breit keine Helfer oder verdächtige Utensilien.

Inzwischen hatte die Assistentin das weiße Sofa so in Positur geschoben, dass Pia und ich das Schauspiel frontal verfolgen konnten. Orchestermusik setzte ein, kitschige Streicherklänge füllten den Raum. Dann, nach ein paar kräftigen Beckenschlägen, zu denen dichte Theaternebelschwaden aus der Plattform strömten, sprang das Fensterchen im Geisterhaus mit einem lauten Knall auf. Keine Sekunde später flogen, wie von einem Katapult abgefeuert, rote und weiße Rosen durch das Loch – direkt vor Pias Füße. Die Assistentin öffnete die Tür, von Sandleben saß, als hätte er sich keinen Millimeter bewegt, verschnürt auf dem Stuhl. Wir spendeten pflichtschuldig Beifall.

Der Magier neigte den Kopf. »Dürfte ich um Ihr Jackett bitten, Herr Wilsberg?«

»Wenn es sein muss.« Ich nahm Handy und Schlüssel aus den Taschen und reichte die Jacke der Assistentin, die sie auf den Fensterrahmen legte.

Was jetzt kam, war voraussehbar. Beim nächsten Öffnen der Tür trug von Sandleben meine Jacke, beim übernächsten wieder nicht mehr. Und die ganze Zeit war er, wie er uns demonstrierte, in der Zwangsjacke gefesselt.

Allmählich fragte ich mich, worauf der Abend hinauslaufen sollte. Hatte von Sandleben nichts Schlimmeres vorgehabt, als Pia mit ein paar lauwarmen Kunststücken für sich zu begeistern? Und wann war der Zeitpunkt gekommen, den Spieß umzudrehen und dem Meister unsere Show aufzuzwingen? Schließlich hatten wir den weiten Weg ins Alte Land unternommen, um ein paar Antworten auf unsere Fragen zu bekommen.

»Ich habe das Gefühl, Sie sind immer noch skeptisch, Herr Wilsberg«, wandte sich von Sandleben an mich. »Vielleicht möchten Sie mir bei der folgenden Nummer aus der Nähe zusehen?«

»Nein, danke«, gab ich zurück. »Hier auf dem Sofa ist es gemütlicher.«

»Haben Sie etwa Angst? Soll Frau Petry Ihren Part übernehmen?«

Ich seufzte und stand auf.

»Na also!«, lachte von Sandleben. »Es geht doch.«

Ich kletterte in das Geisterhaus und schaute mich um.

»Suchen Sie nach geheimen Öffnungen?« Er grinste.

»Wissen Sie, als Magier muss man immer einen Plan B haben. Für den Fall, dass etwas schiefgeht.«

»Und was war Plan A?«

»Mein Plan A sah vor, dass ich einen netten Abend zu zweit verbringe. Mit Frau Petry. Aber dann kamen Sie. Deshalb sehe ich mich gezwungen, eine kleine Korrektur vorzunehmen.«

Er machte eine Bewegung mit dem rechten Bein. Unter mir öffnete sich der Boden. Kunstnebel schoss hoch. Und dann fiel ich.

30

Pia Petry sieht Gespenster

Wilsberg hat sich in Luft aufgelöst. Einfach so. Die Nebelschwaden lichten sich und es ist eindeutig: Das Geisterhaus ist leer. Mir bricht der kalte Schweiß aus. Was soll das? Ein Gag? Ein Trick? Oder wird es jetzt ernst? Erschrocken fahre ich herum, als von Sandleben plötzlich neben mir auftaucht. Genauso unerwartet wie er gerade mit meinem Kollegen von der Bühne verschwunden ist.

»Wo ist Wilsberg?«

»Den habe ich weggezaubert. Das mache ich immer so mit unliebsamen Gästen. Schließlich hatte ich den Kerl nicht eingeladen.«

Ich springe hoch. »Ich will jetzt sofort zu …«

»Von dort, wo sich Ihr Freund im Moment aufhält«, sagt von Sandleben, »braucht er ungefähr fünf Minuten, bis er wieder bei uns ist.«

Dann greift er nach meinem Arm, zieht mich auf das Sofa zurück und deutet auf die Bühne. »Schauen Sie.«

Zu meinem Erstaunen tauchen Reichweiler und Isabel in dem klapprigen Holzhaus auf. Als durchsichtig geisterhafte Erscheinungen, die mich an meinen ersten Besuch bei von Sandleben erinnern, als ich mich selbst als Projektion aus der Toilette kommen sah. Die beiden stehen neben von Sandlebens Edelstahlwaschbecken, umschlingen sich, küssen sich. Isabel löst sich aus der Umarmung, entfernt sich ein paar Schritte. Reichweiler folgt ihr, greift nach ihren Schultern, vergräbt sein Gesicht in ihrem dichten langen Haar. Die üblichen neckischen Spiele verliebter Menschen. Dann legt er zärtlich beide Hände auf ihren Bauch und sie legt ihre Hände auf seine. Dieses Bild friert ein. Erneut schießt Nebel hoch, und als er sich verflüchtigt, sind die Gespenster verschwunden.

Ganz langsam drehe ich mich zu von Sandleben. »Wo sind diese Aufnahmen gemacht worden?«

»In meinem Haus.«

Womit immerhin geklärt wäre, wie Isabels Ohrring in von Sandlebens Abfluss geraten ist.

»Hatten Sie nicht gesagt, Isabel wäre nie hier gewesen?«

Von Sandleben zuckt mit den Achseln. »Wie schon gesagt, ich kannte sie unter dem Namen Valentina«, sagt er. »Und eingeladen habe ich die beiden auch nicht.«

»Wie kamen sie dann hier rein?«

»Reichweiler hat einen Schlüssel zu meinem Haus. Offensichtlich hat er in meiner Abwesenheit davon Gebrauch gemacht.«

»Und Ihre Überwachungskameras haben die beiden aufgezeichnet?«

Von Sandleben nickt.

»Das war doch nicht nur eine Affäre«, sage ich. »Die beiden waren ein Paar. Ein Liebespaar. Und Isabel war von Reichweiler schwanger. Was der auch wusste. Denn offensichtlich freute er sich auf das Kind.«

Mein Gegenüber lächelt anerkennend. »Sie sind eine Frau, Sie spüren so etwas.«

Macht er sich über mich lustig oder will er mir damit etwas sagen?

»Wie meinen Sie das?«, frage ich irritiert.

»Nun. Frau Reichweiler hat diese Szene genauso interpretiert wie Sie.«

»Frau Reichweiler? Wann hat sie das denn gesehen?«

»Ich habe die Zaubernummer, die ich Ihnen gerade vorgeführt habe, auch im Club präsentiert, wo wir sie aufgezeichnet haben. Ich war dann so frei, Frau Reichweiler eine DVD zukommen zu lassen.«

So ein Drecksack, denke ich. Der manipuliert nicht nur auf der Bühne, der manipuliert auch im wahren Leben.

»Macht es Ihnen Spaß, Leute gegeneinander auszuspielen?«, fahre ich ihn an. »Verschicken Sie gerne DVDs? Auch von Zaubernummern, die schiefgehen? Bei denen zum Beispiel junge Frauen in Wasserbehältern ertrinken?«

Von Sandleben verzieht das Gesicht. »Valentina, ich meine Isabel, ist nicht ertrunken. Aber das wissen Sie doch längst. Oder etwa nicht? So weit sind doch sogar Ihre Ermittlungen schon gediehen.«

Täusche ich mich oder schwingt da eine große Portion Herablassung mit? Dieser Mann wird mir von Sekunde zu Sekunde unsympathischer. Wo ist das jungenhafte, leicht naive Wesen geblieben, wo sein Charme und seine Unbedarftheit. Alles nur gespielt? Alles nur Show?

Mir fällt auf, dass Wilsberg immer noch nicht da ist. »Wo ist Georg?«, frage ich. »Er müsste doch längst zurück sein!«

Von Sandleben sieht auf die Uhr. »Eine Minute wird er wohl noch brauchen.«

Das dauert mir zu lang. Ich stehe auf und will mich an ihm vorbeidrängen, um selbst nach Wilsberg zu suchen, als ich die Stimme meines Kollegen höre. Laut fluchend kommt er ins Zimmer gestürzt.

»Sie sind wohl völlig irre geworden!«, geht er auf von Sandleben los. »Ich hätte mir alle Knochen brechen können. Unter dieser Falltür war nichts weiter als ein winziger, völlig verdreckter Strohsack. Meine Hüfte fühlt sich an, als wäre sie in tausend Stücke zersplittert.«

»Das tut mir leid. Ich hatte nicht bedacht, dass Sie doch etwas mehr Gewicht auf die Waage bringen als ich. Das nächste Mal lege ich Ihnen noch einen zweiten Sack dazu.«

Eine Erklärung, die Wilsberg nicht wirklich besänftigt. Schon gar nicht angesichts der Tatsache, dass er von oben bis unten mit Spinnweben, Ruß und undefinierbaren Schmutzresten, die einen unguten Geruch verströmen, bedeckt ist. Während ich ihm mit der flachen Hand die Spinnenweben von der Jacke wische, dröhnt *Let's get loud* aus meiner Abendtasche.

Auf dem Display des Telefons leuchtet die Nummer meines Assistenten auf. Nachdem ich den grünen Knopf gedrückt habe, höre ich nichts weiter als ein Ächzen und Stöhnen. Und im Hintergrund seltsame Piepsgeräusche.

»Ich glaube, das ist Cornfeld«, sage ich. »Meldet sich aber nicht. Keine Ahnung, was das soll …«

Verunsichert reiche ich Wilsberg das Telefon. Während er es sich ans Ohr drückt, versuche ich, von der anderen Seite mitzuhören.

»Da ist so ein komisches Vogelgezwitscher im Hintergrund«, stellt Wilsberg fest.

»Ja, aber auch so seltsame Schleifgeräusche …«

»Hallo!«, ruft Wilsberg. »HALLO! Ist da jemand?«

Er bekommt keine Antwort. Von Sandleben, der uns die ganze Zeit beobachtet hat, streckt die Hand nach dem Mobiltelefon aus.

»Darf ich mal?«

Wilsberg zögert. Wir tauschen einen kurzen Blick, dann gibt er von Sandlebens Bitte nach.

Mit ausdrucksloser Miene konzentriert sich unser Gastgeber auf die Geräusche, die immer noch aus dem Handy dringen. Sogar mit Abstand können wir das Gekreische der Vögel hören. Schließlich reicht von Sandleben Wilsberg das Telefon zurück.

»Die Verbindung ist unterbrochen«, blafft mein Kollege ihn an. »Das waren Sie.«

»Nein, das war ich nicht«, antwortet von Sandleben und legt zum ersten Mal am heutigen Abend diese unerträgliche Attitüde aus Überheblichkeit und Arroganz ab. »Ich glaube, ich weiß, wo Ihr Assistent ist.«

Erstaunt sehen wir ihn an.

»Woher wollen Sie das wissen?«, frage ich. »Ist das Gedankenübertragung? Oder eine Form von spiritueller Visualisierung?«

Von Sandleben schüttelt den Kopf. »Nein. Das nicht gerade. Aber die Vögel, die im Hintergrund zu hören waren, sind Keas, neuseeländische Bergpapageien. Eindeutig zu erkennen, weil sie ihren eigenen Namen rufen. Sie sind vom Aussterben bedroht und sehr schwierig zu beschaffen. Soweit mir bekannt ist, hat Frau Reichweiler ein solches Pärchen.«

»Wie sehen die aus?«, frage ich.

»Relativ klein, mit olivgrünem Federkleid und hakenförmigen Schnäbeln.«

»Die Vögel sind nicht bei Frau Reichweiler«, widerspricht Wilsberg. »Die sind in den Räumen Ihres Zauberclubs. Dort haben wir sie nämlich gesehen.«

Von Sandleben räuspert sich und fährt sich verlegen mit der Hand durch die Haare. Mein Blick fällt auf seine Manschettenknöpfe. Es sind die gleichen, wie Reichweiler sie trägt.

»Nein, sie sind da nicht mehr.«

»Wieso?«, fragt Wilsberg und mir dämmert Abscheuliches.

»Das darf doch nicht wahr sein!«, rufe ich aus. »Sie haben sie gegessen. Die Keas stehen bei Ihnen und Ihren Zauberfreunden auf dem Speiseplan.«

Von Sandleben mustert mich interessiert. »Ihre Kombinationsgabe ist besser, als ich erwartet habe. Aber dieses spezielle Paar wurde noch nicht verzehrt.«

»Wie, um Gottes willen, kommt man dazu, Tiere zu essen, die vom Aussterben bedroht sind!«, fahre ich ihn an. »Das ist doch unverantwortlich.«

»Wieso?«, fragt von Sandleben gewohnt blasiert. »Sie sterben doch ohnehin aus. Ob wir sie nun essen oder nicht. Und so wird ihnen noch eine ganz besondere Ehre zuteil. Wir verspeisen sie in dem Bewusstsein, dass sie die letzten ihrer Art sind. Ansonsten würden sie von ihren natürlichen Feinden getötet, die dafür nicht das geringste Verständnis haben.«

»Was gibt es denn sonst noch *Leckeres* bei Ihnen zu essen?«, fragt Wilsberg.

»Ameisen, Heuschrecken, Leguane, Schildkröten, exotische Vögel, Schlangen, Fledermäuse …«

»Oder Komodowarane«, falle ich ihm ins Wort.

»Das ist verboten«, sagt Wilsberg sachlich. »Sie dürfen diese Tiere doch garantiert noch nicht mal einführen.«

»Streng nach dem Gesetz haben Sie wahrscheinlich recht.«

»Und wieso hat Frau Reichweiler die beiden Keas?«, frage ich.

»Sie hat die Vögel gerettet«, antwortet von Sandleben und verdreht die Augen. »Aber an Ihrer Stelle würde ich mich jetzt langsam mal auf den Weg machen.«

Misstrauisch sehe ich ihn an. »Was soll das? Sie wollen uns doch garantiert nur wieder austricksen.«

»Die Vögel«, sagt er, »waren in Panik. Das war deutlich zu hören. Daher fürchte ich, dass Ihr Kollege in ernsthaften Schwierigkeiten stecken könnte.«

Wilsberg und ich wechseln einen Blick und streben gemeinsam dem Ausgang zu.

»Wohin wollen Sie?«, ruft von Sandleben uns nach.

»Zu den Reichweilers!«, antworte ich.

»Zu welcher Adresse?«

»Schöne Aussicht.«

»Falsch«, antwortet er. »Die Vögel befinden sich in ihrem Wochenendhaus an der Schlei. Wenn Sie einen Moment warten, schreibe ich Ihnen die Adresse auf.«

Die Frage, wer Auto fährt, habe ich für mich entschieden. Wilsberg ist ein guter und umsichtiger Fahrer. Aber heute Abend sind andere Qualitäten gefragt. Während ich mit hundertvierzig Stundenkilometern durch den Elbtunnel jage, versucht Wilsberg erfolglos, Anna oder Cornfeld zu erreichen. Ich erzähle von der gespenstischen Erscheinung in von Sandlebens Geisterhaus und der sich daraus ergebenden Konsequenz, dass Isabel und Reichweiler ein Liebespaar waren.

Aber irgendwie habe ich das Gefühl, dass Wilsberg mir nicht richtig zuhört. Er hat sich tief in den Sitz gedrückt und scheint seinen rechten Fuß nicht unter Kontrolle zu haben. Der zuckt ständig nach vorn, als versuche er, ein imaginäres Bremspedal zu bedienen.

»Hast du kein Vertrauen zu mir?«, frage ich.

»Vorsicht!«, ruft er. »Den Fiat hättest du fast gerammt.«

»Ja«, sage ich, »aber nur fast.«

»Könntest du nicht ein bisschen langsamer fahren? Anna und Cornfeld haben überhaupt nichts davon, wenn wir heute Abend an einem Brückenpfeiler enden.«

Ich tue ihm den Gefallen und reduziere die Geschwindigkeit. Aber nur ein bisschen.

»Was genau hat Cornfeld gesagt, als er vorhin anrief?«, fragt Wilsberg, nachdem er sich etwas erholt hat.

»Er hatte Anna gefunden und wollte irgendwo mit ihr hin. Die Verbindung war aber so schlecht, dass ich ihn nicht so genau verstanden habe.«

»Der Anruf kam aus dem Auto?«

»Ja. Ich denke, sie sind mit Gerassimovs Cayenne unterwegs.«

»Das spricht zumindest nicht gegen von Sandlebens Theorie«, sagt Wilsberg. »Da war ein Baustellenschild«, ruft er entsetzt.

»Ja und? Es ist immer noch da. Was willst du denn?«

»O mein Gott«, sagt er. »Hoffentlich überlebe ich das!«

»Schisser«, antworte ich und komme wieder auf unser Thema zurück. »Von Sandleben ist unglaublich clever und manipulativ. Wir können nicht ausschließen, dass er uns mit Absicht in die falsche Richtung geschickt hat.«

Wilsberg nickt. »Das Problem ist nur«, sagt er leise, »dass wir das nie herausfinden werden. Weil du uns vorher in der Schlei versenkt hast.«

Als wir vor dem Haus der Reichweilers parken, sieht es ganz so aus, als hätte uns von Sandleben tatsächlich in die Irre geführt. Weit und breit ist kein schwarzer Cayenne zu sehen.

»Vielleicht haben sie in einer Seitenstraße geparkt«, sage ich hoffnungsvoll, als wir auf das idyllische Reetdachhaus mit den kleinen weißen Sprossenfenstern zugehen.

Wilsberg zuckt mit den Schultern. »Vielleicht sind sie aber auch nie hier gewesen.«

Wir klingeln.

Tatsächlich öffnet Frau Reichweiler uns die Tür. Was ich ausgesprochen beruhigend finde. Immerhin stimmt die Adresse, die von Sandleben uns genannt hat.

Erstaunt reißt die Reichweiler die Augen auf. »Sind wir verabredet? Habe ich was vergessen?«

»Nein, nein«, sage ich sofort. »Herr Wilsberg und ich sind dabei, den Fall abzuschließen, und wir wollten Ihnen noch ein paar Fragen stellen. Es dauert nicht lange.«

Kurz zögert sie, dann tritt sie zur Seite und lässt uns herein.

»Schön haben Sie es hier«, sage ich und sehe mich in dem Wohnzimmer um. Einem lang gestreckten Raum mit niedriger Decke und einer altmodisch kitschigen Möblierung, die nicht ganz meinem Geschmack entspricht, aber gut zu dem Haus passt. Eine schmale Tür und zwei kleine Fenster gehen auf einen Garten hinaus, dessen Rosenbeete, Büsche und Bäume von im Boden versenkten Strahlern angeleuchtet werden. Soweit ich das in der Dunkelheit sehen kann, endet das Grundstück direkt an der Schlei. All das registriere ich in Sekundenschnelle, genauso wie die Tatsache, dass auf den alten Pitchpinedielen vor der Tür frische Erdkrümel liegen. Was ich nirgends sehe und auch nicht höre, sind Vögel.

»Woher wussten Sie, dass ich hier bin?«, fragt Frau Reichweiler verunsichert.

»Der Garten ist ja traumhaft«, erwidert Wilsberg und geht zum Fenster.

Ich pflichte ihm bei. »Herrlich. Und dass er bis an die Schlei reicht – einfach toll.«

Frau Reichweiler lächelt geschmeichelt. »Ja, das stimmt schon. Nur leider riecht es bei Niedrigwasser im Sommer manchmal nicht so gut.«

»Sie meinen bei Ebbe?«, fragt Wilsberg erstaunt.

Frau Reichweiler wirkt amüsiert. »Mit Niedrigwasser meine ich die Trockenperioden, unter denen wir immer wieder zu leiden haben. Aber Ebbe und Flut spüren wir auch ein bisschen, mit einem Tidenhub von immerhin bis zu zwanzig Zentimetern. Schließlich ist die Schlei kein gewöhnlicher Fluss, sondern ein Meeresarm der Ostsee und Schleswig-Holsteins längste Förde …«

Während sie Wilsberg eine Einführung in die geografische Ausdehnung und Topografie des Schlei-Trave-Flussgebiets gibt, lasse ich meinen Blick durch den Garten schweifen. In der Hoffnung, irgendetwas zu entdecken, das Aufschluss über den Verbleib von Cornfeld und Anna geben könnte. War da nicht ein verdächtiger Schatten? Und was befindet sich dort auf der Wiese? Ist das ein Kleidungsstück oder sind das nur Blätter, die der Wind von den Obstbäumen auf den Rasen geweht hat? Immerhin fällt mir auf, dass draußen vor der Tür die Fußmatte verschoben ist und dass eine rostige Gartenforke schräg daneben am Boden liegt.

Frau Reichweiler, die ihren Exkurs beendet hat, deutet auf ein Biedermeiersofa, das unter einer Flut bestickter Kissen zu verschwinden droht. »Wollen Sie sich nicht setzen? Darf ich Ihnen einen Tee anbieten?«

»Nein danke.«

Es fällt schwer, lockeren Smalltalk zu machen, wenn die Nerven blank liegen und sich der Magen in einen harten Klumpen verwandelt hat.

»Frau Reichweiler …«, beginnt Wilsberg.

»Wussten Sie, dass Isabel schwanger war?«, platze ich dazwischen.

Ihre Miene gerinnt zu einer ausdruckslosen Maske. »Nein.«

»Hat Ihr Mann je davon gesprochen, sich wegen Isabel von Ihnen scheiden zu lassen?«

Sie schüttelt heftig den Kopf. »Nie im Leben. Wegen eines solchen … Verhältnisses hätte er mich nicht verlassen.«

»Das war nicht nur ein Verhältnis«, sagt Wilsberg. »Das war eine Liebesbeziehung.«

»Haben Sie Vögel?«, frage ich unvermittelt.

»Vögel?«, echot Frau Reichweiler.

»Haben Sie nicht?«, fragt Wilsberg nach.

»NEIN. Ich habe keine Vögel. Mein Mann wollte mich nicht verlassen. Isabel war nicht von ihm schwanger. Mir reicht es jetzt. Ich bin ein freundlicher und höflicher Mensch. Immer darauf bedacht, andere fair zu behandeln und zu helfen, wo ich kann. Aber alles hat seine Grenzen. Sie gehen! Und zwar sofort!«

Ostenativ hält sie die Wohnzimmertür auf. »Auf Wiedersehen. Beziehungsweise adieu. Weil wiedersehen möchte ich Sie ganz bestimmt nicht.«

»Von Sandleben hat uns gelinkt«, schimpfe ich, kaum dass wir das Haus verlassen haben. »Die hat überhaupt keine Vögel …«

»Ist dir die Erde vor der Tür zum Garten aufgefallen?«, fragt Wilsberg.

Ich nicke. »Aber das hilft uns auch nicht weiter. Es gibt

keinerlei Indizien dafür, dass Cornfeld und Anna im Haus gewesen sind. Außerdem kann ich dieses verdammte Auto nirgends sehen.«

»Vielleicht hat die Reichweiler es irgendwo versteckt.«

Ich sehe mich suchend um. »Ja. Aber wo?«

Wir einigen uns darauf, einen letzten Versuch zu starten und sämtliche Seitenstraßen der näheren Umgebung abzufahren. Diesmal besteht Wilsberg allerdings darauf, dass er sich ans Steuer setzt. Als wir nach zehn Minuten immer noch nicht fündig geworden sind, ist seine Geduld am Ende.

»Es reicht«, sagt er entnervt. »Von Sandleben ...«

»Stopp«, schreie ich und Wilsberg legt eine Vollbremsung hin, sodass ich fast mit dem Kopf gegen die Windschutzscheibe knalle. »Da ist er. Hinter dem VW-Bus.«

Ich reiße die Tür auf, springe aus dem Auto und laufe zu dem Bus, der in der breiten, dunklen Einfahrt eines Mehrfamilienhauses geparkt ist. Und dann stehe ich vor dem Cayenne. In seiner ganzen Pracht und Herrlichkeit. Irgendjemand hat ihn passgenau hinter dem alten Bus geparkt, sodass er von der Straße aus kaum auffällt. Eins ist sicher, Cornfeld hat ihn hier garantiert nicht abgestellt.

Diesmal nähern wir uns Reichweilers Wochenenddomizil zu Fuß. Immer den Schutz von Hecken, Büschen und Bäumen nutzend. Ungesehen schaffen wir es bis zum Haus und drücken uns an der langen Seite der Außenmauer Richtung Garten entlang, bücken uns unter den Fenstern hinweg und hoffen, nicht von irgendwelchen Nachbarn entdeckt zu werden, die die Polizei rufen, weil sie uns für Einbrecher halten. Vielleicht gibt es eine Möglichkeit, an der Rückfassade hoch in den ersten Stock zu gelangen, überlege ich. Oder wir finden einen Zugang zum Keller. Irgendwo müssen Cornfeld und Anna doch sein.

Wir kommen nicht weit. Vor uns taucht jemand auf. Im Gegenlicht der Gartenbeleuchtung zeichnet sich eine schwarze Silhouette ab. Irritiert blinzele ich und versuche, das Gesicht des Mannes zu erkennen, der sich da bedrohlich vor uns aufgebaut hat.

Als sich meine Augen an die Lichtverhältnisse gewöhnt haben, kann ich nicht glauben, was ich sehe: Da steht Miguel. Der Miguel, der eigentlich mit schwersten inneren Verletzungen auf der Intensivstation des UKE liegen müsste.

31

Wilsberg geht ins Wasser

»Miguel?«, fragte Pia ungläubig.

Er war es tatsächlich. Bis auf die exakt gleiche Haarlänge sah er aus wie der Mann, der an der Hauswand im Schanzenviertel geklebt hatte. Nur war der flehende Gesichtsausdruck, mit dem er Pias Herz erweicht hatte, einem höhnischen Grinsen gewichen. Kein Zweifel, vor uns stand Miguel. Doch wieso konnte er sich bewegen, als wäre er nie fünf Meter in die Tiefe gestürzt? Hatte er nur simuliert, sich überhaupt nicht verletzt? War es möglich, die Ärzte derart zu täuschen? Und wie war es ihm gelungen, aus dem Krankenhaus zu entkommen? Lademann hatte sicher dafür gesorgt, dass sein Zimmer bewacht wurde, schließlich hielt er Miguel für einen Mörder.

»Miguel, wieso bist du …«

»You made a mistake.« Er trat näher an Pia heran und sie wich einen Schritt zurück. Trotz seiner geringen Größe ging von ihm beinahe physisch spürbar Gefahr aus. Der Mann war pure Aggressivität, aus dem hilflosen Jungen, der um sein Leben fürchtete, war eine testosterongeladene Kampfmaschine geworden.

Ich machte einen Schritt zur Seite, um mich zwischen Pia und Miguel zu schieben. Es war alles andere als ein Plan, eher ein Reflex. Und ich war viel zu langsam, um den Schlag abzuwehren. Seine Faust traf meine Nase mit einer Wucht, die mich sofort auf die Verliererstrecke brachte. Ich wusste, dass etwas gebrochen war, obwohl ich es nicht überprüfen konnte, denn er ließ mir keine Zeit dazu. Ein Hagel von Schlägen auf Magen und Oberkörper raubte mir die Luft, bis ich umkippte. Der Kampf, der gar keiner gewesen war, hatte weniger als zehn Sekunden gedauert. Das Letzte, was ich bewusst mitbekam, war ein Fußtritt in die Rippen.

»Bist du okay?«

Was für eine seltsame Frage. Schmerz waberte durch meinen Körper, ohne dass ich die Quelle ausmachen konnte. Mal war es die Nase, die am heftigsten pochte, mal eine Stelle unterhalb des Herzens. Ich versuchte, den Arm zu heben, aber es ging nicht. Meine Hände waren auf dem Rücken gefesselt. Ich saß. Auf einem kalten Untergrund. Und es war dunkel. Probeweise verlagerte ich mein Gewicht. Der wabernde Schmerz verwandelte sich in einen stechenden, als ob mir jemand ein Messer zwischen die Rippen schieben würde. Ein Stöhnen hallte durch den Raum. Erst mit Verzögerung wurde mir bewusst, dass es aus meinem Mund kam.

»Georg, was ist?«

Pias Stimme war direkt neben meinem Ohr. Jetzt spürte ich ihren Hinterkopf an meinem. Wir lehnten mit den Rücken aneinander. Durch Fesseln verbunden, wie ich annahm.

»Ich lebe.« Meine Stimme klang dumpf, wie bei einer eitrigen Stirnhöhlenentzündung.

»Bist du verletzt?«

»Mindestens eine Rippe ist gebrochen. Und die Nase. Was ist mit dir?«

»Mein Schädel brummt. Er hat mich niedergeschlagen, als ich versucht habe, ihn zu stoppen.«

»Wo sind wir?«

»In einem Geräteschuppen. Ich verstehe das nicht. So habe ich Miguel noch nie erlebt.«

Ich lachte. Ein klägliches Geräusch, das in ein Keuchen überging. »So kann man sich täuschen. Hast du Anna und Cornfeld gesehen?«

»Nein. Gleich nachdem du k. o. gegangen bist, hat Miguel mir eine verpasst, mich hierher geschleppt und gefesselt.

Dich hat er über den Boden gezogen. Ich dachte schon, du bist tot, weil du dich nicht gerührt hast.«

»Viel hätte nicht gefehlt.«

Wir schwiegen. Der Schmerz war nicht mehr so dominant. Zumindest, solange ich mich nicht bewegte.

»Wir müssen uns befreien«, sagte ich. »Sonst bringt er uns um.«

»Daran habe ich auch schon gedacht. Hier drin gibt es jede Menge Geräte mit scharfen Kanten.«

»Womit hat er uns gefesselt?«

»Mit einem normalen Strick.«

»Der lässt sich durchscheuern.«

»Schaffst du das denn?«, fragte Pia. »Wir befinden uns etwa drei Meter von der Wand entfernt. Es könnte verdammt schmerzhaft für dich werden.«

»Kein Problem«, erklärte ich. »Los!«

Ich biss die Zähne so fest aufeinander, dass vermutlich bald eine Reihe künstlicher Kronen fällig werden würde, aber wir kamen vorwärts. Hoppelnd und rutschend bewegten wir uns Zentimeter um Zentimeter zur Seite. Der Schweiß lief mir in die Augen und die Schmerzen schienen unerträglich, doch irgendwann stießen wir gegen einen Metallpfosten, der zum Glück nicht rund, sondern eckig war. Und dann scheuerten wir. An dem Seilstück, das Pias und meine Handfesseln verknüpfte.

Nach gefühlten zwei Stunden, die in der Realität wohl nur zehn Minuten gedauert hatten, war ich am Ende meiner Kräfte. In den verkrampften Armmuskeln prickelte die Milchsäure, was die übrigen Schmerzen ein wenig in den Hintergrund drängte. Trotzdem hätte ich mich keine Sekunde länger aufrecht gehalten, wenn mir Pia nicht als Stütze gedient hätte.

Endlich gab der Strick nach, Pia und ich waren keine siamesischen Zwillinge mehr. Ein paar Sekunden lang schnauften wir durch.

»Ich guck mal, ob ich ein Messer finde«, sagte Pia, zog die Beine an und stemmte sich an meinem Oberkörper hoch. Da es im Raum fast vollkommen dunkel war, konnte ich nicht erkennen, was sie machte. Ein paar Mal waren klirrende Geräusche und Pias leise Flüche zu hören.

»Mist! Ich krieg nichts zu fassen.«

»Bleib ruhig!«

»Sonst noch Ratschläge?«

Ich hielt den Mund.

»Jetzt hab ich was«, meldete sie prompt.

Als sie wieder hinter mir saß und ihren Kopf gegen meine Schulter fallen ließ, kam mir das bereits vertraut vor.

Bei Pias Mitbringsel handelte es sich um eine grobe Feile. Sie hielt sie mit beiden Händen fest, während ich meine Handfessel daran rieb.

»Stopp!«, flüsterte Pia.

»Was ist?«

»Da kommt jemand.«

Schritte und ein leises Pfeifen. Unser Peiniger war auf dem Weg zu seinem Job. Hätten wir doch nur verdammte fünf Minuten mehr gehabt.

Weiter entfernt rief Frau Reichweiler einen Namen: »Nicolás!«

»Qué?«, brüllte der Mann vor dem Schuppen zurück.

Nicolás!

Die Schritte entfernten sich wieder. Wir hörten, wie Nicolás und Frau Reichweiler auf Spanisch miteinander diskutierten, die Reichweiler im Ton leichter Panik, die dem störrischen Sohn ausreden will, die Nachbarkinder zu quälen. Nicolás' trotzige Antworten machten allerdings klar, dass ihn das nicht beeindruckte.

»Ich wusste doch, dass es nicht Miguel ist«, sagte Pia triumphierend. »Das muss ein Zwillingsbruder sein. Miguel muss einen Zwillingsbruder haben!«

Nicolás wurde lauter, die Reichweiler protestierte kreischend. Dann wurde eine Tür zugeschlagen und es war still.

Das Neonlicht im Schuppen flackerte grellweiß auf. Nicolás stand in der Tür und schaute sich prüfend um. Das war der entscheidende Moment. Pia und ich saßen ungefähr da, wo er uns abgeladen hatte. Würde ihm auffallen, dass wir uns bewegt hatten? Dass auf der Werkbank etwas fehlte? Ich ließ den Kopf hängen und atmete keuchend. Von mir hatte er nichts zu befürchten.

Seine Beine tauchten in meinem Blickfeld auf. Er stolzierte um uns herum wie ein Großwildjäger, der seine Trophäen begutachtet. Auf Pias Seite blieb er stehen. »Hola, Pia!«

Sie zuckte zurück.

»Why so shy?«

»Nimm deine beschissenen Finger weg!«

Er lachte. »It is a pity, that the gas didn't blow you off.«

»Du mich auch!«

Die Gummisohlen seiner Sportschuhe knirschten auf dem dreckigen Betonboden. Ich schloss die Augen bis auf winzige Schlitze und stöhnte.

»Bloody bastard!« Er beugte sich über mich, griff mit der linken Hand in meine Haare und riss meinen Kopf hoch. Zwang mich, ihn anzusehen, ihn und das Messer, das er mir vor die Nase hielt.

Hinter meinem Rücken schob mir Pia die Feile zu.

»We make a trip. Are you ready?«

Meine rechte Hand schnellte hoch, rammte ihm das Werkzeug in den Bauch, so tief, wie es eben nur ging. Er guckte erstaunt. Das Messer vollführte einen kleinen Schlenker und ritzte die Haut unter meinem Auge auf. Aber das war's dann auch. Ich stieß ihn zurück. Er taumelte und fiel auf seinen Hintern. Mit beiden Händen die Feile umklammernd, glotzte er mich wütend an.

»Ich habe auch einen Spruch«, sagte ich. »Wie wär's mit: *Good night and good luck!*«

Pia half mir hoch. Die gebrochene Rippe stach in irgendwas, was ihr in die Quere kam. Auf Pias Arm gestützt, humpelte ich zur Tür. Dabei bewegten wir uns in weitem Abstand um Nicolás herum. Auch wenn es schien, als ginge keine Gefahr mehr von ihm aus, gab es keinen Grund, das Schicksal zu provozieren.

Als wir ins Freie traten, wurde mir schlecht. Wegen der Anspannung, der Anstrengung oder der Schmerzen. Oder wegen allem zusammen.

»Einen Augenblick Pause«, bat ich.

Während sich mein Magen langsam beruhigte, beschlossen wir, uns zuerst um Frau Reichweiler zu kümmern. Ohne ihre Hilfe würden wir Anna und Cornfeld nicht finden.

Im Wochenendhaus riefen wir laut den Namen der Hausherrin. Die Antwort kam aus einer Abstellkammer unterhalb der Treppe. Nicolás hatte die Frau dort eingeschlossen.

Mit kalkweißem Gesicht taumelte uns Frau Reichweiler entgegen. »Wo ist Nicolás? Was ist passiert?«

»Nicolás ist verletzt«, sagte ich. »Er muss sofort ins Krankenhaus.«

»Oh, mein Gott!« Ihre Augen weiteten sich vor Schreck.

»Helfen Sie uns«, bat Pia. »Wohin hat Nicolás Anna und Cornfeld gebracht? Die beiden waren doch hier, nicht wahr?«

»Ich … Ja, sie waren da. Die Frau hat sich nach Nicolás erkundigt. Ich habe sie weggeschickt. Nicolás ist hinter ihnen her. Ich wollte nicht, dass er ihnen etwas tut. Aber er ist manchmal so unbeherrscht.«

»Wo?«

»Ich weiß es nicht.«

»Die Vögel?«, fragte ich. »Wo haben Sie diese verdammten Papageien versteckt?«

»Da unten!« Sie zeigte zur Schlei. »Im Bootshaus.«

Pia lief voraus, ich stolperte hinterher. Sie war schon im Bootshaus, als ich den Steg erreichte, der zu der auf Pfählen über dem Wasser schwebenden Holzbaracke führte. Licht flackerte auf und ich wartete auf einen Ausruf der Erleichterung oder einen Schrei des Entsetzens. Doch Pia blieb stumm. Das Bootshaus war leer. Leer bis auf eine große Voliere mit den Keas, die wir zuletzt im Zauberclub gesehen hatten.

Pia sah sich grimmig um. »Das gibt es doch nicht. Die müssen doch irgendwo sein.«

»Wir sollten die Polizei rufen. Ohne Unterstützung kommen …«

Zwei kleine rotbraune Flecken auf dem Boden weckten mein Interesse. Sie befanden sich gleich neben dem aufklappbaren Teil des Untergrunds. Als das Bootshaus noch seinem ursprünglichen Zweck diente, hatte man hier Ruderboote zu Wasser gelassen.

Begleitet vom Gekreisch der Vögel, denen es gar nicht gefiel, dass wir die Klappe an zwei Metallringen hochzogen und gegen ihre Voliere knallen ließen, legten wir die Öffnung frei. Anna und Cornfeld standen in einem Fischkäfig. Ihre Arme waren anscheinend auf dem Rücken gefesselt und auf ihren Mündern klebten braune Plastikstreifen. Während Cornfeld das Wasser bis zu den Schultern reichte, musste Anna den Kopf nach oben recken, um Mund und Nase über der Wasseroberfläche zu halten. Unter diesen Umständen waren die Laute, die beide von sich gaben, wohl eine Mischung aus Freude und Anfeuerung.

»Okay«, sagte Pia. »In einer Minute seid ihr draußen.«

Die Oberseite des Käfigs war nur mit einem einfachen Riegel verschlossen.

»Lass mich ins Wasser steigen«, sagte ich zu Pia. »Es ist anstrengender, die beiden hochzuziehen.«

Pia schüttelte den Kopf. »Du bist verletzt, Georg. Du könntest ohnmächtig werden.«

»Es wird schon klappen«, sagte ich und ließ mich in die dunkle Brühe gleiten.

Die Kälte spürte ich erst, als ich Anna schon erreicht hatte. Mit einem Ruck riss ich ihr das Klebeband vom Mund.

Sie schnappte nach Luft. »Gracias!«

»De nada.«

Mit den Fesseln gab ich mich gar nicht erst ab. Ich hob die Kubanerin an den Füßen hoch und Pia zog sie auf die Planken. Dann wiederholten wir die Prozedur mit Cornfeld, der eine verkrustete Platzwunde an der Schläfe hatte. Schließlich krabbelte ich mit Pias Hilfe selbst ins Trockene. Eine Welle von Schmerzen und Übelkeit schwappte über mich hinweg. So erschöpft wie in diesem Moment hatte ich mich noch nie im Leben gefühlt. Am liebsten wäre ich einfach liegen geblieben. Wenigstens ein paar Minuten. Oder Stunden.

»Georg?«, sagte Anna.

»Ja?«

»Ihr habt uns das Leben gerettet. Nicht mehr lange und ich wäre ertrunken.«

»Ist im Preis inbegriffen.«

Anna kicherte wie ein betrunkenes Partygirl.

»Er ist ein diablo. Schon als Junge war er ein Teufel. Manchmal hat er sich als Miguel ausgegeben. Weil Miguel so beliebt war. Weil er die hübscheren chicas bekam. Rein vom Äußeren konnte niemand die beiden unterscheiden. Aber es fiel trotzdem auf. Nicolás verhielt sich unbeherrscht, brutal, Miguel nie. *Geh weg!*, sagten die Mädchen dann. *Du bist nicht Miguel, verschwinde!* Nicolás lachte nur. Es machte ihm nichts aus.«

»Das heißt, Isabel und du, ihr kanntet die Brüder seit eurer Jugend auf Kuba?«

»Sí«, nickte Anna. »Wir kommen aus derselben ciudad. Irgendwann wurde es selbst Miguel zu viel. Er ist seinem Bruder aus dem Weg gegangen. Ein Wahnsinn, wie zwei Menschen so ähnlich und doch so different sein können.«

Sie hatte sich in eine Wolldecke gerollt und kauerte auf einem Sessel im Haus der Reichweilers. Pia, Cornfeld und ich hatten die übrigen Sitzgelegenheiten in Beschlag genommen, ebenfalls in Decken gehüllt. Inzwischen waren Polizei und Krankenwagen eingetroffen. Der Notarzt hatte Nicolás sofort nach Kiel bringen lassen, bei mir reichten als erste Hilfe ein Druckverband um die Rippen, ein Pflaster für die Verletzung unter dem Auge und zwei Tampons für die Nase. Pia und Cornfeld wurden ebenfalls mit Pflastern versorgt und gemeinsam teilten wir uns eine Packung extra starker Schmerztabletten.

Nachdem wir den örtlichen Polizisten den Fall in groben Zügen geschildert hatten, war auch Lademann eingeschaltet worden. Zusammen mit Petersen redete er gerade im Nebenzimmer mit Frau Reichweiler. Später, das hatte er schon angedroht, würden wir an die Reihe kommen.

»Isabel hat auf Kuba als Prostituierte gearbeitet und Nicolás war ihr Zuhälter«, erzählte Anna weiter. »Sie war so dumm. Sie hätte Miguel bekommen können, Miguel war unsterblich in sie verliebt. Aber sie hat sich für Nicolás entschieden, der ihr viel Geld und ein schönes Leben versprach. Alles Lügen. Isabel war nur seine Sklavin. Seine Nummer eins. Nie hätte Nicolás sie freiwillig gehen lassen. Also ist sie geflohen, als sich ihr eine Gelegenheit bot, in der Hoffnung, dass sie Nicolás nie wiedersehen würde. Deshalb konnte ich nicht glauben, dass Miguel Isabel ermordet hat. Und als ich Miguel im Krankenhaus besuchen wollte und Nicolás gesehen habe …«

»Da habt ihr ihn verfolgt«, sagte ich und blickte zu Cornfeld hinüber. »Vielleicht wäre es klüger gewesen, uns oder die Polizei zu informieren. Stattdessen habt ihr euch dem Mörder als leichte Beute präsentiert.«

»Ich habe doch angerufen«, verteidigte sich Cornfeld.

»Sie haben nicht gesagt, dass Sie jemanden *verfolgen*«, sagte Pia.

»Natürlich habe ich das gesagt.«

»Wann?«

»Ganz zum Schluss ...«

»Da war die Verbindung längst unterbrochen«, entgegnete Pia.

»Davon habe ich nichts mitgekriegt.«

Die Tür öffnete sich und Petersen kam herein.

»Wie sieht's aus?«, fragte ich.

»Offenbar ist nicht Miguel, sondern Nicolás Lopez der Mörder von Isabel Ortega.«

»Hat Nicolás ein Geständnis abgelegt?«, fragte ich.

»Nein, das nicht. Aber Frau Reichweiler belastet ihn schwer. Angeblich ist Isabel Ortega mit Nicolás' ganzem Geld nach Deutschland getürmt. Als Nicolás sie dann in Hamburg aufgespürt hat, musste er feststellen, dass sein Geld weg war, Isabel einen reichen Liebhaber hatte und schwanger war. Da ist er durchgedreht.«

»Und warum ist er dann auf uns losgegangen?«, wollte Cornfeld wissen.

»Aus Angst. Die Reichweiler behauptet, er habe sich bedroht gefühlt. Vor allem von Frau Petry, die hätte merken können, dass er nicht Miguel ist.«

»Glauben Sie ihr?«, fragte ich.

Petersen zuckte mit den Schultern. »Wir konnten Nicolás noch nicht vernehmen. Aber was Frau Reichweiler erzählt, klingt zumindest plausibel.«

Hauptkommissar Lademann tauchte hinter seinem Untergebenen auf. »Petersen, was machen Sie hier?«

Der junge Kripomann wurde rot. »Ich habe die Zeugen auf ihre Vernehmung vorbereitet.«

Lademann grunzte. »Seien Sie bloß nicht zu freundlich zu

ihnen. Sonst denken sie noch, sie hätten sich mit Ruhm bekleckert.«

»Wie ist Nicolás überhaupt aus Kuba rausgekommen?«, wollte ich wissen. »Wer hat ihn eingeladen?«

Lademann zögerte einen Moment. Aber dann sagte er es uns doch: »Frau Reichweiler.«

32

Pia Petry hat eine Eingebung

Am nächsten Tag wache ich viel zu früh auf. Mit höllischen Kopfschmerzen. Der Schlag, den mir Nicolás versetzt hat, hat Spuren hinterlassen. Eine Platzwunde am Kopf und zermürbende Stiche in den Schläfen, von denen ich gehofft hatte, sie heute Morgen nicht mehr spüren zu müssen. Ich war spät eingeschlafen. Zu sehr hatte mich die Geschichte von Frau Reichweiler beschäftigt. Die Vorstellung, was sie getan und vor allem wie sie es bewerkstelligt hat, ließ mir keine Ruhe. Irgendwann reagierte sie gestern Abend nur noch mit stoischem Schweigen auf Lademanns Fragen. Aber es war nicht schwierig gewesen, die Ereignisse, die zu Isabels Tod geführt hatten, zu rekonstruieren.

Nachdem die Reichweiler die Filmaufnahmen erhalten hatte, die Isabel und ihren Mann beim Austausch von Zärtlichkeiten zeigten, war ihr klar gewesen, dass Isabel von ihrem Mann ein Kind erwartete und die beiden nicht nur eine Affäre, sondern eine Liebesbeziehung unterhielten. Die Reichweiler wusste, dass diese Schwangerschaft das Ende ihrer Ehe bedeutete. Dass sie, die jahrelang vergeblich versucht hatte, Kinder zu bekommen, jetzt einer jungen Frau und deren Nachwuchs weichen musste. Dazu einer Frau, die sie selbst nach Deutschland geholt hatte. Ihre Wut und Verzweiflung war so groß, dass sie den perfiden Plan ausheckte, Nicolás, Isabels gewalttätigen Zuhälter, nach Deutschland zu holen und ihn auf Isabel zu hetzen. Ihn quasi wie eine Waffe scharf zu machen und abzufeuern. Mit der Konsequenz, dass Isabel und ihr ungeborenes Kind ums Leben kamen.

Wir haben gestern Nacht noch lange zusammengesessen und über die Ereignisse der letzten Tage geredet. Sogar Lademann ist ein bisschen zugänglicher geworden und gestand in einer schwachen Minute ein, dass wir einen nicht unerheblichen Beitrag zur Lösung des Falls beigesteuert haben. Es gab Momente, da wirkte er fast sympathisch.

Müde drehe ich mich zur Wand, ziehe mir die Decke über den Kopf und versuche, noch einmal einzuschlafen. Aber daraus wird nichts. In meinem Badezimmer rauscht das Wasser. Wilsberg steht unter der Dusche. Das Rauschen macht mir bewusst, dass ich nicht allein in meiner Wohnung bin und Wilsberg jeden Moment in mein Schlafzimmer kommen kann. Unter welchem Vorwand auch immer. Zudem fällt mir wieder ein, dass er heute Nachmittag zusammen mit Anna den Zug nach Münster nehmen will und bis dahin noch einiges zu tun ist. Widerwillig stehe ich auf, schlüpfe in meinen Bademantel und absolviere auf meiner Gästetoilette eine Art Katzenwäsche mit rudimentärer Gesichtsreinigung, Zähneputzen und einmal Haare kämmen.

In der Küche erwartet mich eine Überraschung. Der Tisch ist gedeckt, frische Brötchen türmen sich im Brotkorb, das *Hamburger Abendblatt* liegt neben meinem Teller und der Kaffee tropft zischend in die Glaskanne meiner Kaffeemaschine. Und das nach einer Nacht, die alles andere als zu Wilsbergs Zufriedenheit verlaufen ist. Er hat mal wieder auf meiner Couch im Wohnzimmer übernachtet.

Ich schenke mir frischen Kaffee ein, setze mich an den Tisch und schlage die Zeitung auf. Nachdem ich die Überschriften des Feuilletons überflogen habe, wende ich mich dem Wirtschaftsteil zu und betrachte das Aufmacherfoto auf der ersten Seite. Sekundenlang starre ich das Bild an, bevor ich begreife, was ich da sehe. Florian von Sandleben auf einer schneeweißen Jacht im Hamburger Hafen. Darüber die Schlagzeile: *Renommierter Hamburger Reeder erwirbt Aktienpaket der HHLA.* Ich setze die Kaffeetasse wieder ab und überfliege den Artikel. Von Sandleben hat tatsächlich den

Zuschlag für ein Aktienpaket in Höhe von 500 Millionen Euro erhalten. Der Bürgermeister betont, wie wichtig es ihm gewesen sei, ein Aktienpaket dieser Größenordnung in den Händen eines Hamburger Traditionsunternehmens zu wissen.

»Dass ich nicht lache«, sage ich laut. In dem Moment kommt Wilsberg herein.

»Stürzenbecher hat angerufen«, sagt er und setzt sich leise stöhnend auf einen Küchenstuhl. Offensichtlich tut die gebrochene Rippe ziemlich weh. »Und jetzt habe ich ein Problem.«

»Wieso?«

»Sie haben die Trickwaffe, mit der Monetti ermordet worden ist, von einem Spezialisten untersuchen lassen. Und das Ergebnis ist eindeutig. – Es war tatsächlich ein Unfall.«

»Oh!«, sage ich. »Dann ist Monetti gar nicht ermordet worden.«

Wilsberg nickt. »Und das muss ich jetzt Anna beibringen. Die so felsenfest davon überzeugt ist, dass ihr Mann umgebracht wurde.«

»Aber wenn Monettis Tod ein Unfall war, wer hat dann Kemmer getötet und seine Leiche entsorgt?«

»Da tippe ich immer noch auf Reichweiler!«, sagt Wilsberg. »Aber so genau werden wir das wohl nie erfahren.«

»Wahrscheinlich genauso wenig, wie wir klären werden, wer die Polizei nach Isabels Ermordung angerufen hat«, sage ich. »Obwohl ich da ja auf Nicolás tippen würde.«

»Könnte ich mir auch vorstellen«, sagt Wilsberg und greift nach einem der Brötchen.

»Immerhin habe ich heute schon etwas herausgefunden. Manchmal reicht es, wenn man einfach nur Zeitung liest«, sage ich und deute auf das aufgeschlagene *Hamburger Abendblatt.* »Von Sandleben hat ein Aktienpaket der HHLA im Wert von 500 Millionen Euro erworben.«

Wilsberg schmiert Butter auf seine Brötchenhälfte. »Wo hat der denn so viel Geld her?«

»Ich schätze, von Gerassimov.«

»Du meinst, von Sandleben macht den Strohmann für den Russen?«

Ich nicke und deute auf das Foto. »Wahnsinn, wie der die Leute einwickelt. Dem nimmst du doch problemlos den netten, seriösen Unternehmer …« Mitten im Satz breche ich ab.

»Was ist?«, fragt Wilsberg und versenkt einen kleinen silbernen Löffel im Marmeladenglas.

Ich deute wieder auf das Foto. Diesmal aber nicht auf von Sandleben, sondern auf die schwarze Schrift am Bug der Jacht. »Da steht *G. Balsamo.*«

Wilsberg zuckt mit den Schultern. »Und?«

»Giuseppe Balsamo! Klingelt da nicht was bei dir?«, versuche ich, ihm auf die Sprünge zu helfen. »Berühmt geworden als … Na?«

Endlich fällt bei ihm der Groschen. »… als Graf von Cagliostro?«, fragt er.

»Genau! Von Sandleben ist unglaublich«, seufze ich. »Er hat wahrscheinlich gemerkt, dass Reichweiler versuchte, mithilfe dieser Erpressung an das Aktienpaket zu kommen, und ihm mit dem gezielten Verschicken von kompromittierenden DVDs die Suppe versalzen. Um letztendlich selbst in den Besitz der Aktien zu gelangen.«

Mein Telefon klingelt. Ich laufe in mein Arbeitszimmer und nehme ab.

Cornfeld hält sich nicht mit langem Vorgeplänkel auf. »Machen Sie mal Ihren Computer an und gehen Sie auf die Seite www.einHerzfuerexotischeTiere.de«, fordert er mich auf.

Ich rufe nach Wilsberg, bedecke aber vorher die Sprechmuschel mit der Hand, da ich jede Diskussion zum Thema

Warum hat Wilsberg schon wieder bei Ihnen übernachtet? Und wo genau hat er genächtigt? vermeiden möchte.

Dann starte ich meinen Mac. Als sich die Seite aufbaut, bleibt mir der Mund offen stehen. Zu sehen sind die Zauberlehrlinge bei einem ihrer ausgefallenen Diners. Wie sie in ihren feinen Anzügen und Fracks an kleinen Tischen sitzen und sich frittierte Heuschrecken, gesottene Fledermäuse und gedünstete Schlangen munden lassen. Sowohl die Gesichter einiger prominenter Hamburger als auch die Gerichte, die da serviert werden, sind deutlich zu erkennen.

Wilsberg, der mittlerweile neben mir steht, ist genauso baff wie ich.

»Wie haben Sie das gemacht?«, frage ich meinen Assistenten und stelle das Telefon auf laut.

Cornfelds Stimme ist ein gewisser Stolz anzuhören, der allerdings auch berechtigt ist. »Ein Kumpel von mir kennt sich ganz gut mit Computern aus. Der hat die letzten Tage abends in seinem Auto vor dem Hanse-Theater verbracht und sich in das WLAN-Netz mit der Kamera, die in der Zauberloge steht, eingehackt. Gestern Abend hatte er Glück. Die Herrschaften waren beim Essen. Er hat sich die Aufnahmen auf seinen Computer heruntergeladen und ins Netz gestellt. Der Film läuft die nächsten Tage nonstop. Also, wenn Sie jemanden darüber informieren wollen, tun Sie sich keinen Zwang an.«

»Cornfeld, Sie sind der Größte. Ich danke Ihnen!«, rufe ich begeistert in den Hörer, beende das Gespräch und laufe in die Küche. Dort schnappe ich mir das *Hamburger Abendblatt* und schlage im Impressum die Telefonnummer des Politikressorts nach.

Fünf Minuten später habe ich einen Redakteur dran, der das Gespräch nur angenommen hat, weil ich der Sekretärin gegenüber behauptet habe, eine Kollegin zu sein. Unwillig hört er zu und scheint nicht zu verstehen, worauf ich hinauswill. Erst als er die Seite aufgerufen hat und ich ihn auf ein paar Details aufmerksam mache, begreift er, was er da gerade sieht. Als wir uns verabschieden, klingt er hektisch und aufgeregt. Kein Wunder, denke ich, der Mann wittert die Story seines Lebens.

Höchst zufrieden strahle ich Wilsberg an. »Die Herrschaften werden so schnell keine vom Aussterben bedrohten Tiere mehr vertilgen«, sage ich. »Das gibt einen Riesenskandal, der eine Menge Leute aus ihren Positionen katapultieren und von ihren Stühlen fegen wird.«

»Du kannst ja richtig rachsüchtig sein«, sagt Wilsberg. »Mit dir möchte ich keinen Krach haben.«

»Wir haben doch auch keinen Krach«, sage ich. »Oder?«

Er lächelt und sieht auf die Uhr. »Jetzt, wo wir alle Probleme gelöst haben, sollte ich mich langsam mal auf den Weg machen. Fährst du mich?«

»Klar!«, sage ich.

Er steht auf und verlässt die Küche. Kurz darauf höre ich ihn draußen seine Sachen zusammensuchen.

Während ich das schmutzige Frühstücksgeschirr in die Spülmaschine räume, wird mir bewusst, dass ich eigentlich nicht möchte, dass er jetzt schon nach Münster zurückfährt. Und schon gar nicht möchte ich, dass er mit Anna zusammen zweieinhalb Stunden im Zug verbringt. Vertraut ins Gespräch vertieft. Womöglich im Speisewagen, wo sie sich tief in die Augen blicken können, während draußen die herbstliche Landschaft am Fenster vorbeizieht.

Der Abschied kommt mir entschieden zu schnell. Und ist mir entschieden zu unromantisch. Mir kommt eine Idee. Ich nehme eine Flasche Schampus aus dem Kühlschrank und öffne sie. Wie nicht anders zu erwarten, passiert, was nicht passieren soll: Der Korken knallt gegen die Decke, der Sekt sprudelt aus dem Flaschenhals und hinterlässt einen nassen Fleck auf meiner Bluse.

Wilsberg kommt herein. »Hat einer auf dich geschossen?«, fragt er grinsend und legt seine Schirmmütze auf den Tisch.

»Wir haben den Fall aufgeklärt.« Ich reiche ihm einen Sektkelch. »Wir sollten darauf anstoßen.«

»Gute Idee.« Er hebt sein Glas.

Ich proste ihm zu und nehme einen großen Schluck. Wir sehen uns an. Verlegen. Keiner weiß so recht, was er sagen soll. Wie geht es jetzt weiter?, überlege ich. Nach der Devise: Don't call me, I call you? Oder starten wir einen neuen Versuch? Einen ernsthaften? Mit mehr Vertrauen, mehr Offenheit und weniger Ängsten?

Wilsberg mustert mich nachdenklich. Und ich habe das Gefühl, als würden ihm die gleichen Fragen durch den Kopf gehen.

Sein Blick bleibt an dem feuchten Fleck auf meiner Bluse hängen. »Jetzt, wo du nass bist«, sagt er leise, »könntest du dich eigentlich auch ausziehen.«

Einen Moment bin ich verdutzt. Aber nur einen Moment. Dann öffne ich den ersten Knopf meiner Bluse, gehe langsam auf ihn zu und öffne den zweiten.

»Wann, hast du noch mal gesagt, fährt dein Zug?«

33

Wilsberg macht Urlaub

Es war keine Südseeinsel, sondern die kanarische Insel Fuerteventura. Immerhin gab es einen Sandstrand, ein paar Palmen und Liegestühle am Pool. Die Stadt hieß Jandía Playa, war in den Sechzigerjahren aus dem Lavasand gestampft worden und bestand aus Hotels und Einkaufszentren, die sich an der Küste aneinanderreihten. Kein Ort, an dem man es länger als eine Woche aushalten würde. Aber diese Woche wollte ich genießen. Zusammen mit meiner Tochter Sarah, der ich den Urlaub zu Weihnachten geschenkt hatte.

Zuerst hatte ich mit dem Gedanken geliebäugelt, Pia einzuladen, doch Pia war bereits mit einem neuen Fall beschäftigt: Sie musste einen Taxifahrer suchen, in den sich eine junge Frau verliebt hatte. Pia als Eheanbahnungsinstitut. Mal was ganz Neues.

Da in Jandía Playa keine Attraktionen vorhanden waren, die zu entdecken sich lohnte, entwickelten Sarah und ich ab dem zweiten Urlaubstag eine feste Routine: Drei Mal am Tag gingen wir in das hoteleigene Restaurant, vormittags an den Sandstrand und ins relativ kühle Atlantikwasser, nachmittags an den Hotelpool und abends, falls das Kulturprogramm im Hotel zu langweilig war, auf der Meerespromenade bis nach Morro Jable, dem nächsten Ort an der Küste.

Den Weihnachtsurlaub hatte ich mir leisten können, weil Anna Ortega mein Honorar bezahlt hatte. Ich hatte ihr einen großzügigen Rabatt eingeräumt, da ich selbst fand, dass ich nicht sehr erfolgreich gewesen war. Den Mörder von Stefano Monetti hatte ich nicht ermitteln können, weil es gar keinen Mord gab, und auf den Mörder ihrer Schwester Isabel, den Zuhälter und Gärtner Nicolás Lopez, war Anna höchstpersönlich gestoßen. Doch von einem Rabatt hatte Anna nichts wissen wollen.

Gage ist Gage, hatte sie gesagt, für Künstler wie für Detektive. »Wichtig ist nur, dass man seinen Job macht. Und du hast deinen Job gut gemacht, Georg. Sonst wäre ich heute wahrscheinlich nicht mehr am Leben.«

Also akzeptierte ich ihren Scheck.

Am Himmel funkelten die Sterne und im Atlantik spiegelten sich die Lichter der Laternen. Sarah und ich schlenderten auf der Uferpromenade, während eine leichte Brise samtweiche kanarische Luft fächelte.

»Auf Zauberei hast du wahrscheinlich keinen Bock mehr?«, fragte Sarah.

»Wieso?«

»Morgen Abend tritt im Club neben unserem Hotel ein Magier auf. Da drüben hängt ein Plakat. Siehst du?«

Auf dem Plakat war das Porträt des Magiers abgebildet. Ein großer runder Kopf mit Zylinder, Seemannsbart und diabolischem Lächeln.

»Jason Sinclair«, kicherte meine Tochter. »Was für ein alberner Name.«

»Doch«, sagte ich. »Da will ich unbedingt hin.«

Kurz vor dem Ende der Vorstellung verließ ich meinen Sitzplatz und wartete hinter der Bühne auf ihn.

Herbert Kemmer alias Jason Sinclair war nur mäßig überrascht, als er mich erblickte. »Na, so was! Der Herr Wilsberg! So sieht man sich wieder.«

»Wir haben uns schon Sorgen um Sie gemacht. Die Hamburger Polizei wähnte Sie sogar auf dem Grund der Elbe.«

»Ich dachte, eine kleine Luftveränderung würde mir guttun. In der Nähe von Reichweiler wurde es mir zu ungemütlich.«

»Nachdem Sie Rosenberg angerufen hatten«, stellte ich fest.

Kemmer grinste. »Es hat mir einen Heidenspaß gemacht, Reichweiler in die Suppe zu spucken. Allerdings nur so lange, bis ich von Isabels Ermordung hörte. Da habe ich gehöriges Muffensausen gekriegt.«

»Wie haben Sie das eigentlich angestellt?«, fragte ich. »Blut und Gewebe sollen echt gewesen sein.«

»Das Blut habe ich mir nach und nach abzapfen lassen. Und das Gewebe ...« Er schlug sich auf den Bauch. »Ein Freund von mir ist Chirurg und auf Schönheitsoperationen spezialisiert. Er hat mir ein bisschen Fett abgesaugt. Ich hatte sowieso zu viel Speck auf den Rippen.«

»Reichweiler hatte übrigens nichts mit dem Tod von Isabel zu tun«, sagte ich. »Reichweilers Frau hat einen kubanischen Zuhälter auf Isabel gehetzt.«

Der alte Magier stutzte. »Dann haben wir uns ja beide geirrt.« Er klopfte mir auf die Schulter. »Nichts für ungut, Herr Wilsberg. Ich habe noch eine Verabredung. Bestellen Sie Anna einen schönen Gruß von mir, wenn Sie sie sehen!«

»War Anna in Ihre Verschwinde-Nummer eingeweiht?«, fragte ich.

Kemmer zwinkerte mir zu. »Wir Magier verraten keine Tricks. Das wissen Sie doch.«

Wilsberg-Krimis von Jürgen Kehrer

Und die Toten läßt man ruhen
Der erste Wilsberg-Krimi – Vom ZDF verfilmt –
ISBN 978-3-89425-006-5

In alter Freundschaft
Der zweite Wilsberg-Krimi – Vom ZDF verfilmt –
ISBN 978-3-89425-020-1

Gottesgemüse
Der dritte Wilsberg-Krimi
ISBN 978-3-89425-026-3

Kein Fall für Wilsberg
Der vierte Wilsberg-Krimi
ISBN 978-3-89425-039-3

Wilsberg und die Wiedertäufer
Der fünfte Wilsberg-Krimi – Vom ZDF verfilmt –
ISBN 978-3-89425-047-8

Schuß und Gegenschuß
Der sechste Wilsberg-Krimi
ISBN 978-3-89425-051-5

Bären und Bullen
Der siebte Wilsberg-Krimi
ISBN 978-3-89425-065-2

Das Kappenstein-Projekt
Der achte Wilsberg-Krimi – Vom ZDF verfilmt –
ISBN 978-3-89425-073-7

Das Schapdetten-Virus
Der neunte Wilsberg-Krimi
ISBN 978-3-89425-205-2

Irgendwo da draußen
Der zehnte Wilsberg-Krimi
ISBN 978-3-89425-208-3

Der Minister und das Mädchen
Der elfte Wilsberg-Krimi – Vom ZDF verfilmt –
ISBN 978-3-89425-216-8

Wilsberg und die Schloss-Vandalen
Der zwölfte Wilsberg-Krimi
ISBN 978-3-89425-237-3

Wilsberg isst vietnamesisch
Der dreizehnte Wilsberg-Krimi – Vom ZDF verfilmt –
ISBN 978-3-89425-262-5

Wilsberg und der tote Professor
Der vierzehnte Wilsberg-Krimi
ISBN 978-3-89425-272-4

Wilsberg und die Malerin
Der fünfzehnte Wilsberg-Krimi
ISBN 978-3-89425-280-9

Wilsberg und die dritte Generation
Der siebzehnte Wilsberg-Krimi
ISBN: 978-3-89425-327-1

Jürgen Kehrer & Petra Würth

Blutmond – Wilsberg trifft Pia Petry

ISBN 978-3-89425-311-0

Im Club Marquis, einem SM-Club in der Nähe von Münster, wird das Ehepaar Averbeck überfallen. Der Mann wird niedergeschlagen, seine Frau lebensgefährlich verletzt. Um einen Skandal zu vermeiden, wird der Vorfall vertuscht. Dennoch beauftragt Jochen Averbeck Pia Petry, eine befreundete Hamburger Privatdetektivin, den Täter ausfindig zu machen. Und die Betreiber des Clubs engagieren ihrerseits einen Detektiv: Georg Wilsberg.

Ohne voneinander zu wissen, kommen sich die beiden Ermittler schon bald in die Quere. Allerdings sind ihre Methoden verschieden: Wilsberg überprüft die Gästeliste des Clubs, Pia Petry recherchiert in der Szene. Dabei lernt sie Dracu, den Star des Club Marquis, kennen. Auch sie kann sich seiner charismatischen Ausstrahlung nicht entziehen – was Wilsberg gar nicht gefällt.

Während die beiden Detektive noch damit beschäftigt sind, sich gegenseitig auszutricksen, schlägt der Täter erneut zu und hinterlässt dieses Mal eine Leiche …

»Die alternierende Erzählung, die organisch und sehr gelungen ist, haben die Autoren als amüsanten Schlagabtausch und witzigen Wettlauf arrangiert.«
Hamburger Abendblatt

Preisgekrönt: Matti Rönkä

FINNISCHER KRIMIPREIS 2006

Matti Rönkä: Der Grenzgänger
Aus dem Finnischen von Gabriele Schrey-Vasara
222 Seiten. Gebunden mit Schutzumschlag
ISBN 978-3-89425-316-5

Privatdetektiv Viktor Kärppä ist russischer Emigrant und ein Mann mit besonderen Fähigkeiten, die viele Herren auf beiden Seiten der finnisch-russischen Grenze zu schätzen wissen. Sein jüngster Auftrag lautet, Sirje Larsson zu finden. Ein Routinejob, denkt Viktor. Doch die Suche nach der Vermissten stört die Kreise gnadenloser Gangster. Viktor gerät in das Fadenkreuz russischer Spione und estnischer Schmuggler.

»Hier gibt es nichts Forciertes, keine snobistischen Spielereien oder prätentiöse Verkünstelungen. Einfach eine unglaublich gut konstruierte Ge-schichte, herrliche Figuren und eine erfreulich gradlinige Schreibweise.«
Die Jury des ›Finnischen Krimipreises‹

»Ein Klassiker schon jetzt!«
Bayerischer Rundfunk

»Dieser zum ausgedehnten Selbstbetrug fähige Ermittler des Finnen Matti Rönkä ist ein großer Wurf, weil er alles andere darstellt als noch eine Knautschverpackung hehrer Werte.«
Tages-Anzeiger

»Wenn Matti Rönkä künftig das Niveau seines Erstlingsromans ›Der Grenzgänger‹ halten kann, ist die internationale Krimiszene um einen Autor von höchstem Niveau reicher. Spannender kann man einfach nicht schreiben als der Finne. Einfach genial!«
Emsdettener Volkszeitung

»›Der Grenzgänger‹ heißt folgerichtig mehrdeutig der erste Roman um Kärppä, der voller faszinierender Geschichten aus einer Weltgegend steckt, über die wir viel zu wenig wissen. Das Schönste aber: Rönkä erzählt mit ganz wirkungsvollen Mitteln kunstvoll einfach.«
www.kaliber38.de